No Snow This Winter
這個寒冬不下雪
Misa 著
阿歿Amo 繪

楔子

還沒談過戀愛以前，我們總是會幻想自己的第一個男朋友會是怎麼樣的人。

也許受到太多偶像劇、漫畫和動畫的影響，我們總將未來的另一半想像得過於完美。

例如，他一定很高、很帥、成績很好、一定很多女生喜歡他，但他只喜歡我。或是所有女生都想送他巧克力，他卻連看都不看，筆直朝我走來，說只願意收下我的……諸如此類不切實際的妄想。

但從國中開始，有些人可能會再早一點，慢慢就會發現，某些事只會發生在偶像劇、漫畫和動畫裡，畢竟我們可是生活在現實中的啊！

不過，就算沒有完美對象的存在，難免還是會希望未來的男朋友可以更接近完美一點。

一個雛形、一個想像、一個理想。

畢竟想像無罪呀！

所以我當然也幻想了我的初戀對象該具備的條件。這些條件真的很普通、很中肯，我相信現實中一定有這樣的人存在。

第一，身高一八〇以上。

第二，必須紅著臉跟我說：「我喜歡妳，請和我交往。」

第三，他一定要是初戀。
第四，會跟我鬥嘴，但都吵不贏我。
第五，除了我，他對其他女生都不理不睬。
第六，人緣好、功課佳、體育棒。
第七，約會從不讓我出錢。
第八，每天都要誇獎我。
第九，不可以對我有所隱瞞。
第十，天大地大我最大，千錯萬錯都他錯。
對不對？以上十項都是做得到的吧？很輕鬆吧？
我一直都覺得這樣的要求不過分，可是……有句話是這麼說的——
幻滅，是成長的開始。

第一章

本姑娘來這裡才不是為了升學率，而是為了高素質的帥哥們。

「方芮冬！妳要拖拖拉拉到民國幾年？開學第一天就想遲到？」

如此老掉牙的叨念，居然是我身為高中生第一天的開場白。

「唉唷，不要這麼大聲啦！這樣鄰居都會聽到。」我大吼回去，繼續用吹風機吹整我的瀏海。

「妳就不要等一下拜託爸爸載妳去，他已經要出門了！」媽媽更大聲地吼回來。

她從以前就喜歡這樣騙我，明明大家都還沒好，硬要說全部的人都在等我，讓我急得要死，衝出去才發現大家連衣服都還沒換。而且爸爸通常還要十分鐘才會出門，這點我清楚得很。

下一秒，爸爸的頭探進我房門，「芮冬呀，爸爸今天要開早會，所以要早點出門喔。」

我瞪大眼睛，媽媽真的沒騙我！

「等等我！爸爸！」我趕緊關掉吹風機，拿起一旁的書包，急急忙忙跟出門。

「就跟妳說早十分鐘起床做準備，妳就是不聽，每次鬧鐘響了以後妳又按掉，妳這孩子真的是……」

「好啦好啦，我知道了！」我對爸爸吐了吐舌頭，爸爸則無奈地聳聳肩。

我覺得每個女人天生都有碎碎念的功力，升格當媽以後，那份功力就會更上一層樓，比如我們家老媽。當她開始碎念一件事情，如果不趕緊制止，要她碎念一整天也不成問題，這樣還沒完喔！幾天後她又會舊事重提，記憶力非常驚人。

爸爸的黑色轎車沿著河堤前進，我打開車窗，一陣微風撲面，我閉起眼睛享受，一邊輕輕哼著歌。

「開學第一天，緊張嗎？」

「我又不是第一次開學。」我俏皮地回應爸爸，他忍不住笑了笑。

越接近學校，我的心情越是興奮，這可是我夢寐以求的高中啊！校風多自由或制服多好看都不是重點，更別提升學率和煙火那些膚淺的東西。

我選這所學校就讀，最大的原因——這裡盛產帥哥！

想到這裡，我忍不住偷笑，爸爸問我在想什麼，我更是像犯花痴一樣笑到不能自已。

「爸爸，我問你一個很嚴肅的問題。」我正色道。

「妳的表情一點也不嚴肅。要問什麼？」爸爸寵溺地看著我。他最疼我了，人家都說「女兒是老爸上輩子的情人」，看樣子我爸上輩子一定很專情，這輩子才會只有我一個女兒。

「你覺得我今天會看見多少帥哥？」

結果，爸爸瞇起眼睛，「妳應該要先顧好功課……」

我用手肘頂向爸爸的手臂，「別這麼煞風景嘛！老爸，帥哥耶！你知道這間學校的帥哥密集度高到閉著眼睛都會撞上嗎?」

「不要這樣,我在開車,很危險。」爸爸嘖了聲,「我警告妳,滿十八歲前不能談戀愛,要談等上大學再說。要是讓我知道哪個混蛋想追我女兒,我就告他誘拐未成年少女……」

「爸!不要這麼死腦筋啊,你太少看漫畫或小說了,人家校園愛情故事都是發生在高中啊!班上的死對頭、學校受歡迎的學長、社團的朋友等都有可能是戀愛對象。這種青春與青澀的戀愛,只會發生在高中時期啊!」我吶喊著,陶醉在自己的想像,我家老爸則是完全不想理我。

「到了,下車。」爸爸拉上手煞車,等我下車關門後,他還特地拉下車窗,指著我的鼻子吩咐,「我認眞警告妳,高中不准交男朋友!妳讀這所升學率高的高中,目的就是好好念——」

「我的目的就是在這邊找個超級天菜。噢!又高又帥又有錢又疼我,而且還要超級浪漫,無時無刻給我驚喜,耶!」我對爸爸眨眼,還對他比了個手槍姿勢。

「我不准妳……交男……嗚……」然後爸爸就哭了,我見狀趕緊轉身往學校裡面逃。

一踏入校門,就看見站在校門口跟學生問早的老師。天啊!連老師也好帥。

我傻笑著跟老師說早安,老師看我一臉菜樣,便知道我是新生,微笑著比了比中庭的方向。

之前新生訓練的時候已經來過學校,所以我大概知道學校裡的方位和校規,不過那時候只先選擇要念社會組或是自然組,還沒分班。

遠遠的，我看見中庭有一大群人站在布告欄前方，想來那裡有張貼分班名單吧。回老師一個青春無敵的微笑後，我小跑步到布告欄前，發現所有人都拿起手機，不知道在照什麼，正覺得奇怪，才發現原來布告欄上貼著QR code。這間高中果然就是不一樣，這麼先進，居然是直接掃描觀看分班名單。

才剛找到自己的班級，手機突然鈴聲大作，原來是媽媽，我嚇了一跳趕緊接起，「喂」都還沒來得及說，媽媽劈頭便破口大罵，「妳又跟妳老爸說了些什麼？爲什麼他會邊哭邊打給我，說早知道就生個男孩子？妳是不是又在講那些不切實際的幻想？就說了，妳的本分是念書……」

「啊啊啊！媽媽！收訊好差啊啊啊，奇怪？這邊收訊怎麼鬼遮眼了？啊！我聽不見了……」我一邊十足有戲地喊著，一邊用髮尾摩擦話筒，裝出收訊不好的情境，接著迅速掛掉電話。

噢，眞是的，我當然也會念書啦，但是念書之餘，也要好好享受青春嘛！好不容易來到這間夢幻高中，我當然要把握每分每秒找尋我的天菜。放眼望去，學生素質眞的很高，我已經可以想像高中生活會有多麼開心了！耶！

「哎呀！」過於沉浸於幻想中而不自覺地在中庭轉圈圈的下場，就是被後方衝來觀看分班名單的人撞倒在地。

我的手機彷彿全壘打，在地上三百六十度轉呀轉，一路滑向前方，直到撞到一雙亮得發光的皮鞋。

皮鞋的主人彎腰，只見一雙纖纖玉手撿起我的手機。順著她白皙的雙手往上看，是一張漂亮到開花的臉蛋。

「這是妳的手機嗎?」連聲音也好聽到讓我想哭。

相較之下,身爲女主角的我趴在地上實在太丟臉了,我立刻爬起來,難爲情地跑向她,

「對,我的我的。」

她高我約半顆頭,目測應該有一六二。從她白得刺眼的襯衫看來,一定跟我一樣是新生。

「妳哪一班的?」她問我,對我露齒一笑。

「A班。」

「這麼巧?我也是A班。」她晃了晃手中的手機。

這邊其實有兩種可能的情況可以發展。

第一,我這麼糗地跌倒,手機還飛出去,照理來講,手機應該是要甩到一個大帥哥的腳邊,他幫我撿回來還順便扶起我,覺得我迷糊得很可愛,接下來發現他碰巧和我同班,從此展開一段薔薇色高中生活。

但現在看來,第一種情況是不可能了,那就是第二種情況。

漂亮的女孩總是帶刺,一開始很要好的朋友,後來一定是第一個背叛妳的。電視和漫畫都這樣演啊!所以我這是合理的懷疑,鐵定不會錯!

眼前的女孩漂亮可愛,看起來還很好相處,又這麼巧跟我同班。

完了完了,我猜往後的發展大概會是,我喜歡上一個天菜,但天菜喜歡她。或者是我們兩個一起喜歡上同一個天菜,她說要公平競爭卻在天菜面前裝柔弱,最後我同時失去了朋友

和天菜，淪爲悲劇女主角。

「我叫周芷蕎，妳呢？」在我胡思亂想的時候，她又問我。

「喔，喔喔，我叫方芮冬。」我回過神答道。

她的名字跟《倚天屠龍記》中，搶張無忌的心機女人周芷若只差一個字！嘖嘖，看樣子她未來一定會搶我看上的對象。小心啊小心，我一定要隨時保持警覺。

我一面胡亂猜想，一面跟著周芷蕎走到A班門口。新生的教室氛圍和二、三年級最大的不同，就是每個人都乖乖坐在座位上發呆。

黑板上貼著座位分配表，直接以座號排序，我問了周芷蕎的座號，接著又是一個只會在小說中發生的巧合——她就坐在我的後面。

「妳原本是哪間國中的？」她將書包掛在桌子旁邊，從裡面拿出筆記本遞給我，「寫一下妳的資料吧。」

回答她的問題後，我也反問她，結果發現她的國中夭壽遠，我問她怎麼會跑來這裡念高中。

「當然會想來啊，這間學校的升學率和自由校風就是重點。」她皺眉，好像這是件再理所當然不過的事。

本姑娘來這裡才不是爲了升學率勒，我是爲了高素質的帥哥們。

不過這麼花痴的話我當然不會在開學第一天就講出來，只能昧著良心說我也是。

早自習鐘聲響起，同班同學陸陸續續來到教室，找到自己的位子坐下。

過了一會，班導走進來了，赫然發現就是剛才在校門口跟我道早安的帥哥老師！他帶著親切的微笑站上講台，深吸一口氣後說：「這就是新生的味道呀。」

那模樣有點變態，可是帥哥無論做什麼就是帥，我忍不住傻笑直盯著他看。

「我叫秋時緯，是你們班的班導，負責國文科。不過我什麼都會一點，所以如果其他科的老師教得太爛，你們有不會的還是可以來問我。」他一面說一面翻點名簿。

「對了，我的秋是秋天的秋，不是丘逢甲的丘，大家可以叫我秋老師，但別取諧音綽號，你們的學長姊老是不聽話。」

老師的話引來班上同學的笑聲。他跟我想像中的不太一樣，還以爲明星高中的老師會比較一板一眼，沒想到感覺卻很親近。

「先決定各個幹部吧，班長就由我來指定，啊，就這個吧，名字聽起來就是班長，余佑寒。」

感覺秋老師根本沒細看點名簿，隨意瞥到哪個名字就決定由那人當班長。他一說完，坐在我斜前方的男生原本還看著窗外發呆，立刻扭頭看向講台。

「我？」他比著自己。

「如果你是余佑寒那就是你了。上來吧，班長，主持一下班級幹部選舉。大家拍手。」秋老師說完就拍起手來，大家來不及反應也下意識地跟著拍手。

那個叫做余佑寒的男生等於被強逼上台，雖然有些惱怒，也無可奈何。

喔喔喔！仔細一看，他也是一個帥哥呀！個子高、鼻子挺、皮膚看起來還很好摸……不是，是看起來保養得很好，頭髮沒有染也沒有燙卻很蓬鬆，讓我想到棉花糖。

爸爸、媽媽！女兒我一來學校就發現好多天菜，現在更有一個大天菜跟我同班啊！

先來算一下我們的相愛指數有多少好了！

這是一個從我國小就開始流行的無聊算法，把兩個人名字的筆劃交叉加在一起，越接近一百代表相愛指數越高。

余七劃……他的名字是哪兩個字？保佑的「佑」？函洞的「函」？

「對了，班長，你先自我介紹一下吧。」秋老師雙手環胸站到一邊。

台上的余佑寒表情超無奈，「正常程序應該是要先全班輪流自我介紹，再來選幹部吧。」

「好了啦，你們都這麼大了，自我介紹這點小事情自己會處理吧。」秋老師哈哈大笑。看樣子我們班導眞的很有自己的風格。

余佑寒轉身拿起粉筆，在黑板上寫下他的名字，字跡端正乾淨，以男生來講字算很漂亮。

可是我的腦袋就像是被大冰塊打到一樣瞬間結凍。

他的寒居然是寒流的「寒」，我還以爲是「韓」或是「函」，不不不，如果是這個「寒」，那我就不要追他了。

因爲我叫方芮冬啊！我們兩個搭在一起不就變成寒冬了？這樣多冷啊！

這不行，絕對不行。

而且仔細一看，他身高還沒有到一八〇，我可是列了十項初戀男友條件，每一項都要符合才行呀！

「下面那個，叫什麼名字？」余佑寒忽然拿著粉筆指向我。

「啊？」我有不好的預感。

「就是妳，站起來。」他手上的粉筆甩了兩下，班上同學來回看著我們兩個，秋老師也一臉看好戲，完全沒有要阻止的意思。

喔……一個班級裡除了老師，就是班長最大了，所以我只能乖乖站起來。

余佑寒抬起下巴看了我一眼，瞇著眼睛說：「矮冬瓜，妳叫什麼名字？」

「矮、矮冬瓜！」我大驚，居然有人這麼沒禮貌！

班上同學紛紛偷笑，我氣得臉都快變形，「我叫方芮冬！不要叫我矮冬瓜！」

沒想到余佑寒居然笑了起來，雖然很帥，可是很欠揍！

「一樣有個冬字啊，不叫妳矮冬瓜，就叫妳矮冬冬吧。」接著他在副班長的欄位裡準備寫下我的名字。

「喂！我沒有要當副班長！」我連忙大叫阻止。

「我也沒有要當班長啊。」他說，還瞥了一眼秋老師，但後者只是假裝沒這回事。

「那是秋老師指名你，不關我的事情啊！」

「對啊，所以我指名妳啊。」余佑寒微笑，在黑板上寫下「矮冬冬」。

「我不叫矮冬冬！」我又吼又跳，其他同學的笑聲更大，連秋老師也跟著笑。

「我又不知道妳的名字怎麼寫。」他好無奈地聳肩。

「正方形的方、芮妮齊薇格的芮、冬天的冬！」

「妳自己上來寫。」他把粉筆丟回板溝內。

我暴跳如雷地走向講台，拿起粉筆在黑板上寫下「方芮冬」三個字。

「我的名字這樣寫！」將粉筆用力丟回板溝內，我拍拍雙手抬頭看著比我高了一個半顆頭的他，露出驕傲的神情。

他嘴角勾著好看的欠扁微笑，轉過身對台下的同學說：「這是你們的副班長方芮冬，大家可以叫她矮冬冬。接下來選風紀。」

我張大嘴巴，赫然發現自己中計了！居然把自己的名字寫在黑板上，愚蠢死了我！

不過懊悔也沒有用，余佑寒推了推我，下巴朝黑板一努，我只能咬唇憤憤地瞪他一眼，再拿起粉筆在黑板寫上「風紀」。

接下來的選舉過程非常順利，基本上是強迫制，只要沒人提名，余佑寒就隨便點一個人當股長，大家為了不要被亂點到，所以紛紛隨便提名，只要一有人被提名，全班立即鼓掌通過。

明明今天是第一次見面，根本不知道彼此的名字，連提名都是用手比劃的。然而，經過一陣廝殺後產生了怪現象——大家好像因此熟悉了不少，開始主動詢問彼此的名字。

下課鐘響起，秋老師用左手拍了拍自己的額頭，我看見他無名指上的戒指。呿，果然好男人不是死會就是gay。

「忘記抄課表給你們，矮冬冬，這份課表就請妳抄在黑板上。今天第一節是導師時間，我等等再過來。」

「我不叫矮冬冬⋯⋯」無力的抱怨已經沒人理會，我只能哀怨地在黑板上抄寫每天八節課的課表。

但問題來了，身高只有一百五十出頭的我，根本沒有辦法寫得太高，不管怎麼寫，台下的同學一定會看不見最後幾堂課的課表，因爲被講台擋住了，但我又不想踩在椅子上面寫。再說，抄寫課表應該是學藝股長要做的事情吧？

我拿出剛剛抄在白紙上的班級幹部名單，學藝股長是一個男生，被余佑寒蠻橫指名的，叫做林叡。我正想出聲叫喚對方時，一個瘦瘦高高，頭髮看起來像是燙過般帶有捲度的男生已經站到我旁邊，主動拿起粉筆。

「我來抄寫課表就好。」他的聲音偏高卻不尖銳，制服上的名字繡著——林叡。

「也是，這是你的工作。」我樂得開心，把課表交給他。

他皺眉看了我一眼，似乎是對我的話感到詫異。我趕緊補充說明，「這是學藝的工作呀。」

在家都習慣這樣說話，國中同學也大多都是念同一所小學的老面孔，所以我早就忘了要怎麼跟剛認識的人說話才比較有禮貌。

「是啊，這是我的工作。」林叡冷笑一聲。看樣子我惹他生氣了，當我還在猶豫該不該說聲不好意思的時候，他又補了句，「矮冬冬。」

我決定不道歉了。

「課表也太不人道了吧！」坐在座位上，我一面抄著黑板的課表，一面對周芷蕎抱怨，「妳看呀，居然每天都有國英數，太可怕了吧！」

「這不是基本的嗎？我還覺得一天應該要有兩堂數學、兩堂英文呢！」周芷蕎一臉疑惑。

「妳是認眞的嗎？」我瞪大眼睛。

道。

「當然，以一間升學率這麼高的高中來說，課表倒是出乎意料的輕鬆。」她認真地答

完蛋了，看起來周芷蕎是一個很認真的學生，我可受不了在家聽爸媽囑咐我要念書，在學校又要聽同學討論課業。

瘋了，眞的是瘋了！

「好啦，上課啦！果然是新生，全都乖乖待在座位上。」秋老師準時在上課鐘響時走進教室，發下社團手冊與社團申請單，「今天要決定你們要參加的社團，順帶一提，我是觀星社的顧問老師，目前暫時也是烹飪社的顧問老師。」

看樣子秋老師多才多藝，才能兼顧兩個類型差別這麼大的社團。

這間學校著名的除了校風自由，以及每年都會舉辦絢麗的煙火大會，也以多采多姿的社團活動遠近馳名，每年的社展雖然不開放外界參與，但有些企業或其他學校的校長、老師可以拿到公關票，據說有些企業甚至會利用這個機會網羅潛力人才，好幾年前，某位學長就是因此踏入演藝圈。

升學很重要，培養一技之長也很重要。學校相當注重社團發展，所以和其他學校最不一樣的地方是，不會強制學生在三年級退社，想花多少心力、時間在社團上全憑學生高興，你可以選擇當幽靈社員，也可以選擇努力將社團發揚光大。

我很認眞地翻看手冊，社團居然有一百多個，琳瑯滿目，每個看起來都很有趣，可是，怎麼沒有帥哥研究社或是某某某粉絲俱樂部之類的呢？漫畫裡不是都會有全校最受歡迎男生的粉絲俱樂部嗎？既然這裡盛產帥哥，照理說應該要有這種社團呀？

「我問妳喔，妳知道我們學校的校園王子是誰嗎？」

「我只知道有個學長轉學考考了滿分進到這所學校，前所未見。」周芷蕎說完就在社團申請單上塡入「讀書社」。我的老天爺呀，到底哪個白痴創立了讀書社，書還念不夠啊？

看樣子周芷蕎果然是非常認眞的女孩，虧她長這麼漂亮，不享受青春感覺有點可惜。

「妳剛剛是在問學校的帥哥嗎？」坐在我前面的女生側過頭來。她戴著眼鏡，笑起來嘴角有梨窩，模樣十分清純可愛，不知道爲什麼讓我想到小白兔。

「對呀。」我說。

「這問我就對了。」她眼鏡底下的眼睛閃過光芒，整個人轉過來，手裡不知何時多了一本小本子，封面寫著「二、三年級全紀錄」，一翻開，裡面居然寫得密密麻麻。

「二年C班，向春日，人稱校園王子，是非常陽光的太陽暖男，沒有女朋友。」接著她還拿出手機點開照片，這一看就是偷拍啊！

不過……還眞的是極品耶！整個人閃閃發光。

「這種競爭一定很大！」

眼鏡妹點點頭，「他有一票死忠粉絲，稱做向日葵。只是這個學長雖然很陽光，但跟他告白的人無一不哭著回來，挑戰難度很高。」她推了推眼鏡，很是專業。

「原來如此啊！」我點頭。

「還有這一個！S班的壞學生，樂宇禾，高一剛入學就因爲和學長打架而聲名大噪。」接著她往後翻了幾頁，照片上的男孩眼睛明亮，笑起來還有酒窩，超級可愛的！

我正想大叫「這個超棒」，眼前的女孩卻直搖頭，「這個就別想了，他身邊有校花，絕對看不上我們。」

「校花？是有多漂亮？我見過十個校花，有九個都是名不符實！」況且好男人怎麼可以讓人占據？當然要經過廝殺才能定生死啊，就像是公獅搶地盤一樣，好男人當然也要搶。

不過眼鏡妹嘆了氣，翻開下一頁，「這個校花剛好是最厲害的那一個。」

上面貼了一張照片，不意外的還是偷拍──樂宇禾騎腳踏車載著一個女生。可怕的是，儘管這張照片非常模糊，我還是可以感覺得出來那個女生美得人神共憤。

好，我認輸了。

「那這個跳過。還有沒有更好攻略……啊，抱歉，我還沒請教這位志同道合的朋友叫什麼名字？」討論了老半天，我居然還不知道這位同好的姓名。

她露出微笑，眼神裡透露出同類的味道。

「我叫李蔓蒂，最喜歡的東西就是帥哥。」

嘖嘖，看起來清純清純的，沒想到也是花痴一枚，而且名字也太新潮，我猜她英文名字一定就叫做Mandy。

「我是方芮冬，叫我──」

「矮冬冬。」

「不是！」可惡！都是余佑寒那個混蛋，現在大家都叫我矮冬冬。是怎樣？

「那不重要，接下來我要說的才是重點。」

李蔓蒂居然說我的名字不重要？看在她那資料豐富的小本子份上，我就不跟她計較，也許她要推薦超級天菜。

她翻到最後一頁，照片上是個有著一頭飄逸黑髮的男生，但是看起來有點沒精神，大概是瀏海遮住了眼睛的關係。

「剛轉學來的傳奇人物，轉學考滿分，二年B班，常大為。」

「我看！」原本坐在一旁看書的周芷蕎，上半身忽然湊過來，死盯著照片瞧。

「妳也對帥哥有興趣？我以為妳只喜歡書呢！」我樂得挖苦她。

「不是，我只是想知道考滿分轉學進來的學長長怎樣，也許哪天可以跟他請教功課。」她一邊說一邊縮回位子上，視線繼續落向課本。

眞是沒救了！不懂得欣賞帥哥，生命可是會乾枯的啊！

「這個帥嗎？」我將注意力轉回照片上，皺起眉頭問。因為實在看不出來呀！

李蔓蒂嘖嘖兩聲，對我搖了搖食指，「眼見為憑。」

下一秒，她拉起我的手往教室外跑。

「喂，妳們社團申請單還沒寫啊。」我聽見周芷蕎在背後有氣無力地喊著。

我被李蔓蒂一路拉往隔壁棟大樓，我嘀咕著這邊可是學長姊的教室，但蔓蒂小姐才不理我，只顧拉著我奮勇向前衝。

我們來到水洩不通的某樓層，走廊上擠滿了吵吵鬧鬧的女學生，每一個都朝某間教室探頭探腦。

「我們來這裡幹麼啊？」簡直像是演唱會現場，我必須用吼的，李蔓蒂才能聽到我的聲音。

「我帶妳來看啊！那個學長。」

我瞪大眼睛，「不會吧！妳是說，這邊的女生全都是來看那個學長的？」

李蔓蒂挑眉，「當然。」

什麼？這人氣不去當偶像也太可惜了吧，到底有多帥？

這充分引起了我的好奇心，我「帥哥雷達」的綽號可不是叫假的。可惜我們太晚過來，走廊上已經人滿爲患，我只能奮力在後頭跳啊跳，看能不能看見什麼。

「矮冬冬，這邊有個小縫隙。」

念在她帶我來看帥哥，這一次我就假裝沒聽到。

我從李蔓蒂提供的神祕小縫隙看過去，可以清楚看見B班教室裡，那個頭髮飄逸的男生正坐在座位上，面無表情地看著手上的書。

其實本人跟照片看起來沒什麼差，可是不知道爲什麼，他的周圍就是散發出一股超級強的吸引力，讓我內心的花痴魂燃燒到極致。

「天呀！好帥好帥！」我大喊，瞬間和周遭的花痴們同流合汙。

「就說了吧！這一個是極品啊。而且剛轉學來一定是單身，我們有機會了！」李蔓蒂握住我的雙手，目光閃閃發亮，我也用力點頭。

爸、媽！你們的女兒找到一個優質好男人了！

「遲到了。」

我和李蔓蒂回到教室的時候，余佑寒正臭著臉站在講台上瞪我。

東張西望確定老師還沒到，我鬆了口氣，「老師還沒來就不算遲到啦，哈哈。」然後踩著輕鬆的步伐正要回座位，忽然感到後腦一陣痛楚。

「身爲副班長還遲到，懲罰要兩倍。」余佑寒手上把玩著白色粉筆，嘴角還掛著不懷好意的微笑。

「你、你、你……你剛剛用粉筆丟我的頭？」我摀住後腦，難以置信地看著他，這種狀況不是只會發生在漫畫裡嗎？

「妳該慶幸只是粉筆。」他又笑了，拿起一旁的板擦，充分展現陰險狡詐四個字的眞諦。

「蔓蒂……」我扭頭想找和我一起遲到的同伴，卻發現李蔓蒂已經乖乖坐在座位上，手裡還拿著這節課的課本。

這是什麼狀況，人情冷暖嗎？

花痴同伙李蔓蒂都這麼不顧道義了，更不用指望讀書讀到腦抽筋的周芷蕎，她肯定會說「學生本來就不該遲到」這種話。

「奇怪了，爲什麼是班長在管秩序，這應該是風紀股長的工作吧？你踰矩了！」我指著台上的余佑寒。

「矮冬冬，妳還有資格跟我討價還價嗎？我跟你們說，既然我是班長，那所有事情就都以我爲主，學藝要畫什麼海報、教室布置要怎麼做，都要經過我的同意。衛生股長怎麼安排掃區也是，就連風紀要管秩序，都得經過我這個班長的同意。」

我倒抽一口氣，這男的講得多理直氣壯啊！

「各位，聽聽呀！這是什麼專制的發言，我們是民主的社會，不能讓這個人獨攬大權呀！」我趕緊發聲，當第一個站出來抵制不公體制的勇者。

可是我錯了，班上的同學各個一臉嫌棄，我甚至看到風紀對我擺手，示意要我坐下。

「大家不要害怕呀！有我在，我是副班長，我可以——」話還沒說完，一雙大手冷不防壓在我頭頂上。

「妳可以怎樣？嗯？」余佑寒這傢伙居然壓住我的頭，我掙扎著想推開他，但一點效果也沒有。

「你別欺人太甚，我告訴你，身為副班長的我——」

「身為副班長的妳，唯一的功用就是我不在時才能掌權。」接著他露出陰險的微笑，「但可惜的是，我打從念書以來，每年都拿到全勤獎。」

言下之意就是，我這副班長擺明了一點實權也沒有！

「怎麼可以這樣！」我大喊，伸手想打他卻落了個空，這根本是搞笑漫畫才有的情況嘛！

他抵住我頭的手臂只要伸直，無論我再怎麼用力也打不到他的身體，全班同學見狀哄堂大笑，連余佑寒都露出潔白的牙齒燦笑。

可惡，他笑起來真的好帥，可是他也真的超過分，才開學第一天，就一連讓我出糗兩次。

這個卑鄙奸詐的小人，我和他不對盤！

「喂，矮冬冬。」他一派輕鬆地抵著我的頭，而我仍然鍥而不捨地伸拳想打中他的身體，無奈身高差距這殘忍的事實擺在眼前，我的指尖能勾到他的襯衫衣角就不錯了。

「幹麼！」我凶巴巴地大吼回應。

余佑寒依然掛著氣死人的好看笑容，瞇起眼睛好像在挑逗人一樣，張口說道：「我喜歡妳耶！」

「咦——」

這尖叫的起鬨聲來自班上所有同學，全班鬧烘烘的亂成一團，而我則陷入呆滯，腦中一片空白。

「妳沒聽到嗎？矮冬冬，我說我喜歡妳啊。」余佑寒依舊跩得要命，這是什麼告白語氣？

爸、媽，女兒太漂亮也是一個錯誤。

開學第一天就被大天菜告白，可是這個天菜的個性不及格，身高也不及格，統統都不及格。

與其說是天菜，不如說是顆白菜呀！

拒絕人還眞是痛苦，不過這是美女必須承受的，我方芮冬承受得住。

第二章

我像是無能為力的蝴蝶一樣，讓他輕鬆地捕入網中。

「芮冬呀，最近上課怎麼樣？」

坐在餐桌旁吃著早餐，這是爸爸第五次開口詢問。

「很好呀。」我吃下最後一口蛋。

「課業有沒有什麼不懂的地方呢？」爸爸眼神閃爍。

我嘆氣，「爸，你就老實問你想問的不就好了。」

被我戳破心思的老爸有些尷尬，咳了幾聲後問：「關於妳之前說的……交男朋友之類的事情……」

「噢，那個啊，有人跟我告白了。」

「噗！」

「哎呀！爸，你很髒，飯粒噴出來了啦！」我趕緊用手護住自己的碗，順便抽了幾張衛生紙擦拭桌面。

「有人、有人……跟妳告白？」爸爸的表情好像看見蛇長出腳一樣驚恐。

我小小嘆氣，撥了撥頭髮說：「要怪就怪你們的女兒太漂亮了，我也很爲難呀，才剛開學，馬上就有大天菜……應該是大白菜跟我告白。」

「那、那妳怎麼回答？」爸爸的聲音還在顫抖。

媽媽這時也將打好的果汁放到桌上，坐在一旁聽我說。

我搖搖頭，「當然是拒絕啦，因爲他還不到我要的標準。」

一聽到我這麼說，媽媽立刻滔滔不絕，「妳還設定標準？年紀輕輕的就要看條件挑對象，這樣子妳以後價值觀會完全扭曲。我在妳這個年紀的時候，才不在乎外在條件，完全是憑藉著喜歡的心情……」

「好了！媽媽，有條件很好，女孩子家就是要矜持一點、標準高一點……」爸爸雙手往外張開，像是棒球裁判做出「Safe」的動作。接著神色緊張地轉向我，嚥了口水看著我問：「那妳拒絕囉？」

我點頭。

媽媽一邊翻白眼一邊搖頭，將果汁遞到我面前，「讓我聽聽妳的條件是什麼。」

我嘿嘿笑了兩聲，喝了一口果汁，愼重地伸出兩隻手在他們面前，十指張開，「我只設定十項條件，而且都是非常容易達到的。」

洋洋灑灑講完我那十項初戀情人的必備條件後，媽媽皺眉，訝異地張大嘴直盯著我。

「妳是認眞的嗎？」她問我。

「當然，這些條件很普通吧！」我抬起下巴。

「這什麼鬼……」

「媽媽，好了！Stop Part II。」爸爸又出聲制止媽媽，但這次他沒有做出「Safe」的動作，而是雙手交疊在下巴處，瞇眼微笑的模樣好像電影裡面的反派角色，笑得令人心裡發寒。

「爸，你幹麼？」我困惑地偏頭望著他。

「沒有，我只是在想，妳那些條件眞的是很棒，沒錯，初戀就是該滿足那些條件才能稱做初戀。」

我不敢置信地瞪大眼睛看著爸爸，這麼多年來，他第一次贊同我對戀愛的看法。

「爸！您眞是開竅了！」我握住他的手，只差沒流下感動的淚水。

「哪裡，做爸爸的就是要無條件支持女兒呀。」爸爸拍拍我的手，多慈愛的一幕啊。

「開心就好。」媽媽面色詭異地坐在一旁，要笑不笑地看著我，眼神好像帶著憐憫。

怎麼會用帶著憐憫的眼神看著自己的女兒呢？

「對了，爸，我們學校轉來一個學生，二年級的。」

「你們學校招生不是已經年年爆滿了？」爸爸問。

我點頭。

我念的這所夢幻高中除了盛產帥哥美女，全校人數更是多達四千，放學前的打掃時間駛入操場的校車就有一百二十三輛，也設置廣大的腳踏車棚提供給單車族停放。

校風自由、帥哥和美女多、超高升學率、社團多元發展等優點遠近馳名，讓這所高中轉學率幾乎爲零，所以想要轉進這間招生爆滿的學校，是非常不容易的事情。

「所以說，那位學長才配得上成爲我的初戀呀！」我陶醉地說著。

「噗！」幾粒米從爸爸口中噴射而出。

「老爸！你又噴出來了啦！」我再次大喊。

「那個學長有符合妳那十大不可能的條……不是，我是說，有符合妳的初戀條件嗎？」爸爸語氣驚恐，媽媽也挑眉。

「我不知道耶，但是他眞的好帥！」

「但是妳對那十項條件很堅持，對吧？對吧？」爸爸緊張地盯著我問。

「當然，如果學長有一點不符合，我就不會讓他當我的初戀男友。」聽我這麼說，爸爸鬆了一口氣，也跟媽媽要了杯果汁喝。

一如往常，我坐著爸爸的車來到學校，他把我早上提出的十大初戀條件寫在一張便條紙上，還護貝起來，在左上角鑽了一個洞，做成吊飾要我掛在書包上。

「希望妳隨時謹記這些條件。」爸爸一臉慈愛。

「爸！」我感動萬分，緊緊抱住終於開竅的爸爸。

我踏著輕快的腳步還哼著自創小調來到教室，率先映入眼簾的是正在認眞念書的周芷蕎。

我忍不住翻了白眼，老天爺呀，才開學一個月耶！怎麼就有人這麼認眞念書了，我的心都還在暑假回不來……不，應該說，我的心都還在常大爲學長身上回不來。

「借過，矮冬冬。」不甚友善的聲音從背後傳來，正確來說是從我頭頂後方傳來，我回頭瞪了來人一眼。

「不要叫我矮冬冬。」我沒好氣地說。

林叡看起來毫不在乎，只是聳聳肩就往自己的座位走去。

「沒禮貌的傢伙！應該要先說早安才對吧！」我氣呼呼地喊。

「那早安啊，矮冬冬。」這一次背後響起的是另一道討厭的聲音——余佑寒。

我不理他，逕自走向自己的座位，把書包掛在桌子旁邊，和前面的李蔓蒂打招呼，她正忙著整理她的帥哥全紀錄。

忽然一張照片闖進我的視線，我皺起眉頭，「蔓蒂，前一頁那個是？」

「這個？」李蔓蒂翻回前一頁，照片上的男孩露出欠揍的笑容，還耍帥般地站在陽台邊，「余佑寒呀，我們班的，就是跟妳告白那位。」

她還不忘調侃我，我不自覺又翻了白眼，短短幾分鐘內就翻了兩次白眼！

「什麼告白啊，那根本就是……」

「根本就是超認真卻被打槍的告白。」余佑寒這陰魂不散的傢伙再次出現在我背後。

「哇！你幹麼站在這裡偷聽啊！」

「我座位在這裡啊。」他將書包往斜前方的桌面一甩，拿起李蔓蒂的本子細看，「這什麼？一年級帥哥大全？」

李蔓蒂雖然沒回話，卻沒想隱瞞，也沒想搶回來。

「還來啦。」反而是我動手想要搶。

但是欠揍的余佑寒卻高舉起兩隻手在半空翻著本子，而我該死的就算用跳的也碰不到邊。

「這個很詳細耶！短短一個月妳就做到這種地步……」余佑寒露出佩服的表情，「有沒有考慮做個正妹大全？」

「我對女孩不感興趣。」李蔓蒂搖頭。

我在一旁跳啊跳，周芷蕎見狀嘖了聲叫我不要吵。嗚，我真是無辜。

這時，余佑寒忽然微微彎下腰，露出好看到迷死人不償命的微笑，翻開本子裡屬於他的那一頁，「矮冬冬，妳對於這一頁有什麼想法？」

我趁機揍他一拳，拳頭打在他的胸前，他看起來不痛不癢，依舊掛著會電死別人但絕對不會迷倒我的微笑。

「我覺得蔓蒂一定是搞錯了，憑你怎麼有資格能被列入這本本子裡呢？」我嘴上不饒人。雖然余佑寒是真的帥，可是身高不滿一八〇就是失敗。

「我的帥哥大全絕對不會有錯。要經過我的認可，才有資格被列入其中，也就是說，我的本子是最正確無誤的本校帥哥寶典！」李蔓蒂插話抱怨。

噢，看樣子我踩到李蔓蒂的地雷了，見她這麼認真，我趕緊乾笑兩聲打圓場。

「抱歉，我不是懷疑妳，只是單純對余佑寒不爽，他個性太爛了，完全毀了他的外表……」

我可不想惹她生氣，偏偏欠揍的聲音又在耳邊響起。

「喂喂喂，我可是在現場啊！妳故意的嗎？」余佑寒發出爽朗的笑聲，聽起來很像電影裡會出現的，只有男主角才會發出的好聽到要命的笑聲。

可是不行，不管余佑寒怎麼做，我就是看他不順眼。

「不是我在說，他可是我們一年級最受歡迎的帥哥，他的照片我已經賣出五十張了。」

李蔓蒂得意洋洋地比了個表示收錢的手勢，跟電視劇裡收賄的反派角色一樣陰險。

「喔？賣了多少錢？」我好奇地問道。

「賣了……」李蔓蒂偏頭思索。

「喂喂喂，我還在啊！」余佑寒大笑，「妳哪來的照片賣？我是不是該收個版權費用？」

李蔓蒂只是甜甜一笑，鏡片後的目光閃爍，拿著本子回到座位，再也不說話。

「妳看看，我們班的人都這麼有個性，要是我不專制一點，怎麼駕馭這個班級？」余佑寒聳聳肩，好像很無奈，但我覺得意圖掌控一切才是他的本性。這個討人厭的控制狂。

第一堂課是國文，秋老師雖然很沒有老師的樣子，但課上得倒是不錯，連以往看到文字就想睡覺的我，也能清醒地上完一整堂課。

下課時，秋老師要余佑寒盡快收齊全班的社團申請單，而余佑寒竟把這份工作推給我。

「爲什麼啊！秋老師是要你做耶！」我忍不住抱怨。

「我是班長，很忙，而且妳不知道權位越高越只要出一張嘴就好嗎？」他不由分說地將一小疊社團申請表放到我桌上。

「那要班長幹什麼？」我把申請表塞回他手上。

「只需要在出問題的時候，出來道歉然後下台就好。」他微笑，又塞回我手裡。

可惡！啞口無言！

余佑寒滿意地離開，吆喝班上男同學一起去打球。被欺壓的副班長我，只能坐在位子上，拿出班級名條一個一個核對誰還沒交申請單。

不過……仔細想想，學校又沒有規定每個人都要參加社團，沒交的人就算了，他可能就是不想參加嘛，我何必這麼麻煩一個個核對？

沒錯，直接把整疊申請單交給老師就好。

我站起身準備前往老師辦公室，李蔓蒂卻過來拉住我。

「妳有參加社團嗎？」

「沒有，妳呢？」

她也搖頭，然後翻開社團簡章其中一頁，上面寫著「任何學生都可以自創社團」。創立申請新社團也不難，只要參加人數滿五人，並通過學校認證即可。

「意思是？」我歪著頭看向她。

李蔓蒂神祕兮兮地再次拿起她的帥哥大全，微笑看著我。

「妳要創立帥哥研究社？」我大驚，腦中已經開始想像，一個寬敞的白色房間裡，我和李蔓蒂坐在高級的貴妃椅上，手裡拿著裝滿葡萄酒的高腳杯，一邊慢條斯理地翻閱各個帥哥的基本資料，一邊評比。

天呀，光想像這美好的願景，就足夠讓我興奮到噴鼻血了。我立刻用力點頭表示自己有強烈的參加意願。

「帥哥研究社聽起來太花痴，我們乾脆鎖定一個人，成立他的粉絲團俱樂部。」原來李蔓蒂還知道花痴二字，不過我也半斤八兩。

「那我們要鎖定誰？」我問。

李蔓蒂翻翻她的小本子，「余佑寒怎麼樣？跟我們同班，而且他的照片也賣得很好。」

「妳一張賣多少錢？」我還是很好奇。

李蔓蒂假裝沒聽到，看樣子她是個很稱職的商人。

「如果妳要創立余佑寒的後援會，那我就不參加了，我跟他不對盤。」我轉身要走。

「他還跟妳告白耶！」她急忙拉住我。

我大笑，「那叫告白嗎？我覺得他只不過是尋個開心而已！」

她聽了只是聳聳肩，不予置評。

「那不要余佑寒好了，還有誰可以選？要受歡迎，還要眾所周知，並且單身……」李蔓蒂邊說邊瞪大眼睛，我知道此時她跟我想到同一個人——帶著神祕感的旋風轉學生。

到現在，每節下課都還有一群女生站在走廊上看他。除了那個超大天菜常大為，再也沒有更合適的人選了！

「我們來創立常大為粉絲俱樂部吧！」我們幾乎異口同聲地大喊。

「白痴嗎妳們？」下課時間還坐在位子上看書的周芷蕎冷哼了一聲，我們當作沒聽見。

唉，可憐的周芷蕎，整天與書本為伍的她是不會懂的。

不看帥哥、不談戀愛，算什麼青春啊？漫畫、電視劇、小說的故事主題都離不開愛情，由此可見戀愛有多重要！

不過我沒傻到去跟周芷蕎爭辯，她覺得書中自有顏如玉，我還是和李蔓蒂去尋找常大為就好。

心動不如馬上行動。我在黑板上寫下「把社團申請單放到可愛的副班長桌上」後，就和李蔓蒂攜手前往二年級的教室。

「喂！社團申請單妳收齊了嗎？」當我經過操場時，正巧在一旁喝水的余佑寒朝我大喊。

我對他吐了吐舌頭，和李蔓蒂繼續往前跑。

果然，二年B班的走廊上依舊擠滿一堆花痴粉絲，雖然我也是其中之一。不過，如果常大爲粉絲俱樂部創立成功的話，那現在走廊上的這群花痴就可能成爲我們社團的社員，而我和李蔓蒂就成了花痴老大。

聽起來好像不錯，我不禁得意暗笑。

「妳看！他正在翻書，連翻書都這麼帥，眞是太沒天良了！」李蔓蒂手扶在額頭上，只差沒有暈過去。

「我看不到啦！前面的人都好高！」我努力地跳啊跳，還是只能看到黑壓壓的人頭。

「這也太誇張了吧，還要不要給人過啊？」

「哈哈哈，死魚眼很有人氣啊。」

「你們小聲一點。」

後面傳來兩女一男的聲音，我明白他們爲什麼會抱怨連連，走廊被擠得水洩不通，其他班級的學長姊當然會生氣。

我回頭看了下剛剛說話的人，兩個女的就不提了，旁邊那個男生整個人簡直閃閃發亮，像顆太陽一樣吸引住我的目光。

「那是向春日。」李蔓蒂拉住我的手腕在我耳邊輕聲說，帥哥大全的製作人果然不是叫假的，連帥哥從後面走過她都能知道。

我們兩個眼巴巴地看著校園王子向春日往B班教室瞄了一眼，然後轉頭對旁邊兩個女生聳肩一笑。

他再看過來的時候恰巧與我對到眼，他頓了下，接著露出陽光般開朗的笑容。我的心像是被雷擊中一樣，整個人被那笑容震懾到差點跪下。

「撐住啊！」李蔓蒂拉住我，我卻發現她也雙手顫抖。

「別亂放電！」向春日旁邊留著及肩短髮的女生打了他的手臂一下，另一個長髮女生則是搖搖頭。最後三個人打打鬧鬧地走進隔壁的C班教室。

我呆住好一陣子才抓住李蔓蒂的手喊：「我的天呀，那個發光體是怎樣？那是什麼帥度啊？那樣沒有犯法嗎？」

「校園王子可不是開玩笑的啊！親眼所見果然不得了，我心臟差點跳出來。」李蔓蒂臉頰泛紅，鏡片後的雙眼熠熠生光。

「我們乾脆開向春日粉絲俱樂部吧，怎麼樣？」短短幾秒我就變心了。爸、媽，請原諒花心的我，誰叫這所學校帥哥太多。

「不，我說過了，那個學長只可遠觀而不可褻玩焉，跟他告白不會有好下場，況且他已經……」李蔓蒂翻閱她的帥哥大全，「他已經有向日葵後援會了。」

唉，手腳竟然比別人慢了一步，眞是可惜！

可惡，眞羨慕他身邊那兩個女生，近水樓台先得月啊！

「那我們還是專注在常大爲粉絲俱樂部吧。」我說。李蔓蒂聞言點了點頭。

上課鐘響起，我們兩個心不甘情不願地往樓梯間走。我根本就沒看到常大爲本人，站得太後面什麼也沒見到，失落失望失意呀！

李蔓蒂倒是看得很開心，她說要先做張宣傳海報，還要簽名連署，這樣學校才有可能通過我們的創社申請。

我們走到樓梯轉角時，看見余佑寒靠牆蹲在一旁。

「班長，上課了耶！你遲到囉！」想起他之前跩得要命的模樣，我立刻幸災樂禍。

「副班長，妳也遲到了，」他站起來對我微笑，「我已經在黑板上登記妳們兩個的名字，才出來找妳們的。」

「蝦米！」我瞪大眼睛，「打鐘後才過一分鐘而已，你少騙我！」

「妳等等可以回去看看。」他不懷好意地微勾唇角。

李蔓蒂倒是一點都不在乎，「快點回教室吧，老師應該還沒進教室。」

算了，大人不記小人過。我對余佑寒做了個鬼臉後就往教室走去。

「妳居然爲了一個笑容腳軟，腦袋沒問題吧？」沒想到余佑寒居然跟在後面。

「你偷看！」難得我會覺得有點丟臉。

「不需要偷看，花痴會傳染。」余佑寒聳肩。

「我要先回教室了，你們慢慢吵吧。」李蔓蒂還眞是泰山崩於前而面色不變，帥哥以外的事情她完全不感興趣，還眞的逕自下樓。

「我也不跟你一般見識！」我對余佑寒這欠揍的傢伙說完，趕緊跟上李蔓蒂。

老師還沒進教室，班上同學有一搭沒一搭地聊天。周芷蕎還是盯著她的課本猛讀，紅筆和藍筆在紙面上交織成密密麻麻的重點標注。這個讀書狂到底有多少筆記可以寫呀！

我往黑板看去，登記遲到的區塊還眞的寫了我和李蔓蒂的座號，接著又瞥見稍早我寫在黑板上的那行字，「可愛的副班長」被塗改成「矮冬冬副班長」。

「余佑寒！」我跑上講台擦掉那行字，氣得大喊。

余佑寒正巧從後門走進教室，臉上依然掛著欠扁的微笑。

「矮冬冬，妳收齊社團申請單了嗎？」他雙手環胸，背靠在後門問。

「我不是寫了請大家把申請單放在我桌上嗎？」我指著黑板，「而且不要叫我矮冬冬，我已經說過好多次，我叫方芮冬！」真是氣到要腦充血了。

「又開始吵了。」

「矮冬冬嗓門真大。」

班上有些同學竊竊私語，我氣得瞪向剛剛又叫我矮冬冬的林叡。

「你這個捲毛頭！」所以我連他一起罵。

全班哄堂大笑。林叡抿著唇，看不出是生氣還是害羞，隱約聽到他解釋，「這是自然捲。」

但現在不是管捲毛的時候，我真正要面對的敵人還是眼前的余佑寒。

他也被我的話逗得笑個不停。班上這麼吵雜，他的笑聲聽在我耳裡卻很清晰，像是在一片隨風擺盪的風鈴聲中，從遠處傳來的沉穩鐘聲。

不過這仍然不能改變他很欠揍的事實。

余佑寒走回他的位子，在經過我的座位時停下腳步，突然拿起我的書包。

「喂喂喂！幹麼拿我的書包！」我趕緊跳下講台，急匆匆地搶回書包，卻聽見啪的一聲，低頭一看，銀色的小珠子散落一地，爸爸早上掛在我書包上的吊飾鍊子斷了！

「是妳硬搶才會弄斷的，不是我的問題。」余佑寒手掌裡還握著另一段鍊子，還有一張護貝過的小紙片。

「這張紙是什麼？」我連忙想搶回，但余佑寒把手舉得老高。

「喂！還我！」我氣得大喊。

「我看一下這是什麼……」他依舊手舉高高，仰頭讀著那張紙。那是爸爸早上幫我弄的十大初戀條件啊！

無奈的是，不管我如何拚命地跳著要拿，就是搆不著，於是我乾脆踩上椅子，迅雷不及掩耳地往余佑寒身上撲過去。

我腦中想像的畫面，應該是我從椅子上跳下來，挾著重力加速度的威力撞開余佑寒，然後順勢搶過他手上那張護貝紙片，接著在他站穩腳步時，我的雙腳可以姿態漂亮地完美著地。整個過程乾淨俐落、不拖泥帶水，還可以順勢拿回我的東西。

但計畫總是趕不上變化。沒想到當我往下跳時，余佑寒連閃都不閃，將我在空中一把攔截，我像是無能爲力的蝴蝶，讓他輕鬆地捕入網中。

下一秒，我已經落入他懷裡。

班上看熱鬧的同學發出一陣歡呼，周芷蕎嘖了好大一聲說我們很吵。她今天跟我講最多次的話就是這句了

「呀呀呀！性騷擾，放開我！」我趕緊推開余佑寒，拉著坐在旁邊的周芷蕎要她主持公道。

「冬冬，妳再吵，我就把妳的嘴巴縫起來。」周芷蕎惱怒的表情像女鬼一樣陰森，「別

吵我看書！」

沒天理了嗎？

「什麼性騷擾？大家都看見了，是妳自己主動對我投懷送抱的。」余佑寒緊咬下唇故作委屈。

「做賊喊抓賊啊！」我指著他的鼻子罵道。

「的確是妳投懷送抱呀，矮冬冬。」

我剛才叫林叡捲毛，為了報復我，他不僅特別強調後面三個字，還幫余佑寒說話。更氣人的是，班上大多數人都為他幫腔。

這就是被專制荼毒和洗腦的人民，什麼都向著王，我真是有理說不清！

「啊！氣死我了！」我只能原地跺腳。沒有一個女生幫我說話，大家都在笑。爸、媽，你們的女兒好可憐喔！

「這什麼東西啊？十大初戀條件，第一，身高要一八〇。」余佑寒皺著眉頭看我，「妳憑什麼要求一八〇的男朋友？」

「什麼意思？為什麼我不能要求？」我怒瞪著眼前的惡魔。

他上下打量我，接著說：「妳身高最多一五五，妳要一八〇的男友，差了快三十公分，接吻的時候怎麼辦？」

全班再次哄堂大笑，連李蔓蒂和周芷蕎都在笑，雖然她們看起來像是在忍耐，但顫抖的肩膀、微揚的嘴角已經出賣她們了。

我漲紅了臉。最討厭余佑寒了！他每次都讓我難堪！

「你管我！」終於搶回那張紙，我把書包掛回桌邊，坐到位子上扭頭不理他。

「喂，生氣啦？」他一手撐在我的桌邊，我想推開他的手，他卻牢牢緊黏桌子不收手。老師怎麼還沒進教室啦！討厭！

「你走開！」我瞪他。

「幹麼生氣，我說的話也沒錯呀！妳找個差了快三十公分的男朋友，那接吻的時候怎樣？他要抱起妳，還是妳要踩在腳踏板上？」

「你！」我用力打他一掌，手頓時紅了起來。

「妳看看，自不量力。」他輕蔑一笑。

「我要跟老師說你性騷擾！你完蛋了！」我改用另一隻手捏他，這下奏效了，他吃痛地縮手。我決定以後都用這招對付他。

「暴力耶。」他甩著手腕。

「哼！走開！」怎麼會有人這麼欠揍？

同學都還在看我們的笑話，我發現黑板上的遲到座號紀錄不見了，李蔓蒂不知道是趁什麼時候走上講台，擦掉寫有我們兩個座號的遲到紀錄。

「喂，矮冬冬，妳還沒回答我耶。」余佑寒的眼神忽然變得曖昧，看得我有些小鹿亂撞。他的臉越靠越近，幾乎就在我眼前，甚至感受得到他的鼻息。

我嚇得驚叫，想推開他，但這傢伙抓住我的手腕，力道不大卻難以掙脫，只能眼睜睜看他越靠越近。

雖然他很欠揍，我對他也沒有興趣，可是他的五官還是天殺的好看，這樣一張犯規的臉靠得那麼近，我相信凡是正常的女人都很難不動如山。

我臉紅心跳，結結巴巴說不出話，身體也像被下咒般無法動彈。

「不要鬧她了，班長。」一直捧著書看的周芷蕎終於說出人話，但從她不耐的表情看來，只是嫌我們吵到她念書。

趁余佑寒分神之際，我雙手一推，狠狠地推開他，余佑寒往後踉蹌了幾步，正巧秋老師出現了。

「怎麼了？班長和副班長在上演青春戲劇嗎？」

看見秋老師拿著課本走上講台，全班欸了聲。

「這一堂不是英文嗎？怎麼是秋老師啊？」枉費周芷蕎剛剛就一直拿著英文課本在預習。

「英文老師有事臨時調課，這節一樣是國文。來吧，把課本拿出來……啊，余佑寒和矮冬冬又在幹什麼，還不趕快回座位，戀愛下課再談。」

「秋老師！我是方芮冬，不是矮冬冬啦！還有、還有誰跟他談戀愛啊！亂講。」我趕緊澄清，余佑寒倒是笑得開懷地回到位子上。

「好了好了，快點坐下，矮冬冬。」秋老師明顯不耐煩，揮著手。

「她不坐下也行啦，反正也不會擋到後面同學的視線。」臭余佑寒大聲地說，全班再次大笑。

「也對。」連秋老師都同意這無稽之談。

氣得我只好坐下，然後剝下一小塊橡皮擦，朝余佑寒的後腦杓丟去。

「妳還眞是淘氣。」沒想到被丟中的余佑寒非但不生氣，還講了這麼噁心的話，我雞皮疙瘩掉滿地，同學們也在一旁起鬨。

「所以說，余佑寒，你打算怎麼追矮冬冬呢？」秋老師饒富興味地問。

「噢！上課吧，秋老師！」我企圖轉移大家的焦點。

「妳什麼時候這麼好學了？」周芷蕎居然對小八卦也有興趣。

「我不打算追啊，反正最後會是矮冬冬說要和我交往。」氣死人的余佑寒竟敢大言不慚，雙手還枕在後腦一派輕鬆得意的模樣，氣得我抓起手邊的鉛筆盒朝他丟過去。

第三章

少蠢了妳們，花痴只會嚇跑男人。

我用金黃色的奇異筆在白紙上方畫了好幾顆不同大小的星星，正中央用紅色的POP字體寫上「常大爲粉絲俱樂部」，「招生中」三個字則用黃色當底，配上驚嘆號。

整張宣傳海報用盡了我畢生的美術技巧，原本打算叫林叡幫忙，因爲他是學藝。但他用鄙視的目光瞪我，爲了反擊，我叫他「Q毛頭」，林叡漲紅了臉罵我死矮冬瓜，結果我們就吵起來了。

沒關係，反正我自己來也可以畫得很漂亮。

當我將成品交給李蔓蒂時，她雙眼發亮。我們兩個拿著從合作社買來的影印卡，印了好幾張彩色海報，站在路邊，把這當成傳單發給路過的學生。

到了下午，我們已經收到不少想要加入社團的申請單。

我和李蔓蒂笑咪咪地看著將近二十張的申請單，開心到嘴巴都闔不起來，有這麼多申請單，我們一定能成功申請創社。

「這什麼鬼？」

這個聲音瞬間澆熄我的喜悅，我提高警覺，瞇著眼轉頭看向出聲者——余佑寒。

「你這個渺小的人類哪會懂我們的偉大事業。」我搶回他手上的傳單。

「這種侵犯個人隱私的東西能叫什麼偉大事業？」沒想到他又從口袋掏出另一張折起來的傳單。

「你！你怎麼會拿到傳單？」我再搶回來。

「走廊上有女生在討論，我就跟她們要了一張看看。」他皺眉看著傳單，「喂，妳們別鬧，這超蠢的，拉低我們班的智商了。」

「我眞該跟妳抽成，我看見別班不認識的女生用我的照片當手機桌布。」余佑寒搖頭。

李蔓蒂沒搭理他，只是拿起手機朝著余佑寒猛拍照。

「哈哈哈，就憑你？」我毫不留情地大笑。

「我？我的臉蛋也不錯啊。」他摸了摸自己的下巴，對我擠眉弄眼。

好，是眞的不錯，但這樣的自信眞的太欠揍。

「但是還差我們的常大爲好大好大一截。」我用雙手在空中畫了一個大圈圈，怕余佑寒不夠明白，我還站到椅子上繼續畫圈。

「和那位天才學長比成績，我的確輸得一塌糊塗，不過就臉蛋來講，我還滿有自信的。」他又欠揍地笑了起來。

「低能，你哪來的自信？」我搖頭，覺得他實在無可救藥。

「妳才是哪來的自信以爲這種社團能通過學校審核。」余佑寒哼笑一聲。

我拿起那堆申請單，「我們已經募集到很多人的社團申請單，對不對，蔓蒂？」李蔓蒂連連點頭，接著繼續朝余佑寒按快門，一度還因爲我擋到鏡頭而不客氣地叫我閃邊。

「不過是廢紙罷了，勸妳找個正經的社團加入，對升學才有幫助。」余佑寒非常不屑。

「啊啊啊，我才剛進高中，才剛經歷過噁心的大考，不要再跟我說考大學的事情啦！」

我摀住耳朵亂喊，李蔓蒂也點頭表示同意。周芷蕎不用說，嘖了很大一聲繼續看她的書。

「那你加入什麼社團？」李蔓蒂好奇地問。

「喔？妳不是很自豪妳的帥哥大全嗎？怎麼資料沒有收集齊全？」余佑寒坐到一旁的空位。

李蔓蒂挑眉，「那會侵犯個人隱私。」

「妳對個人隱私的定義在哪啊？照片就不算嗎？」余佑寒怪叫。

「相片是商品。」李蔓蒂又比出那下流的金錢手勢。

看樣子我眞是找對合伙人了。

募集到三十張申請單後，我們著手準備申請社團的資料。所謂的資料，其實就是寫下爲什麼要創立常大爲粉絲俱樂部——有助身心健康。不知道哪一個國家研究過，每天看美女壽命會變長，所以看帥哥自然也是相同的道理。

把理由洋洋灑灑地寫滿整張申請表後，我還很認眞地附上研究報導與參考資料，證明這些論述是有根據的。

最終，我們把所有資料放入牛皮紙袋交給秋老師。

「這什麼東西？這麼厚？」秋老師皺起帥氣的濃眉。雖然他是老師，但外表看起來還是像個大學生。

「這是我們的社團申請表，我們想要申請創立新社團。」我抬頭挺胸向老師說明，李蔓蒂也在一旁點頭。

「喔？妳們想創立社團嗎？話說觀星社也差不多是三、四年前才成立的新社團……讓我看看妳們想創什麼……」秋老師從牛皮紙袋抽出資料，頓時瞪大眼睛，用力眨了幾下，再次看了看申請單，「常大爲？二年級那個轉學生？」

「對呀，秋老師，你也知道這個學長對吧！」我和李蔓蒂的眼睛閃亮亮。

「全校沒有不知道他的吧。話說回來，這粉絲俱樂部是怎麼回事？」秋老師指著申請單上的社團名稱，「還附有常大爲的照片，妳們這……」

「我們很專業對吧？」李蔓蒂一臉等候稱讚。

秋老師張開嘴想說什麼又沒說，最後這些沒說出口的話變成一個大大的嘆氣，指尖在申請單上一邊敲著，一邊搖頭說：「眞是青春。」

「秋老師，幫我們蓋章吧，申請社團要先經過班導同意。」李蔓蒂說。

「這個啊……百分之百不會通過的啊！如果蓋章交出去，我會被主任約談。」他將申請單裝回牛皮紙袋還給我們。

李蔓蒂一臉不可置信，我也驚訝地張大嘴巴。「秋老師！拜託！」我把牛皮紙袋又塞給秋老師。

「妳們別鬧了，這該不會是大冒險吧？」秋老師再次推回來給我們。

兩個女學生和男老師在導師辦公室推來又推去，惹得剛踏進導師室的D班導師（也就是我們的數學老師）忍不住開口詢問。

「我們想要……」我的話才說到一半，就注意到數學老師手上拿著我製作的常大爲粉絲俱樂部招生傳單。

「你怎麼有那張傳單？」秋老師也發現了。

「這個？」數學老師滿臉不解地說：「剛才上課沒收的。居然想得到創立這種社團，現在的小孩子還眞是花招百出。」

我和李蔓蒂互看一眼，該說出那張傳單是我們製作的嗎？

「沒記錯的話，你剛剛應該是上二年級的課吧？B班嗎？」

數學老師回到座位上，「是啊，常大爲本人應該也滿困擾的吧，班上同學一直起鬨。他才剛轉來就遇到這種事，該不會是變相的霸凌吧？」

變相霸凌？

我和李蔓蒂又對看一眼。這怎麼會是霸凌呢？我們是在讚揚常大爲學長的帥氣呀！

秋老師竟大笑起來，「從某方面來說，對那個靦腆的轉學生而言，這件事的確是種霸凌。」

我和李蔓蒂拿著牛皮紙袋離開導師室，一路上兩個人沉默不語。

「被退貨了，對吧？」余佑寒和林叡站在走廊喝著合作社買的飲料，笑得賊兮兮地說。

「老師說我們這是變相的霸凌。」我低頭嘆氣。

「哈哈哈哈，是眞的啊！」余佑寒大笑，他的笑聲很特別，即便四周一片嘈雜，我還是可以清楚聽到他的笑聲，是一種……說不上來的感覺。可惡的是，我確實還挺喜歡他的爽朗笑聲。

「要是有女生幫我創這種粉絲團，我一定想死。」林叡冷笑，看著我的目光像在看白痴。

「誰要幫你這Q毛創粉絲團。」我翻白眼。

「妳這死矮子！」林叡氣炸了，朝我走來。余佑寒依然在後面大笑。

「我先進教室了。」李蔓蒂拿著牛皮紙袋進教室。

「啊！過分，留我一個人。」

我趕緊要跟上李蔓蒂，卻被林叡一把抓住頭頂。不誇張，他的手掌直直罩住我的頭頂，好像我的頭是籃球一樣。

「會、痛、啦！」我大喊想掙脫，但大家都只顧著笑，就連走廊上經過的別班同學也停下腳步看熱鬧。

「班長，救命啊，副班長正被學藝欺壓！」這時我充分理解到什麼叫做「病急亂投醫」，才會燒昏腦袋地向余佑寒這個大魔王求救。

余佑寒當然沒讓我失望，他勾起一抹邪惡的微笑，慢條斯理拿出手機，對著我拍了幾張照片。

「你、你幹麼啦！」我驚慌地問，同時感受到林叡手中加重力道。

「幫妳拍幾張愚蠢的表情，當妳的來電圖片。」他一邊笑著一邊儲存照片，絲毫沒有打算來幫我。

「誰要打給你啊！」我逮住機會用手捏了林叡手臂的蝴蝶袖，力道之狠，他倒抽一口氣收回手。

「死矮冬瓜，很痛耶！」林叡惡狠狠地瞪我。

我才不會因此向惡勢力低頭。我對他吐了吐舌頭，順便瞪了笑個不停的余佑寒一眼，轉身跑回教室。

余佑寒依然哈哈大笑，林叡則是大聲抱怨，大概罵了我十次矮冬瓜。可惡，我要把他放在桌上的橡皮擦藏起來！

「妳幹麼？」周芷蕎抬起沉浸在書本的目光。

「噓，我要藏Q毛的橡皮擦，讓他等一下上課找不到。」

「妳很無聊。」周芷蕎說完繼續念書。

呿，誰比較無聊呀？抱著書本看最無聊！不過，抱怨我只放在心裡。

在林叡回到教室的前一秒，我快手快腳地將橡皮擦塞進他掛在書桌旁的書包裡，再立刻坐回自己的位子上裝沒事。

「矮冬冬，妳幹了什麼好事？」余佑寒打趣地看著我。

「我、我哪有。」原來心虛的時候，說話眞的會結巴。

林叡瞇著眼打量我，我哼一聲撇過頭，周芷蕎斜睨我一眼，繼續鑽研她的課本，而李蔓蒂則是在整理她的帥哥大全。

「蔓蒂，我們辦不成社團了，怎麼辦？」我戳了戳她的背。

「也沒辦法，還是我們改取什麼人文研究社或是人類心理學之類的名稱？」李蔓蒂將宣傳海報還給我。

「勸妳們別蠢了，找個現有的正經社團加入比較實際。」余佑寒插話。

「又沒問你！插什麼嘴啊？」我瞪了余佑寒一眼。

「加入讀書社怎麼樣？」周芷薔開口閉口離不開書本。

我對著她面露微笑，下一秒翻了個大白眼，「駁回！」

「妳眞的很討厭！」周芷薔氣呼呼的樣子還是很可愛。

「不然加入觀星社怎麼樣？我參加的社團。」余佑寒又插嘴。

「你幹麼又插嘴啊？我又沒跟你說話，我怎樣也不會跟你同一個……」話到此處我停頓了一下，想到一個超級棒的點子。

「蔓蒂，我知道了，我們只要和常大爲加入同一個社團就好了啊！」

李蔓蒂的眼睛因爲我這個超天才的想法而亮了起來，她立刻翻閱手上的帥哥大全。

「不會吧，妳已經記下他們參加哪個社團了？」我對她佩服的五體投地。

「那是當然的，我不准別人說我資料不夠齊全！」說完她還瞥了余佑寒一眼。

「少蠢了妳們，花痴只會嚇跑男人。」余佑寒眞的是不插嘴會死耶！我應該藏他的橡皮擦才對！

「我倒認爲男生喜歡這種被注目的感覺。」李蔓蒂第一次大反擊。話說完，她不忘抓緊時機拿手機拍了余佑寒。

「當然如果是像蔓蒂這樣清純可愛的女生注意我，我會很開心，但如果是像旁邊那個沒女人味的矮冬冬……哎呀，那還寧願不要呢！」

余佑寒這句話眞是讓我氣急攻心，我立刻站起來指著他鼻子大罵，「哼！不知道是誰向那個沒女人味的矮冬冬告白的？」話說完，我才意識到我的音量有多大。

班上安靜了片刻，不一會兒，同學們開始起鬨。

當余佑寒嘴角勾起可惡微笑的那一瞬間，我後悔自己的莽撞。

「矮冬冬，沒想到妳還記得我的告白啊？」余佑寒站起身，我彷彿看見他背後長出惡魔的羽翼。

「你、你那哪是告白！」我又結巴，把桌子往後挪一些。

余佑寒大手一壓，穩住我的桌面，上半身傾向我，微笑看著我，「是妳剛剛自己說那是告白的。說到這個，妳的回答是什麼？」

這下可好，此刻他的臉離我超級近，就連他的呼吸都能感受得到。好噁心喔，幹麼一直對我放電啦！

我急忙用餘光掃過教室一圈，想看看有沒有人幫我？但大家除了看熱鬧還是看熱鬧，甚至連周芷蕎都放下書本盯著我們看。最令我感到意外的是，李蔓蒂居然沒有拍照！

喔，天啊！我還在想什麼？眼前這個噁心鬼一直逼近我，我還有閒情逸致去觀察別人？

想到這裡，我立刻伸出手，想捏一把余佑寒的肚子阻止他，可是當我摸上他的腹部時，卻沒有感覺到軟軟的肉。

「妳在吃我的豆腐嗎？」余佑寒的表情超級機車，同學們再次連聲起鬨。

「誰要吃你豆腐！你滾！」沒辦法，我只好抬腳踢向他的腹部。

「哇靠，矮冬冬，妳還是女的嗎？」余佑寒揉著肚子往後退一步。

「哼！你活該！」知道我的厲害了吧！

「都看到內褲了。」林叡在一旁插話。聽到他說的，我立刻漲紅了臉，拿起桌上的橡皮擦猛力朝他丟去。

「性騷擾！」我氣得跺腳。

「性妳的頭，我還要告妳讓我看到髒東西，精神賠償！」林叡接住我的橡皮擦，又用力往我身上扔回來，一點也不手下留情。

眼看橡皮擦就要打中我的臉，忽然，余佑寒的手在空中一攔，穩穩地接住橡皮擦，放回我桌上。

班上響起如雷掌聲，我也訝異地看著他。想了想覺得這又沒什麼，不過是他的反應神經比一般人好一點點罷了，那又如何？

「別對女生動手啊。」余佑寒對林叡說道，臉上依然掛著笑容。

「她先……好，算了，不計較這些。」林叡擺擺手，一副委屈的樣子。

「矮冬冬，女孩子這麼暴力也不好，要不是我平常有鍛鍊身體，妳剛剛那樣一踢，萬一我臟器破裂怎麼辦？」余佑寒大喊道。

「臟器破裂？我哪有那麼用力！」太誇張了吧！

「眞的啊，妳看。」余佑寒居然將襯衫掀起來，露出肚子。

「啊！你變態呀！」我大喊，班上的女生瞬間衝上前爭相目睹，而李蔓蒂更是拿起手機連拍個不停。

「喂，這組照片我要收費啊。」余佑寒提醒，但李蔓蒂充耳不聞。

雖然說余佑寒這種行爲很變態又很噁心，可是，現在又不是看到對方身體就要結婚的時代，有機會可以看到活生生的帥哥春光，當然不看白不看呀！

所以，我嘴裡叫歸叫，眼睛可不能吃虧。

余佑寒的肌膚不黑也不白，是長期在陽光下運動曬成的古銅色，就像時尚雜誌男模常擁有的膚色。

此時，我才明白爲什麼剛剛要捏他肚子時，卻沒能捏到軟肉。

雖然沒有八塊肌或六塊肌那麼誇張，但余佑寒的確是有腹肌的。

這下子女生們的尖叫還有李蔓蒂的快門按得更頻繁了。

「有沒有搞錯啊，你怎麼練的？」失心瘋的不只有女生，連班上的男生都爭先恐後地追問。余佑寒一臉得意，開始分享他的經驗。

一直到老師踏進教室之前，我都覺得我們班處於另一個詭異世界。

❄

「你們班三十五、四十二號在嗎？」

在期中考前夕，有兩個漂亮火辣的學姊來教室找我和李蔓蒂。

幾個男生偷偷瞄著學姊，我也被她們的頭髮吸引目光，多看了好幾眼。雖然髮禁已經解除，學校沒有硬性規定每個人的髮型，但多數學生還是遵守不染不燙的原則，畢竟青春雖然自由，也還是該有學生的樣子。但學姊們的頭髮明顯經過染燙。

「請問有什麼事嗎？」我和李蔓蒂有些害怕。

我們學校沒有學長姊制度，所以每個年級都是各過各的。畢竟全校四千多人，教室那麼多，校園又那麼大，同年級的人都認識不完了，哪有空去認識其他年級的人。

不過帥哥不在此限！

兩個學姊瞇起眼睛打量我們，「妳們叫什麼名字？」

「方芮冬。」

「李蔓蒂。」

面對學姊，我們只有乖乖回答的份。

「我叫張珈瑩。」

比較高的學姊，有著一頭偏亞麻綠的及肩髮，戴著藍色的瞳孔變色片。她指了指一旁比她嬌小但還是比我高出半顆頭的紅色長捲髮學姊，「她叫蕭如笭。我們算是妳們的直系學姊，二年A班三十五和四十二號。」

我和李蔓蒂對看一眼，小聲說：「學姊好。」

「妳們加入社團了嗎？」

「沒有。」

張珈瑩的眼睛亮了亮，蕭如笭則遞來兩張單子，「來，這是美髮社入社申請單，妳們填完交給我們。」

「啊？」我大叫，我們要加入有帥氣學長的社團呀！美髮社聽起來就全是女生，我才不要。

可是……我又不敢這樣告訴學姊，我再怎麼白目也知道惹虎惹熊不要惹到虎姑婆，尤其是年紀輩分比自己大的女人。所以我扭著手指，期望一旁的李蔓蒂會挺身拒絕。

不過，當我轉頭看到她嘴唇發白的慘樣，我瞬間明白，她也跟我一樣不敢忤逆學姊。

「我們在這邊等妳們。」

我們只好接過單子，乖乖回到座位含淚寫上自己的班級、姓名和座號。早知道我就先隨便選個社團加入。這下子我高一的社團生活注定黯淡無光了。

張珈瑩滿意地看著單子，「這樣我們的社團人數就能達到增加經費的門檻，可以準備提出申請了。」

「我們先去忙，別忘了今天放學過來社團教室。」蕭如等吩咐完，就跟張珈瑩一起離開了，一紅一綠的髮色在走廊上格外引人注目。

我像洩了氣的皮球一樣，滿心哀怨地看著一臉呆滯的李蔓蒂。

「想加入帥哥社團失敗了吧？」余佑寒帶著戲謔的笑容說。不知道他從哪時就在一旁了。

我已經沒有跟他吵架的力氣，只好拿起桌上的課本往他身上丟。

放學時間，我背著書包，趴在走廊欄杆上看著放學的人潮。

二年S班的帥哥樂宇禾和校花一起騎著腳踏車，以極其青春的方式離開學校。

二年C班的校園王子向春日則和兩個女生一同步出校門。

接著是二年B班那位充滿神祕感的大天菜——常大為獨自走出校門。

啊啊，他果然是單身，可惡呀，如果站在他身邊的是我……嘿嘿嘿，那該有多風光啊！

光是想像我就笑得合不攏嘴了。

「笑什麼？噁心死了。」余佑寒又冷不防地出現在一旁。我意興闌珊地瞥了他一眼，扭頭往教室看，李蔓蒂還在跟周芷蕎說話。

「你快回家啦。」我擺擺手，敷衍他。

余佑寒盯著我看。如同我之前說過的，雖然他很欠揍，但他的臉還是天殺的好看，被帥哥盯著看，我還是不免會難爲情，只好伸手捏了他的手臂，想打破僵局。

「妳幹麼啊？」余佑寒笑了。

「沒幹麼，你這樣盯著我看，很噁心。」我別過頭不想理他。

「我看我喜歡的女生，這沒什麼吧？」余佑寒的聲音帶著笑意。

喔！我的雞皮疙瘩都掉滿地了啦！

「你這句話更噁心。」

其實我心裡有點開心，但要說明一下，不是因爲被他喜歡感到開心，而是一種虛榮的喜悅。誠如我一再強調的，扣掉余佑寒很欠揍這一點，他確實是個稱職的天菜。

天啊，曾幾何時在我心中他已經脫離白菜了？這會不會太快了啊！我沒問題吧？

余佑寒再次笑了笑。我抿著唇，眞心覺得自己喜歡他的笑聲，那種發自內心的笑，聽了讓我有種安心、舒服的感覺。

「喂，怪咖，你說你喜歡我，爲什麼？」

「居然叫我怪咖。」余佑寒笑了幾聲。

「我知道我很美，你一見鍾情也是無可厚非，但是這樣我很困擾……」

「喂喂，等等，妳剛剛說什麼？」余佑寒把手放在耳朵邊。

「我說，我知道自己很美……」話還沒說完，我就被一陣笑聲打斷。

「哈哈哈哈哈哈。」他大笑，「妳到底哪來的自信認為自己很美？怎麼回事？妳要知道，學校裡比妳優的女生大概可以排得像一〇一那麼高，妳又憑什麼……欸，話好好講啊，幹麼動手？」

他閃過我甩向他的書包，再次展現超乎常人的反應神經。

「如果不是一見鍾情，那是喜歡我哪裡？」余佑寒開學第一天就向我告白，竟然不是因為我美得罪過，那又是為何？

總不可能像偶像劇那樣，小時候的我們可能在哪裡相處過，事隔多年，我全忘光光，余佑寒卻記在心底。然後開學第一天，他一見到我就認出我是他忘不了的那個女孩，沒想到我卻忘記他了……不會是這樣超現實的劇情吧？

「矮冬冬，可能妳是我的菜吧。」余佑寒攤手，這句話聽起來還真是沒誠意。

「還真是謝謝。」我翻白眼。

「怎麼？平常妳們嘰嘰喳喳叫著哪些男生是妳們的菜就沒關係，我說妳是我喜歡的類型所以喜歡妳，妳反而不高興？這不是雙重標準嗎？」他失笑。

「對對對，本姑娘就是喜歡雙重標準，喜歡對人不對事。」我對他吐舌頭。

「妳真是不可愛。」余佑寒搖頭。

「好了，我們走吧。」李蔓蒂背起書包對著我說。

「班長，你要回家了嗎？」周芷蕎問。

余佑寒多看我幾眼，點頭，「對，妳呢？怎麼回家？」

「我走路。」周芷蕎說。

我們只能無奈地目送他們的背影離去。我拍拍李蔓蒂的肩膀，「唉，我們要去充滿女人的美髮社了。」

聞言她一臉哀怨地嘆了口氣。

由於學校成立了太多社團，加上每年都有社團新創或廢除，所以社團教室分散各處，並不集中。

美髮社所在的位置是我們這棟樓的最高層，旁邊有一大片空中廣場。當我和李蔓蒂來到樓上，發現美髮社居然占用空中廣場，在那裡放了好幾張像是髮廊給顧客使用的椅子，只是設備沒那麼專業。

「哇，這樣下雨怎麼辦？」我問李蔓蒂。

「再把椅子推進教室吧，不然呢？」說的也是，這麼簡單的處理方式我居然沒想到。

我們走進美髮社專用教室，還以爲會看見大家忙著整理頭髮之類的畫面，沒想到卻看見教室裡的椅子排成ㄇ字型，每個人都坐在位子上。

「妳們來了啊？」亞麻綠髮色的張珈瑩正蹲在一旁整理放滿電棒的櫃子。

「快找地方坐下吧。」蕭如箬站在講台上，「人都到齊了。」

「開始吧。」張珈瑩站起來，雙手一拍，走到蕭如箬身邊。

「我們是美髮社的社長和副社長。美髮社說認眞不算認眞，但也不容易打混，基本上就是大家互相編髮、弄弄髮型，然後染髮和燙髮之類的，好玩性質居多。」

什麼?染燙髮叫做「好玩性質」，髮質可是會受損的呀!

「社團展覽時，大家可以分組進行，也可以自己一個人一組，總之一定要交出一個作品提供展覽。」蕭如筝接著說：「找得到模特兒最好，找不到就用假人頭，只是比較可怕而已。」

張珈瑩賊笑著拉開鐵櫃，滿滿的假人頭在漆黑的櫃子深處瞪著我們。

「哇──」

聽到一年級的新生們發出尖叫，學姊們則是放聲大笑。

「每年就是要這樣嚇新生一次才對呀!」張珈瑩笑著說。

「不過玩笑歸玩笑，用完假人頭記得放回櫃子，就算沒有靈異事件，半夜也會嚇到巡邏的警衛。」蕭如筝咳了幾聲，總算給了比較正經的叮嚀。

我左看看右瞧瞧，果然社員清一色都是女生，我眼神絕望地看著李蔓蒂，她的眼神同樣黯淡無光。

我的老天爺呀!在這個社團一點也無法滋潤我的心靈啦，我一定要找到機會開溜，離開這個充滿女人的社團。

有些事情只可意會不可言傳，此刻就是最好的證明。李蔓蒂對著我微笑，神情堅定地點點頭，我們都明白，一定要逃出這個乾枯的地方。

咳了一聲，我舉起手，決定速戰速決，別像早上一樣畏懼權威就白痴地填了入社申請單。

「方芮冬，什麼事?」張珈瑩問。

學姊喊我的名字，讓我有點感動。這一陣子大家都叫我「矮冬冬」，根本沒人叫我的本名，我懷疑已經沒人記得我的名字了。再來，不過半天時間，學姊居然就記住我的名字，有沒有用心看這個就知道。

只可惜女人的義氣比不上男人的可口……不是，我的意思是，我還是想去男女比例比較平均的社團，況且我對頭髮什麼的不感興趣。

「我想要說……」

「嗯？不是今天來當模特兒嗎？」一個男生忽然出現在社團教室前門。他的聲音打斷我的話。

此時我不用看李蔓蒂的臉都知道，她一定跟我一樣雙眼發亮。

那是一個非常非常帥氣的男生，鼻子堅挺、雙目深邃，乍看像是混血兒。他的頭髮長度到肩膀，髮型看起來是特別設計過的。

「夏恒生，不是今天。不是跟你說過今天臨時改成新生說明會了嗎？是明天啦。」蕭如等皺起眉頭。

「哎呀，我以爲是今天，早知道就跟他們一起回去了。」名爲夏恒生的大帥哥拍了下自己的額頭，「那明天再說吧。」

「沒有再說，說好了要來當模特兒，明天放學我會去教室堵你的。」張珈瑩語氣凶狠。

什、什、什麼狀況啊？這個超級大帥哥是美髮社的模特兒嗎？

等那個男生消失在走廊後，所有一年級學生無不發出驚呼聲，對他議論紛紛。而我趕緊看向李蔓蒂，她正慌慌張張地翻著帥哥大全。

「蔓蒂，怎麼回事，妳的帥哥大全漏掉那一個了？」我趕緊問。

「不可能呀，我怎麼可能會漏掉那樣優質的……啊！找到了啦！」李蔓蒂翻到樂宇禾那一頁。

「這是樂——」

「這邊！」她翻到下一頁，是樂宇禾騎腳踏車載著校花的那張模糊照片。

記得上次我看到這裡就沒看下去了，因爲校花實在正得人神共憤！重點原來在下一頁貼著的照片，居然就是剛才那個帥哥。

「夏恒生，二年S班，對待女生都是一視同仁的溫柔，與樂宇禾和校花三人同進同出。重點是，單身！」李蔓蒂念著她寫下的基本資料，對我眨眼。

「意思就是說，這樣一個尤物就在美髮社出沒，那我們爲何不……」李蔓蒂越說越興奮。

「等一下。」我制止李蔓蒂說下去，低聲問：「夏恒生也有參加社團吧？那爲什麼我們不直接加入他的社團呢？」

李蔓蒂右手握拳，拍在左手手掌上，「說的也是。」

她再次查看帥哥大全，表情驚訝，「他和樂宇禾都是觀星社！」

可惡，我想起之前余佑寒問我要不要加入觀星社。如果知道他和養眼帥哥同一個社團，那麼就算要受他的氣，說什麼我也要加入！

「不過等一下，他們似乎很少參加社團活動……」

「妳確定嗎？」

「明天問問看余佑寒吧。」李蔓蒂闔上本子，對我綻開笑容，「反正剛才妳也聽到了，夏恒生明天會再來美髮社，所以，無論如何我們也要在美髮社待到明天呀。」

嘿，沒錯！對這結論我絕對舉雙手贊同！

第四章

有一天妳會發現，現實和理想是有差距的。

突然聞到一股好香好香的味道，一開始我還以爲是誰的早餐，後來發現香味是從窗外傳來的。

早自習前，教室還沒什麼人，反正也沒事，我決定步出教室循著味道尋找香味來源。我走過空中之橋來到對面的教學大樓。上樓後，那股香味變得更濃郁，是從某間教室傳來的，抬頭一看，班級牌寫著「烹飪社」，難怪這麼香。

不過七早八早怎麼會有人在烹飪教室裡煮東西呢？雖然有聽說過烹飪社社員都很認眞積極，但有可能這麼早就過來練習嗎？

出於好奇，我蹲在後門偷偷往裡面看。只見一個長髮女生背對著我站在流理台前。我猜應該是在烹飪食物，因爲整間教室飄散著食物的香氣。

令我意外的是，她對面站著一個人——余佑寒。

他的臉上沒有平時的從容，更沒有掛著一貫的欠扁戲謔笑容，而是滿臉不敢置信。

「妳怎麼會在這裡？」我聽到余佑寒這麼說。

那女孩說了些什麼我沒注意聽，因爲余佑寒認眞的表情實在太少見。我失神地看了一陣子，怕被他們發現，趕緊偷偷摸摸轉身回教室。

當第一節課的上課鐘聲響起，余佑寒才匆匆忙忙跑回教室。

林叡與其他男生在一旁喊著：「班長遲到與庶民同罪。」

我也開玩笑地走上講台，想在黑板上登記他的名字。

余佑寒一邊笑一邊走向自己的座位，翻開書包拿出課本，接著走上講台搶走我手中的粉筆，要我快點回座位。

而我呆呆地回到座位上後，才仔細回想剛剛看見了什麼——余佑寒趁著手伸到書包拿課本時，迅速地塞了一小包東西進書包。

既然他早自習待在烹飪教室，烹飪教室又滿是食物的香味，我理所當然地推斷他剛剛藏進書包裡的是手工餅乾或蛋糕之類的。

我忍住想去翻他書包的衝動，盯著台上表情似乎有些不自然的余佑寒。

烹飪教室裡的畫面深深定格在我腦海中。那不像告白場景，嚴格說起來，我當下感受到余佑寒是困擾的，但他依然收下了那個女孩的東西。

我從不覺得余佑寒對我是認真的，他說不出喜歡我的理由，對待我的態度也不像。

果然，余佑寒說喜歡我的那件事情，是假的。

❄

「不重要的期中考結束後，我們學校每年上學期都有個盛大的活動，叫做球技大賽，男生有籃球和足球可以選擇，女生則是排球或羽球，不是每個人都有參賽機會。下學期的重頭戲則是社團展覽，這可是年度大事，偶爾會有企業廠商來參觀順便徵才。總之，好好表現，會有很多意想不到的收穫。」秋老師在台上解說完畢後，發下比賽意願單要我們在放學前繳回。

我最喜歡那一句「不重要的期中考」，秋老師呀，既然不重要，那別考了如何？

「期中考……我一定要加油！」我的媽啊，周芷蕎居然不斷喃喃自語。完蛋了，她眞是念書念到走火入魔。

「好了啦，至少還有一個月，怕什麼？」我好言出聲安慰，卻換來周芷蕎一記惡狠狠的眼神。

「在越好的學校考試壓力越大，妳以爲以前在國中考第一名，來到這裡一樣可以維持嗎？這裡的水準很不一般，我光想到在國中都考第一名的學生齊聚在此，總要有人淪爲最後一名，就覺得很可怕啊！」

被她這樣不斷碎碎念，害我也有點緊張，過去常考第一名的人，在這裡都可能淪爲最後一名了，何況我以前還不是第一名……

不僅要擔心淪爲全班最後一名的窘狀，要是淪落到全校最後一名該怎麼辦？

我記得學校會公布學生的考試校排，要是我眞的不小心拿到全校最後一名，那余佑寒會怎麼嘲笑我！

……不對啊，關余佑寒屁事，我幹麼在乎他的想法？

我偷偷從抽屜深處拿出早上發下來的數學小考考卷，不是零分，但也沒有及格。升上國中以後，我的數學就很難拿到六十分，好在考高中的時候出現奇蹟，數學讓我拿到了平均分數。我想這一定是因爲我帶著准考證去拜觀世音菩薩的關係。

「大家不是都拜文昌帝君？難道其實應該要拜觀世音嗎？」余佑寒語帶嘲弄。

我瞪大眼睛，難道我把心裡想的都講出來了？

余佑寒點頭，我瞇著眼睛盯著他。

「妳還眞不是普通的白痴。」被他取笑，我更不爽。

「講到文昌帝君，我考試的時候也有拿准考證去拜呢！」林叡插嘴。

「我也是。」周芷蕎難得加入話題。

李蔓蒂也在一旁跟著點頭附和。

「那看樣子很靈驗啊！大家現在不都在同一個班級了。」

「所以妳剛剛說觀世音是怎麼回事？」余佑寒又問，我還以爲這話題被跳過了。

「沒有啦……就考試前文昌帝君前面不是都會擺一大疊准考證嗎？我怕文昌帝君如果不小心遺漏掉我的，那不是很衰嗎？所以我就放到旁邊觀音娘娘的供桌上，請祂幫我跟文昌帝君說一下，說不定文昌帝君就會因爲人情壓力優先處理我的請託啦！」我邊說邊笑，手還在後腦抓了幾下。

結果眼前四個人一臉目瞪口呆。我又哈哈兩聲，他們依然神情呆滯。

啊！我知道了，他們一定覺得我很聰明。

「不用這麼崇拜我啦！」我揮揮衣袖，讓他們見識一下我不凡的風範。

「我的天，妳眞的是個白痴耶！」第一個說話的是林叡，他翻了一個大白眼，徹底表現出對我的不屑。

第二個發出聲音的是余佑寒，嚴格說起來他只是一直在笑，笑到眼淚都流出來。對，就是這麼誇張。

周芷蕎只是搖搖頭，好像剛剛聽了什麼浪費她時間的事情，轉過身又繼續看書。而李蔓蒂對我微微點頭，但我也不知道那是什麼意思。

「喂！你們不要小看我，我好歹也有考進這間高中，看來文昌帝君還是有優先處理我的事！」我站起來指著余佑寒和林叡的鼻子說。

「是嗎？矮冬冬，妳國中成績怎樣？」余佑寒依然笑個不停。

「至少有維持在班上第十名左右！」我抬起下巴，而周芷蕎滿臉不可置信地轉頭看我。

「第十名？我以前是全班第一耶。」林叡再次大聲嘲笑。

「我至少也有前三。」余佑寒聳肩。

「矮冬冬，這樣子妳高中會很辛苦喔。」連李蔓蒂都露出憐憫的眼神。

欸欸欸，有這麼糟糕嗎？一直維持在第十名耶！這多不容易啊！

但看看周芷蕎瞪大眼睛的模樣，好像第十名是全世界最糟糕的事一樣，可惡，她一定從以前就是全校第一名了。

「這個話題一點也不重要，請容許我使用跳過卡。」我咳了幾聲，「喂，討厭鬼，你說你是觀星社的，對吧？」

聽見關鍵字的李蔓蒂頓時睜大眼睛，換上專注的眼神。

「怎麼了？妳決定要退掉美髮怪社，投向我的懷抱了嗎？」余佑寒挑眉問，我忽略他的最後一句。

「你們社團有沒有兩個帥到翻天的二年S班學長？」這種事情可不能開玩笑。

「我本身就帥到翻天了，沒有人比我更帥啊。」余佑寒說完還自己大笑，一旁的林叡也跟著笑。

「是是是，扣除掉你這位升天的，還有沒有其他很帥的？」

「樂宇禾和夏恒生，知道嗎？」李蔓蒂補充。

「不知道。」李蔓蒂的提問余佑寒就願意認眞回答，「我們社團挺多幽靈社員，也許那兩個也是吧。」

既然這樣，還不如去美髮社，起碼夏恒生一定會來當模特兒，效益還比較大。

這是我和李蔓蒂兩人相視無言的默契。

「矮冬冬，妳別再執著什麼帥哥了，因爲妳根本就無法追到手啊。」余佑寒這句話讓林叡笑得更大聲。

「關你屁事！」我怒瞪。

「不是呀，帥哥配美女，這是亙古不變的道理，就憑妳？省省吧！」余佑寒大聲說著，不少同學眼睛都看了過來。

「除了我以外，沒人會喜歡妳了。」

全班再次哄堂大笑，夾雜著一些女同學的驚呼。

也許在別人眼中，看見的是一個欠揍的大帥哥對我告白，可是此時我腦中浮現的，卻是稍早在烹飪教室裡那個長髮女孩的身影。

我甩甩腦袋，決定不跟他們一般見識，邁步向外走去，余佑寒追了出來，班上再次傳出看好戲的鼓譟聲。

「矮冬冬，妳要去哪？」

「上廁所！」我瞪他。

「大號？」

「你問女生什麼問題！」我抬起腳要踢他。

他格格笑著閃過我的攻擊，「我可不知道女生還會把腳抬這麼高啊。」

「你不要跟著我！討厭！」去找你的烹飪社女孩。

「喂，妳到底什麼時候要回答我？」

「蛤？」我一臉困惑。

「我的告白啊。」余佑寒臉上始終帶著笑。

我一愣，停下腳步看著他。

余佑寒手插口袋，滿臉笑意，看起來很有自信。

「別裝了，再裝就不像了。」我揚聲說道。

「什麼意思？」

他皺眉的表情好像真的不明白。

男生還真是可怕，明明就有其他曖昧對象了，還能如此誠摯地說喜歡我。

「我的初戀男友有十項條件，你連一項標準都沒達到，所以別想了！」最後，我用這個理由回應余佑寒的告白。

他一開始就不是認真的，我又何必去執著那些條件呢？反倒變得像是我很在意一樣。

余佑寒只是聳聳肩，「有一天妳會發現，現實和理想是有差距的。」

我對他吐了吐舌頭，轉身往廁所方向走去。

這一次余佑寒沒有跟來。

❄

「現在是怎麼回事？」

社團時間，當夏恒生來到美髮教室時，全社的女孩蜂擁而上，搶著要摸摸他柔順的頭髮。我和李蔓蒂當然也趁亂吃了夏恒生的豆腐。

這個帥氣學長只是向學姊們使眼色，對我們依然展現溫柔的微笑。

全場集體失控的下場，就是張珈瑩站上講台不斷大喊：「現在是怎麼回事？」

包括我和李蔓蒂在內，圍在夏恒生身邊的女生們立刻往旁邊退，夏恒生鬆了口氣，順手拉過一張椅子坐下。

「妳們這些情竇初開的小花痴，夏恒生是我們兩個找到的模特兒，別想染指。」蕭如箬指著我們，「自己去找模特兒。」

好貨居然被學姊占據了，不公平啊！警察先生，這邊發生不平等事件！

但想歸想，我也不敢抱怨，只能和李蔓蒂坐到一旁，假裝認眞地互相撫弄彼此的頭髮。

餘光偷瞄到蕭如箬和張珈瑩不斷玩弄夏恒生的頭髮，還幫他綁小辮子，看起來實在是帥呆了。

警察先生，我懷疑那兩個女人假借幫美髮社模特兒做造型這種表面正當的理由，實際上卻在吃夏恒生豆腐。所以把夏恒生交到我這邊吧！我保證會好好對待他的……嘿嘿……

「矮冬冬，口水。」李蔓蒂提醒我。

「噢！」我趕緊擦掉，「不要再叫我矮冬冬了，叫我方芮冬！」

「矮冬冬比較順口。」李蔓蒂不打算改口。

都是死余佑寒害的！

我翻了好幾本髮型雜誌，企圖在李蔓蒂頭上綁出一樣的髮型，但怎樣都弄不好，還害她掉了好幾根頭髮，爲此她很不爽。最後我怎麼說，她都不肯當我的髮型模特兒了，我只好將腦筋動到自己的頭髮。但是我頭髮還不夠長，就連馬尾都紮不起來呀！

「這是有技巧的，把這邊纏過來，再用幾個髮夾固定，就是完美的馬尾啦。」一雙大手從後面輕柔地抓起我的頭髮，隨著對方溫柔的嗓音響起，一陣淡淡的香水味傳來，接著我感受到後頸一涼，有人輕輕爲我紮起了馬尾。

我嚇了一跳。轉過身，映入眼簾的是那張閃耀到讓我差點瞎掉的帥臉。

「夏恒生！」我下意識地脫口而出，驚覺不對趕緊補上，「學長！」

他只是笑了笑，我看見他頭髮上有多條辮子，又瞥了一眼蕭如箏和張珈瑩兩位學姊，她們正坐在一旁討論髮型雜誌。

「學長好，我叫李蔓蒂。」這個女人當然不需要我招呼，瞬間移動般地迅速來到我身邊，笑著跟夏恒生問好。

「妳們是一年級的學妹吧？辛苦了，怎麼會想加入美髮社？」他的態度禮貌親切，卻保持此許距離地跟我們閒話家常。

「因爲學姊她們……」李蔓蒂咬著下唇、垂下眼睛，看起來好委屈。演技可眞好啊！

「喔，如笭她們的確很強勢。」夏恒生輕笑。我的媽啊，好帥喔！

「所以我不太敢違抗。」李蔓蒂無奈地扯著嘴角微笑。

欸欸欸，等一下，妳好歹也要把我加進去吧？應該說「我們」，而不是說「我」。現在是帥哥當前不顧朋友囉？

不過我能體諒她的心機，所以我也要加把勁才行！

「可是加入美髮社以後眞的很開心。學長，你是學姊的御用模特兒嗎？」我偷偷用屁股擠開李蔓蒂，站到夏恒生面前，還不忘用四十五度仰角眨著眼睛看他。

「也沒有什麼御用不御用，隨意。」夏恒生笑了幾聲，稍稍退後了些。

我不氣餒地又往前一步，「那學長下次可以當我的模特兒嗎？我很會綁頭髮喔！」

李蔓蒂這女人還眞不是省油的燈，她掛著我見猶憐的微笑，邊偷捏我的腰。我忍著痛不讓表情崩壞，盡可能露出可愛的微笑，再對夏恒生補了句，「學長，拜託。」

「在搶人嗎？」張珈瑩皺著眉頭，往我們這邊喊。

「哪有，學姊，我只是在提供一些選擇給學長。」我回以甜甜一笑。

我聽見有其他社員嘀咕自己動作太慢。

哼！好男人就是要搶，躲在後面什麼都不做一點機會也沒有。雖然我很憧憬漫畫裡的浪漫情節，但有些事情還是只有在漫畫裡才會發生，例如不發一語的沉默女卻被男主角注意到，這種根本不切實際，現實生活中如果不積極表現自己，誰會注意到妳呀！

「妳這個臭丫頭，眞是長幼不分！」張珈瑩帶著笑意罵我，擺擺手繼續翻閱雜誌。

「反正夏恒生當初也是我們從學姊手裡搶來的。」蕭如筝倒是不甚在意。

「哇，好過分，我是用完就丟的角色嗎？」夏恒生笑罵道。

喔喔喔，帥哥連抱怨都超級可愛！

「所以學長，選我吧！」我舉手。

「妳剛剛說妳很會綁頭髮？可是妳連自己的馬尾都綁不好啊。」

廢話，因爲本姑娘我從來沒綁過任何人的頭髮。

「那是因爲我不會綁自己的啦，但我很會幫別人綁喔！」這當然是謊話，想釣大魚就得用上假餌。

「學長，選我選我，我眞的很會幫人綁頭髮喔。」李蔓蒂也出聲了。騙鬼，妳連橡皮筋都沒拿過吧！

「選我！」

「學長選我！」

其他女社員也跟著發出「選我選我」的聲音，最後吵成一團。夏恒生有些尷尬，又像是享受著這樣的眾星拱月。

他舉起雙手，「好了好了，這種事情講求先來後到。」

我比了比自己的臉，夏恒生微笑點頭，「是這位可愛的小學妹先邀請我的，所以各位，下次請早囉！」

「Yes－！」我大喊，蓋過其他女生的哀號。

「小學妹，妳叫什麼名字？」我正想要將制服胸前的名字秀給他看，但李蔓蒂搶先回答道：「她叫矮冬冬！」她可能出於嫉妒。

我差點流露出暴躁的本性，只能歪著頭微笑補充，「我叫方芮冬。」

「矮冬冬？這外號眞可愛。」夏恒生臉上的笑意更深了。

噢，算了。

就算夏恒生叫我笨蛋也沒關係，而且爲什麼他念這三個字會這麼好聽呢？

「蔓蒂，我決定了。這些日子以來，我在眾多帥哥間來回奔走，我決定要定下來了。」沿著學校外頭的河堤，我認眞對李蔓蒂說。

「妳這個偷跑的女人！」她罵我。

我裝可愛地吐舌，「常大爲遙不可及、向春日無法告白、樂宇禾名草有主、秋老師不可能……」

「果然妳也有注意到秋老師，要是他跟我們同年就好了。」李蔓蒂嘖了聲。我超級同意。

「所以，我要選最親近的、最有可能攻略的……夏恒生。」

李蔓蒂翻了個絲毫不意外的白眼，她先是詛咒我戀情不順利，下一句又要我加油，眞是矛盾的女人，祝我幸福不能乾脆點嗎？

我們在橋邊分手。過了橋，我意外發現某個熟悉的身影走在前方，是換上便服的余佑寒和一個長髮女生並肩走著。

那女生的背影有些熟悉，應該就是我在烹飪教室看見的那位。不過一頭長髮配上纖瘦背影，這類女孩比比皆是，也無法確定是不是同一個人……

他們手上提著超市袋子，我看不見女生的正面，但看余佑寒側過頭的笑臉，感覺兩個人相談甚歡。接著他們相偕走進一棟大樓。

所以余佑寒和那個女生同居？還是親戚？或是到對方家裡玩？

不過，這不關我的事情。

我才不在意，絕對不在意。

❄

「爸爸，你知道嗎？我遇到符合我那十項條件的男生了！」

吃早餐的時候我迫不及待地報告，當我一說出這句話，正端起杯子的爸爸立刻失手將咖啡打翻，濺了一大片咖啡漬在他雪白的襯衫上。

「妳、妳說什麼？」爸爸瞪大眼睛。

「我說，我遇到一個十項條件都符合的……不對，應該是說，是個身高有一八〇的男生，其他幾項條件還不知道。」我吐吐舌頭。

爸爸鬆了一口氣，「一定要符合那十項條件才能交往，知道嗎？」

「那是當然。」我點頭。

「白痴父女。」媽媽受不了又無可奈何地說。

後來爸爸換了新的襯衫，媽媽碎碎念著白衣服很難洗什麼的，我和爸爸趕緊逃出家門。雖然我家到學校的距離不算太遠，但就是要坐爸爸的車去學校才舒爽呀！快到學校時，我看見一抹高瘦的背影走在人行道上，那個髮型……我趕緊要爸爸停車。

「還沒到學校啊。」爸爸說歸說，還是靠向路邊停車。

「那個一八〇的帥哥在那邊，我要跟他來個巧遇。」快速說完後，我立刻解開安全帶。

「什麼?我不准……」爸爸一個慌張，急忙想按下中控鎖，但我已經打開車門了。

「爸爸，我愛你，拜囉！」我對爸爸眨眨眼，關上車門。

爸爸企圖解開安全帶跟著我一起下車，好在此時後頭的車子按了好幾聲喇叭，爸爸只能焦急地看著我，最後無計可施，滿臉不甘地離開。

想必今天回去爸爸又會問東問西，不過那些事晚點再來煩惱，現在最重要的是，先追上前方的夏恒生。

我用超快的速度邁步向前，還要小心別讓腳步聲太大。來到夏恒生後方不遠處，我停下腳步深呼吸幾次，等到不那麼喘再緩步上前

「學長，這麼巧呀。」我笑容燦爛地跟他打招呼。

「是矮冬冬呀。」他也回我一個微笑。

喔，天呀，真的是好帥、好溫柔，而且還記得我的名字……應該是說外號，雖然我比較希望他記住的是我的名字，但沒關係，夏恒生怎麼叫我，我怎麼滿意。

「學長住在這附近嗎？」我帶著甜笑問。

我理所當然、超級自然地走到他身邊，和他一起並肩走向學校。身高比我高了將近兩顆

頭的他看起來真的好帥。

「帥」這個字，已經榮登我升上高中以來使用頻率最高的字了，但我還是要在心中不斷吶喊：好帥啊！

「我家就在學校附近，很近喔。」夏恒生依然掛著微笑，他身上傳來淡淡的香味，「妳知道煙火吧？從我家就可以清楚看見了。」

「噢，當然知道，學校的名產之一。」不過對我來說，學校的名產唯一有意義的當然是帥哥，哪管得了什麼煙火啊。

忽然我靈機一動，想起漫畫裡的劇情：男女主角不管身在多熱鬧的地方，最後總是能找到一個無人之處，兩人浪漫地欣賞煙火。

「學長，那你就不用來學校人擠人啦，你家就是優等席。」我丟球出去，希望夏恒生能準確接到我的暗示。

「不過在學校看反而別有風味，今年我打算來學校看。」夏恒生居然這樣回答。

我乾笑幾聲，說了句「對呀」，然後又默默跟著走。

怪了，照理來說他應該要說「對呀，下次可以來我家看煙火，就不用人擠人」之類的話，這樣我就可以趁機拜訪他家，然後兩個人感情急速加溫……

汪汪——

走到校門口對面的馬路轉角，忽然傳來狗叫聲，我停下腳步，低頭看，一隻漂亮的小貴賓犬正朝著我們搖尾巴。

「好可愛！」我驚呼，蹲下身撫摸牠。

小貴賓犬聞了聞我的手，用溼溼的鼻子頂著我的手掌，像是在催促我快點摸牠的頭。

「怎麼會有狗在這邊？」夏恒生東張西望，尋找小貴賓犬的主人。

我再次靈光一現，通常漫畫劇情裡，可愛流浪貓狗的出現，往往會爲男女主角的感情加溫。

老天爺，這是祢給我的機會嗎？

我咳了幾聲。這麼可愛的小貴賓犬，我如果帶回家養，之後就可以邀請夏恒生來我家看狗，然後我們就可以……唉唷，光想像我就害羞了啦！

心動不如馬上行動，我一邊摸著可愛到爆的小貴賓犬，一邊說：「看樣子是流浪狗，眞是可憐，我——」

「牠的毛這麼漂亮，不可能是流浪狗。」我話還沒說完，就被夏恒生打斷。他單膝蹲在我身邊，「妳仔細看，牠還有項圈呢！」

夏恒生的手往小貴賓犬脖子上一探，圓形的紅色項圈現出，原來是因爲牠的毛太蓬，不仔細看就不會發現項圈。

「上面有寫地址嗎？」

「看起來沒有……」

「QQ！」一個氣喘吁吁的男孩跑出轉角，小貴賓犬立刻吠了兩聲，搖著尾巴跑向男孩。

「林叡？」我驚訝地喊。

「矮冬冬？」林叡抱起小貴賓犬，「妳怎麼在這？」

「我怎麼在這？要去上課啊，不然散步喔？」我翻了個白眼，但馬上想起旁邊站著的夏恒生。啊啊啊，不小心露出眞面目了。

我趕緊咳了兩聲，用手指勾起右側的頭髮，微笑看著林叡說：「是林叡同學你家的狗嗎？眞的好可愛喔。」

林叡皺起眉頭一臉噁心，「妳幹麼裝模作……痛！」

我從夏恒生看不見的角度使勁捏了林叡一把，依然保持微笑，「小貴賓犬找到主人眞是太好了，那我們先去學校囉，學長，我們走吧！」

夏恒生點頭，過了馬路後，我回頭對依然瞪著我的林叡吐了吐舌頭，此時，一輛腳踏車從我身邊駛過。

「夏生，早安啊！」一個開朗的聲音喊著。

一個外型陽光的男孩騎在腳踏車上。只需一眼便認出他是李蔓蒂的帥哥大全裡也有記錄的樂宇禾。雖然只是驚鴻一瞥，但帥哥就是能讓人一眼認出來。

不過……坐在樂宇禾腳踏車後座的就是那位校花，本人比照片還要美上數十倍，連我這樣的絕世美女看見她都不免有些自卑。

「喂，喂！等我啊！」忽然間，夏恒生拔高聲音大喊，我嚇了一跳。

他扭頭對我說：「矮冬冬，我先走了。」語畢馬上往校門口跑去。

樂宇禾故意放慢腳踏車速度，等夏恒生快追上時又加快，他們一行三人前後進了校門。

我非常驚訝，夏恒生看起來一直很穩重，總是溫柔微笑著，就算偶爾流露出些許孩子氣，也從來沒有發出像剛才那麼大的聲音。

難道，就像是我在夏恒生面前假裝文靜可愛的女孩一樣，夏恒生也在我面前維持一種好好學長的成熟模樣嗎？

既然他會爲我假裝、隱藏自己的眞面目，也就是說……他喜歡我！

夏恒生也喜歡我！

我張大嘴巴，幾乎不敢相信。

爸、媽！我要談戀愛了！

第五章

喜歡不就是看到他就會臉紅心跳，然後一直想見到他嗎？

只要一想到夏恒生喜歡我，而且他還是超級大帥哥，我就不自覺面帶笑容，就連討厭的數學、英文、地理、歷史課，也能讓我眉開眼笑。

我隨意從抽屜抽了張白紙，寫上滿滿的「夏恒生♡方芮冬」，再塞回去抽屜，然後格格笑起來。

「她幹麼啊？」我聽到余佑寒的聲音。

「她從早上就噁心得要命。」林叡回答。

不管他們兩個機車鬼今天講了些什麼，我都不會在意，因爲我的世界充滿粉紅色泡泡。

「妳這樣很討人厭。」李蔓蒂對我大眼瞪小眼，我知道她這是嫉妒的表現。我依然止不住笑，覺得世界眞是美好。

周芷蕎一如往常給我一個白眼，立刻回到自己的書本世界。

我搖頭嘆氣，拍拍周芷蕎的桌面，「妳眞是白白糟蹋這張只差我一點點的美麗臉蛋。」

此話說完，林叡立刻哈哈大笑，余佑寒也不忘同時轉述我的話給沒聽到的人聽。沒關係，因爲我今天和夏恒生兩情相悅，所以本姑娘心情大好，就不和他們一般計較了。

「妳到底在爽什麼？」李蔓蒂皺眉頭，「妳該不會跟夏恒生告白了吧？」

我用鼻子哼笑，嘖嘖兩聲搖頭，「拜託，我的初戀條件其中一項是要對方先向我告白，怎麼可以由我先說呢？我可是女主角呀。」

「我只知道妳這個自以爲是的女主角，表情很欠揍。」李蔓蒂不屑地說。而周芷蕎依然沉浸在課本裡。

唉，我身邊的人都不懂得享受青春呀！

下課時間，我打算去二年S班找夏恒生，想盡快告訴他我已經察覺他的心意，要他別害怕被拒絕，快點跟我告白，這樣子我們就可以一起享受青春甜蜜的高中生活。

正當我蹦蹦跳跳走出教室時，跟屁蟲余佑寒又尾隨我，要我跟他去教務處開會。

「開什麼會呀，你以爲你是上班族喔。」

「白痴，妳沒聽到廣播嗎？各班班長到教務處集合。」

「那也不關我的事情呀，你才是班長欸。」本姑娘我現在有很重要的正事要辦。我還眞的沒聽到。

「我知道，所以我把這個交給妳。」余佑寒將一疊紙張塞到我手上，「球技大賽意願表，妳拿去給秋老師。」

「喂，這不是早就該交了嗎？」我塞回他的手上，「這是你的工作。」

「妳也知道早就該交了啊？那妳要不要問問看，爲什麼我到現在還沒交？」

「可能是你辦事不力？」我眨眼微笑加吐舌，只差沒有用拳頭敲自己的腦袋了。

余佑寒翻了一個超級大的白眼，我一度擔心他的黑眼珠會被黑洞吸走再也回不來，好在他的黑眼珠平安回到前方。

接著，他用惡狠狠的表情看著我，「矮冬冬，妳眞的是……氣死人。」

「謝謝。」能惹余佑寒生氣眞是莫大的殊榮。

他不理會我，挑眉問，「妳的球技志願表呢？」

我轉轉眼珠，嘿嘿笑了兩聲，明白了他爲什麼還沒繳給秋老師。

「放在抽屜。」我眨了眨眼，再次使出裝可愛的招數，余佑寒卻握緊拳頭像是要打我。

「……算了，總之我先去教務處集合。」他無力道：「妳拿去交。」他再次把那疊申請單塞回我手裡。這次很用力，還掉了幾張到地上。

「妳不會拿好喔？」他居然還先開口指責我！

「你就先去開會，下一節再去找秋老師。我很忙，我現在急著要……」我趕緊閉嘴，差點就說出眞話。

余佑寒狐疑地看著我，「急著幹麼？」

「沒有。」我心虛地看向遠方。

「明明就有，妳剛剛說了。」他瞇起眼睛，彎下腰將臉湊到我面前。

「我去幫你交單子！」我大聲疾呼。

「先說妳要急著去幹什麼？」他拉住我的手腕，呿，這個人怎麼這麼煩啊？

「一年A班班長，全校各班班長都在教務處等你。」

忽然，喇叭傳來廣播，接著從學校各處傳來學生大笑的和聲，我們班的同學還從窗戶探出頭對余佑寒叫囂。

余佑寒懊惱地看著我，囑咐我一定要去交單子。

我點點頭。等余佑寒的身影消失在樓梯間，我吐吐舌頭，把單子放回教室桌上，順便抽出自己放在抽屜裡的球技大賽申請單塞進去，然後往二年S班的方向跑去。

一個人來到二年級的教室還是有點小可怕，雖然想過找李蔓蒂一起，但是怕她小鼻子小眼睛的，到時候又吃醋，畢竟我和夏恒生可是兩情相悅呢！

當我來到二年S班，教室卻空無一人，我看了他們掛在前門牆邊的課表，發現他們上一堂是體育，下一堂是音樂。

還眞是不巧，看樣子是直接去音樂教室了。

啊啊，老天爺呀，幹麼這樣折磨我呢？還不快讓我們互相告白，以免我飽受相思之苦啊！

於是我只好走回教室。一到教室走廊，就看見余佑寒站在前方瞪著我，手上拿著那一疊申請單。

「你怎麼這麼快就回來了？」我佯裝沒事。

「不是要妳去交申請單？跑去哪？」余佑寒冷著一張臉。

我趕緊陪笑，「去廁所呀，你也知道，女孩子比較頻尿。」

「把頻尿兩個字掛在嘴邊，還說自己是女孩子。」余佑寒搖頭，「跟我去找秋老師。」

「咦？不對呀，你都回來了，我幹麼還要跟你去啊？」

「我還要跟妳談談。」他不由分說就拉著我的手向前邁步。

大哥，可是我沒事情要跟你談啊！

但弱女子如我哪抵得過我們獨裁的余佑寒皇帝，我只能乖乖地一路被他拽著走。

「辛苦啦。」對於遲交申請單的我們，秋老師沒有多說什麼，還給了我們兩顆糖果。

我一走出導師室就打開包裝紙吃掉這顆又甜又酸的糖。這樣陪余佑寒走這一段路有什麼意義，眞是莫名其妙。

「矮冬冬，我問妳。」余佑寒停下腳步。

「嗯？」糖果在我口中滾動，發出扣啷扣啷的聲音。

「妳是不是喜歡夏恒生？」

「噗！」我差一點就把糖果噴出去，趕緊吸回來，結果吸太大力，又差點將整顆糖果呑下。

「心虛的反應。」他瞇起眼睛。怪了，我幹麼對你心虛！

我因爲嗆得難受，所以半句話都說不出，眼淚都快流出來了。

余佑寒嘆氣，走到一旁的販賣機買了瓶運動飲料，還好心扭開瓶蓋遞給我。

我趕緊喝一大口，然後瞪他，「你、你怎麼知道！」

他扯扯嘴角，「怎麼會不知道，那麼明顯。」

有很明顯嗎？

「妳在球技大賽申請單的背面寫滿夏恒生的名字。」余佑寒淡淡地道。

我臉漲得通紅！天呀，原來那張白紙是申請單，我居然沒有發現，眞是白痴死了！

「很噁心，還畫愛心。」余佑寒翻白眼。

我的老天爺呀，這邊有沒有地洞呀？快打個地洞讓我鑽吧！

不過內心再怎麼驚慌失措，表面也要從容不迫。我撥撥自己的頭髮，再喝了一口飲料，才慢條斯理地回答：「唷……你看見了？」

我回答的好爛。

「矮冬冬，我知道妳很笨，但我沒想到笨到這個地步。」余佑寒用憐憫的眼神看我。

「先生，我要糾正你這句話，我一點都不笨好嗎？我小學時做的智商測驗還有一百，基本上還處於優秀程度，而且，我考進這間高中耶！」

「我說的不是那種，而且第一次期中考還沒到呢！妳對自己的成績還眞有自信。」余佑寒聳肩。

「所以？」奇怪，這個人眞沒禮貌。

他無奈地看著我問，「妳對喜歡的定義是什麼？」

「喜歡還有定義嗎？不就是看到他會臉紅心跳，然後一直想見到他嗎？」

「所以才說妳白痴。」你剛剛明明是說我笨，不是說白痴！

「余佑寒，我要回教室了。」我決定不再跟他說話。

「矮冬冬，妳喜歡狗或是貓嗎？」余佑寒突然問道。

「喜歡。」我想起林叡家的小貴賓犬，好想再見見牠喔！

「那你看到牠們會臉紅心跳嗎？」這是什麼問題啊？

我失笑，「我看你才白痴吧，喜歡一個男生的心情，和喜歡貓狗的心情怎麼會一樣？」

「好吧，這例子是我舉的不好，但如果妳對夏恒生只是那種臉紅心跳的程度，那就不是喜歡。」

我一聽火都上來了，本姑娘喜歡誰我自己會不知道？我自己的心意還需要你來教？

「哼，難道你就很知道喜歡是什麼感覺嗎？」我越講越火大。

「我知道啊，我不都說過好幾次了，我喜歡妳，但妳還沒給我回覆。」余佑寒又在開玩笑了。

「我給過你答覆了，我說不要，而且你說得這麼自然，鬼才相信！」我紅起臉，握著拳頭朝他臉上揮舞，一旁路過的同學無不多注意我們幾眼。

「不然我應該全身發抖或是臉紅得跟什麼一樣，然後低著頭跟妳告白嗎？拜託，我是男生耶，抖成那樣能看嗎？」這一次換余佑寒笑了。

「這就表示你不認眞，如果你眞的喜歡我，想聽我的眞心話，那你一定會很緊張害怕才對！」因為怕被拒絕，所以應該會緊張。

余佑寒只是聳聳肩，「那是沒自信、沒把握的人才會那樣。」

眞的是要心臟病發了啦！為什麼每次跟這個人說話我都會氣急攻心。

「我絕對不要再跟你說話了！」我轉身朝教室的方向走去。

忽然間，我手腕一緊，余佑寒這死傢伙居然沒經過我的允許抓住我，然後將我壓向牆壁。

對！壓向牆壁！

單手撐牆，露出壞壞笑容的那種！

這個場景我在漫畫或是偶像劇裡常常看見，叫做「壁咚」。

他居然對我使用壁咚這種犯規的招數！

「幹幹幹幹幹什麼！」我嚇呆了，慌張得連話都說不好。

「幹幹幹幹幹麼說髒話？」余佑寒笑了，他的臉貼我好近。

「你別、別挑我語病……」我別開臉，然後又偷偷斜眼看他。我的媽啊，好近好近，他的臉好近，然後他的皮膚好好、毛孔好小，好想摸……不對啦！我在想什麼？

「你、你走開啦！」我伸長雙手用力推開他，還趁機摸了他的胸膛一下。

余佑寒被我推開，卻笑得燦爛。

我覺得臉頰一陣燥熱，惡狠狠地瞪著他，「性騷擾，我要跟秋老師說你性騷擾！」這個披著人皮的惡魔！

「我剛剛完全沒碰到妳耶，反而是妳碰了我。」被這個痞子發現了！

「只要讓人感覺到不舒服，就可以構成性騷擾！」我反控。

「不舒服？是嗎？」余佑寒瞇起眼睛，看起來就是一肚子壞水的模樣，「原來臉紅是表示不舒服啊？」

「你……」我伸出食指指著他。

「啊！剛才不知道誰說，臉紅心跳表示喜歡。也就是說，妳剛才的反應，是喜歡我囉？」他竟說出此等不要臉的話。

「造反啦！老師有人造反了，這邊有個十六歲的少年腦袋出現幻覺了！」我尖叫大喊，路過的同學都在偷笑，不僅停在一旁看好戲，有些甚至拿出手機，不知道是在拍照還是錄影。

余佑寒一點也不在意，他雙手插在口袋，身體斜靠牆邊，眼帶笑意看著我。

而我就像個瘋子一樣氣急敗壞地指著他，一邊大罵他是個瘋子，直到秋老師從導師室跑出來爲止。

「又是你們兩個。」秋老師嘆氣。

冤枉啊大人，從來都不是「我們」，是「他」，是余佑寒！

但是秋老師聽完我的指控只說：「一個銅板敲不響。」

然後余佑寒還欠揍地補充，「一個巴掌拍不響。」

可惡啊啊啊啊！他們都欺負我！

❄

「各位同學，我們現在要先討論一件事情，就是教室布置。」余佑寒站在講台上，而我站在他的背後和黑板之間，拿著粉筆有些出神。

「教室布置前三名有半學期優先跟合作社預定麵包或特別食物的權利，你們吃過合作社的咖哩麵包了嗎？」余佑寒說完，台下幾個男同學點頭，一邊連聲附和麵包有多美味。

「那你們應該知道那有多難搶，所以我希望教室布置要得名，一定要得名。」

哎呀，這明明是學藝的工作，爲什麼站在講台上的是我啊？更別說是由余佑寒來宣布這件事情。

這個死獨裁，自以爲是皇帝的欠揍傢伙！

「矮冬冬，發什麼呆？」余佑寒回過頭給我一道冷冽的目光，我白他一眼。

在全班面前，我白他一眼，喔耶喔耶，我在全班面前白他一眼了！大家都看見我的反擊！

嘿嘿，盡情地尷尬吧！余佑寒，我今天就讓你這個自以爲是的皇帝威嚴掃地！

沒想到余佑寒卻突然皺眉，搖頭微笑，露出帶著寵溺的眼神說：「親愛的矮冬冬，剛才妳在我身下明明羞紅了臉，現在卻當著這麼多人面前對我冷淡，這樣的反差還眞是可愛。」

噢！老天爺，這是哪來的無聊人士啊？

警察！快把他帶走！

班上響起一片起鬨的喧鬧聲，我大吼：「你不要亂說話！」但一點用也沒有，從此我的外號從「矮冬冬」，再多添了一個「反差萌冬」。

親愛的爸、媽，女兒高中生活還過不到一半，不，正確說起來，連高一上學期都不到一半，我就充分了解到一個事實——余佑寒眞的是我的天敵。我怎樣都無法讓他出糗，也無法壓在他頭上。跟他鬥，只會讓自己更淒慘。

我瞪了他一眼，他卻回我一個得意的微笑。更糟糕的是，我還覺得這微笑帥得要命。

好吧，看在他長得還算養眼的份上，我可以不跟他計較這麼多。

我面向黑板，不再理會眾人的調侃。余佑寒對大家說：「別鬧了，她會害羞，我們繼續談正事吧。」

害你個……不行，我要維持修養，不可以講髒話。

方芮冬，吸氣、吐氣，這世界多麼美好，空氣多麼清新……從電影學來的方式還眞的滿有用的，至少我現在冷靜多了。

教室布置雖然以美觀爲主，但畢竟是公布欄，所以還是需要大片留白。討論過後，我們班決定做一棵櫻花樹，櫻花紛飛，花瓣灑落在綠色草地上，還有藍天白雲映襯，光是想像就很美麗。

我插嘴提議要不要做個富士山，余佑寒反駁，「這又不是日本。」

「那要不要弄個神社在旁邊？大大的紅色鳥居，感覺很漂亮。」我再提議。

「不是說了，這不是日本，我們也不是日文專科，弄日本的東西幹麼？」余佑寒又反駁。

「櫻花不也是日本的國花嗎？」我氣得反唇相譏。

「台灣也有櫻花啊，傻蛋！」他罵完，全班哄堂大笑。

我要氣死了，誰會罵自己喜歡的人傻蛋？所以我才說，他絕對不是喜歡我！對我超好、順著我的意思、把我放第一，我說什麼就是什麼，這才叫做喜歡啊！

我氣呼呼地在黑板上寫下「櫻花與草地」後，就逕自回到座位上。

林叡替代我，繼續和余佑寒站在台上詢問有哪些人要參與教室布置。身爲學藝的林叡當然跑不掉，而喜歡掌權的余佑寒更不用說了。

意外的是，李蔓蒂和周芷蕎也舉手自願參與，我都不知道她們除了帥哥和書本，居然會對教室布置有興趣。

我意興闌珊地托腮看向窗外，怎麼還不快點下課呢？這樣我就可以去找夏恒生，早點告訴他其實我們兩情相悅，以免他誤以爲我不喜歡他，最後錯過了彼此。

「好了，以上就是這次教室布置的人員名單，最快明天就要留下來開始作業，有社團活動的先去跟社長們打聲招呼。」

余佑寒說完，我意思意思地抬頭瞄了下黑板。余佑寒、林叡、李蔓蒂、周芷蕎、方芮冬、何加美、章文翰……參加教室布置的人還滿多的。

我又將眼神落向窗外，發了一會兒呆後才覺得不對勁，再次看向黑板。

方芮冬？

我什麼時候舉手說要參加了！

「喂！那個是怎麼回事？」我趕緊拍桌起立，指著黑板上的名字。

余佑寒理直氣壯地說：「我剛問過有沒有異議，沒人反對。」

「你屁！我沒聽到！」我大聲反駁。

「因為妳在發呆，白痴。」林叡這隻余佑寒的應聲蟲在一旁搭腔。

「我哪有？」睜眼說瞎話我最會了，怎麼能趁我不注意把我填上去，「我又沒有說要參加。」

「妳想要趁我忙著教室布置的時候，偷偷跑去接近夏恒生嗎？門都沒有。」李蔓蒂輕壓我的肩膀，在我耳邊說著。

「而且可以跟妳男友一起不是很好？」周芷蕎用下巴比了比余佑寒。

「我的老天爺呀，他什麼時候變成我的男友了。」我要崩潰了。

「少臭美，最好老天爺是妳男友。」林叡故意這樣說，我拿起桌上的衛生紙團丟他。

「髒死了！」他閃過，嫌棄地看著那團衛生紙。

「哪有髒，我擤過鼻涕而已。」

「那就夠髒了！」林叡瞪我。

我對他翻白眼，外加把食指伸進鼻孔、小指拉開嘴巴吐出舌頭。此舉惹來周芷蕎的皺眉，李蔓蒂的唉唷一聲，以及林叡的髒話。

「矮冬冬，妳真的很沒有女生的樣子！」林叡罵道：「就不怕沒人喜歡妳？」

「哼，喜歡我的可是個超級大帥哥，你們都比不上。」我可是和夏恒生兩情相悅呢！

「喜歡妳的不就只有我嗎？」余佑寒哈哈大笑，他從我剛剛做鬼臉就一直在旁邊笑，我喜歡聽他的笑聲，可是這時候聽起來卻有些刺耳。

我瞇著眼睛看他，他才不喜歡我，我知道的，他才不喜歡我。

「幹麼？」余佑寒止住笑，有些疑惑地看著我。

「沒什麼。」我哼了聲。

❄

放學時，我和李蔓蒂在美髮社外頭的天台玩著假人頭。

李蔓蒂用電棒把假人頭髮弄得亂七八糟，頭髮都打結了，我則拿起剪刀說要幫假人頭剪頭髮，最後越弄越糟，兩個人忍不住大笑。

「搞什麼東西，我揍妳們！」張珈瑩突然出現，還眞的給我們兩個各一拳。

最後我們被懲罰一個禮拜不准碰假人頭，只能在一旁等候大家差遣。我和李蔓蒂相視而笑，反正我們明天就要開始進行教室布置，也不會來社團了。當然，這件事我們打算等一下社團活動解散後再跟張珈瑩報告。

「這是什麼味道？」空氣裡傳來一股香甜的氣味，像是經過麵包店時會聞到的香味。

「烹飪教室的味道。」蕭如筝回答我們。

我往烹飪教室的方向看過去，從天台上勉強可以看見烹飪教室的走廊，余佑寒就站在那裡。

他雙手手肘靠在欄杆上，背對著我，面向烹飪教室。

我想起那天看見的情景。

余佑寒不是喜歡我，而是和他一起待在烹飪教室裡的那個長髮女生。

不知道為什麼，這樣的想法讓我有些悶悶不樂。傳了訊息和媽媽說社團活動遲了些，會晚點回去，但其實我是坐在河堤邊發呆。

看著水面波光粼粼，倒映著夕陽，整面河水像是打翻的橘子汁一樣，是漂亮的橘色。

「學妹？」伴隨著一股淡淡的香水味，一道好聽的嗓音響起，我抬頭一看，居然是夏恒生。

「學長！」我趕緊站起來。

「妳怎麼在這裡？社團活動結束了？」夏恒生又對我露出那帶點距離的溫柔微笑。

「嘿嘿。」我乾笑兩聲，「對了，學長，之前請你當我模特兒的事情，可能要暫停了。」

「怎麼了嗎？」感覺夏恒生鬆了一口氣，他可能也不喜歡當模特兒吧，我猜。

「因為我有參加教室布置，所以放學要留下來幫忙，暫時不能去美髮社了。」想到就氣，那個臭余佑寒。

「教室布置啊……啊，我們班的教室布置都誰在做啊？」他摸著下巴歪頭思索，表情一片茫然。

「對了，學長怎麼會在這裡？」

「我家住這附近呀。」

「眞好，這樣就可以睡晚一點了。」我說。

「沒聽過住越近的越容易遲到嗎？」

「那學長很常遲到囉？」

「那倒沒有。」

「什麼呀。」我笑了起來，夏恒生也跟著露出微笑。

我忽然聞到另一股香味從他身上傳來，不是香水味，更像是我剛才在美髮社天台上聞到的那股來自烹飪社的味道。

「學長剛才有去過烹飪社？」我不自覺問出口。

夏恒生挑起一邊眉毛，「妳怎麼知道？」

「因爲聞到蛋糕的味道。」

「原來如此。我朋友是烹飪社的啦，剛才我們去吃了她做的蛋糕，她手藝非常好，但是很嚴格，要答對問題才能吃，而且……啊，我說那麼多幹麼。」他原本神采奕奕的表情變得有些黯淡，垂下的睫毛輕微顫抖，眼底透露出複雜的情緒。

「我朋友好像也有認識一個烹飪社社員。」我卻沒想去探究夏恒生的眼神，而是問出了余佑寒的事。

「是嗎？」夏恒生像是隨口回應我。

「學長你知道嗎？烹飪社裡面一個滿高的女生，長頭髮，身材不錯。」

夏恒生轉了轉眼珠，像是在思考，「還有其他特徵嗎？」

我搖頭，畢竟我只見過那個女生的背影。

「聽你說起來很像是我朋友，烹飪社就她的頭髮最長了。」

「學長，那你朋友叫什麼名字，有照片嗎？」我急忙問。

「怎麼了嗎？」

「因爲、因爲我朋友好像……」喜歡她。

夏恒生似乎讀出我的心思，搖頭說：「放心啦，他不會有機會的。」

放心？是要我放心什麼？

「可是，她做過東西給我朋友吃。」

這一次夏恒生放聲大笑，「那就絕對不會是我的朋友，除了我和樂樂，她不會做給其他人吃。」

樂樂又是誰？哪個女人的名字嗎？不過那不重要。

「你確定嗎？學長，你這麼肯定？」我頭抬得老高，手還抓著他的衣袖。

「這麼擔心，看樣子妳很喜歡妳的朋友？」他露出賊笑，此刻我才知道他也會有這樣的表情。

「才不是，誰要喜歡那個白痴。」我哼了聲。

夏恒生看著我的臉良久，陷入了自己的思緒，眼神悠遠，像是透過我在看著什麼一樣。我歪著頭，問他是不是我臉上沾到什麼了，他只是搖頭，輕笑了幾聲。

「我們高嶺不會喜歡別人，所以妳也別擔心，應該只是搞錯人，下次我會幫妳注意烹飪社有沒有其他長頭髮的女生。」他拍拍我的肩膀。

「高領是什麼?高領毛衣?」我問，而夏恒生笑了。

是那種很自然、沒有距離的笑，只是他的沒有距離不是對我，似乎是對他口中說的「那位朋友」。

第六章

咸豐草又名鬼針草，妳就像是那種草一樣，專給人添麻煩。

教室布置的評分時間是在期中考前一個禮拜。周芷蕎一邊裁剪畫有櫻花圖案的雲彩紙，嘴裡一邊默背數學公式；李蔓蒂將周芷蕎剪下的圖案分爲淡粉色和深粉色，錯開交疊兩種顏色的花瓣後，在中心處黏上一小塊圓形泡綿。

我負責將黃色與白色交錯的紙裁剪成長條型，再將兩色交疊、捲在一起，黏在花瓣中心處的小泡綿上，完成了花蕊的製作。

我們三個分工合作，做出許多朵美麗的櫻花。其他女生則負責裁剪零散的櫻花花瓣，男生們負責製作樹幹。

「喂，你們不覺得只有草地太單調嗎？」在黑板上畫出概念圖的余佑寒，徵詢大家的意見。

只有一棵櫻花樹在中央，周圍是草地和藍天，的確太過單調。

「所以我就說要加富士山，你就不要！」抓到機會我趕緊損他。

「不是說了嗎？這裡又不是日本，我想弄個有點台灣風味的。」余佑寒說。

「那就是夜市、媽祖廟啦。」我又提議，有幾個人附議，表示這點子不錯，也有人說這難度太高，手邊也沒有相關材料。

「矮冬冬妳別鬧了。」余佑寒嘆氣。

「我哪有……」

「有沒有辦法在櫻花的背景加入一些代表台灣的元素？」我話都還沒說完，余佑寒又問。居然無視我的發言？

「放幾杯珍珠奶茶好了。」林叡說完自己就笑了。接著男生們開始不正經，出了一堆奇怪的意見，像是加上雞排或台北一〇一。

「或是把櫻花樹的位置改動一下呢？不要放在中間？」李蔓蒂提出意見。

「然後？」余佑寒問。

「一樣有草地，再加一彎河流如何？」周芷蕎也說。

「那河面上有座小橋怎麼樣？」林叡接著提議，幾個人討論得很熱絡。

哼，我的意見就不聽，她們兩個說的就OK，余佑寒這混蛋，他這樣真的是喜歡我嗎？我覺得生氣，不再出聲，只是繼續做著花蕊。

最後他們又講了什麼我也沒仔細聽，只是忽然想起前幾天在河堤遇見夏恒生時，忘了跟他說我們是兩情相悅。

「矮冬冬。」余佑寒忽然蹲到我旁邊，嚇了我一大跳。

「幹麼？」我沒好氣地瞧了他一眼。

「概念圖大概是這樣，妳覺得還要加點什麼嗎？」他攤開一張紙，上面有著用色鉛筆簡單勾勒出的草稿。沒想到余佑寒還挺會畫畫的。

「哼，幹麼問我？你們自己討論就好啦！」我撇過頭。

「妳在生氣喔？這有什麼好生氣的。」他笑了起來，「啊，我知道了，妳是吃醋，怪我剛剛不聽妳的話，對不對？」

他最後那句還故意特別大聲，其他人看了我們一眼，不約而同露出曖昧的笑容，林叡甚至還說：「好閃喔！」

大家幹麼都把我們配一對，我臉紅了起來，指著林叡大叫：「你這個Q毛頭！養了一隻跟你一樣的捲毛狗叫QQ！」

大家一愣，頓時哈哈大笑。

林叡羞紅了臉，惡狠狠地瞪我，但我才不怕，對他扮了個鬼臉，繼續弄我的花蕊。

蹲在我身邊的余佑寒難得沒有加入一起大笑的行列，我餘光掃到他，察覺他一直盯著我的側臉看，覺得亂不自在的。我忍不住問，「幹麼一直看我？」

「妳怎麼知道林叡養狗？」

「某天上學途中看見的，你不知道？你不是跟他很好嗎？」

「所以我才問妳，我都不知道的事情，妳怎麼會知道。」他微微扁起嘴，好像有點可愛，「原來妳跟他這麼要好。」

幹麼幹麼？這種說話方式是怎麼回事？

怎麼好像是我做錯了什麼一樣，奇怪了，他現在擺出這種像是受了什麼委屈的樣子幹麼呀？

「我、我又不是……」又不是什麼了，我幹麼要解釋！

「這樣我會吃醋喔，妳只能跟我要好。」他忽然對我露出微笑，電得我心花怒放。

不對不對，不是因爲「他」，是因爲他那張臉，臉才是重點。

但我還是雙頰發燙，趕緊低下頭繼續裁剪花蕊，卻因爲手抖而剪壞了好幾個，可是我又不敢抬頭看余佑寒，只能繼續假裝鎮定。

余佑寒掛著微笑，感覺他又靠近了我一點，喔，老天，我可以拿剪刀戳他嗎？眞想揮舞剪刀嚇跑他。

他離我那麼近，這樣我很難工作啦，我會在意他現在在幹麼，他可不可以不要盯著我看啦！

「矮冬……」

「哇！」我因爲他的聲音毫無預警地響起而嚇了一大跳。

對於我的反應，余佑寒好像很滿意，他勾起微笑問，「妳幹麼嚇成這樣？」

「你、你不要突然說話啦！」我氣得拿起一旁的櫻花丟他。

「小心啊，這可是成品。」余佑寒輕易地就接住那朵櫻花，看著手中的花朵好一會兒後問我，「妳喜歡櫻花嗎？」

「喜歡啊！」怎麼突然這樣問。

「可是妳的氣質一點也不像櫻花耶。」余佑寒就只會嘲弄我，欠揍！

我再次拿起旁邊堆疊成小山的櫻花丟他，余佑寒嘿了聲，用另一隻手接住。

「奇怪了，喜歡櫻花就一定要像櫻花嗎？」

「跟妳形象不合呀，我覺得妳比較像咸豐草。」

咸豐草？好熟悉喔，好像是白色花瓣，中間是黃色的，在路邊隨處可見。

「居然說我是路邊的草！」我捏了他手臂一下，惹得余佑寒哇哇叫。

「也算是一種花啊，別計較。」他格格笑了起來，我卻覺得他的笑容背後還有其他意思。

「等一下，你一定沒安什麼好心，還有什麼企圖，快說！」

「妳這個人疑心病還眞重。」

「因爲對象是你，我必須小心謹愼！」

余佑寒露出志得意滿的微笑，我覺得自己又輸給他了，算了，反正他是天敵。

「妳有沒有過這種經驗，走過一片草地或花園，結果褲管全沾滿了細細小小的草，有時候我們也會用那種草來丟人。」他解釋道。

「你是說會黏在衣服上的草？」我問。

「對呀，好聰明。」他誇獎我，但我總覺得他不安好心，「那叫做鬼針草。」

「喔喔。」等等，我記得鬼針草又名……

「咸豐草又名鬼針草，妳就像是那種草一樣，專給人添麻煩。」

在我出拳要揍他之際，余佑寒已經大笑著站起來往後閃躲，我追上他，兩人在教室裡繞圈圈。

「不要跑啦！花瓣都被弄掉了！」做花瓣的女生抗議大喊。

「搞什麼啦，閃一邊去！」正在做樹幹的男生抱怨道。

「矮冬冬，妳眞的很吵！」Q毛頭林叡怒吼。

「花蕊不夠了，快點好嗎？」周芷蕎和李蔓蒂大叫。

「妳看吧，甩都甩不掉，是不是鬼針草？」余佑寒面對著我，腳下悠悠哉哉地朝後方快速移動。最可惡的是，我居然還抓不到他，他那欠揍的自大模樣更讓我恨得牙癢癢。

最後我筋疲力盡，決定休戰。余佑寒慢條斯理地走到癱在座位上的我旁邊，攤開教室布置的草稿，「所以妳覺得要再加些什麼台灣風味的東西嗎？」

你不是不採納我的意見嗎？

我原本想這樣回應，可是這樣就又回到原點，等等一定又會吵起來，我已經沒有力氣跟他吵了。

「不然就在河上弄一隻跳起來的櫻花鉤吻鮭怎樣，哈哈，反正都是櫻花……」我隨便說了幾句，余佑寒卻猛地睜大眼睛。

「矮冬冬，妳挺聰明的呀。」他用力拍了我的背兩下，就轉過身和組員們說要多弄一隻魚。

這一次我的意見居然被他採納了，我有些訝異。

但更讓我感到驚訝的是，短短幾分鐘內余佑寒誇了我兩次聰明，但前後的溫度差大到讓我覺得被他碰觸到的背部不禁熱了起來。

我咬著下唇。死余佑寒，可不可以不要這樣影響我啊？

「櫻花鉤吻鮭，虧妳想得到。」周芷蕎剪下櫻花的形狀，眼前的課本換成英文，她一邊盯著課文背單字。

「你們剛才在吵什麼？」李蔓蒂問。

我把剛才我和余佑寒的對話轉述給她們聽，兩個人輕扯了扯嘴角，說了句無聊。

「是他無聊，不是我無聊好嗎！」我更正，「居然說我是鬼針草，一般來說如果要用花形容我，也該說個百合還是玫瑰吧？」

沒想到她們兩個居然對我微微翻了白眼。

「幹麼呀，那什麼表情？」她們真的是我朋友嗎？

「百合？玫瑰？虧妳說得出口。」周芷蕎抿嘴笑。

「百合的優雅、高貴妳沒有吧，玫瑰的熱情……妳那應該叫花痴吧？」李蔓蒂還真有臉說我是花痴，她明明才是花痴大王。

「這麼說起來，鬼針草的花語是什麼？」

「我也不知道，查查看。」

「唉唷，查花語幹麼？難不成妳們覺得佘佑寒會細心到注意花語嗎？」我在一旁揮著手，繼續裁剪花蕊。

「那可不一定，班長能幹得很。」周芷蕎居然誇獎他。

「雖然才開學沒多久，但是班上都知道他是個很有能力的人，不然大家也不會這麼聽他的話，把事情都交給他來決定。」李蔓蒂附和。

「那是因為他想要出鋒頭，好受女生歡迎吧。」我不以為然地嘖笑。

「他要受什麼女生歡迎？他不就說了，他喜歡妳嗎？」周芷蕎皺眉。

「況且他本身的帥度已經到了只要站著就會有女生貼過去的程度，根本不需要多做什麼吸引別人注意。」李蔓蒂給他的評價還真是高，明明佘佑寒身高不滿一八〇，個性又霸道。

「可是……」我還想辯駁。

「找到了。」我的話被周芷蕎打斷，她將手機螢幕朝向我們，上頭寫著鬼針草的花語。

「安然自在地表達自我，回歸孩童的純眞。」我念了出來，三個人愣了幾秒，周芷蕎和李蔓蒂忍不住大笑。

「這是在說妳幼稚嗎？」李蔓蒂笑得上氣不接下氣。

「事實上妳也的確很幼稚！」周芷蕎笑到眼淚都要流出來了。

「夠了，妳們兩個！」我說完，不忘往余佑寒的方向瞪。

但是對上眼的瞬間，他對著我微笑，我覺得胸口悶得難受，好像心律不整。

「我倒覺得還有另一種意思。」擦去眼淚的周芷蕎壓低聲音。

「什麼意思？」我問。

「鬼針草不是會黏住人嗎？像是鎖定了對方，這輩子只跟著對方了。」

「誰、誰要黏著他啊！」我大喊。

「聊得很開心啊？」余佑寒瞇眼看著我們，「妳們有跟上進度吧？」

「有、有、有。」李蔓蒂慢條斯理地回應他，然後轉頭繼續小聲說：「我覺得他一定看上妳這路邊的草，甘願讓妳黏在他衣服上，就算妳想走，他也不會讓妳離開。」

「講得好可怕。」我才不想黏著他呢！

她們兩個笑了幾聲，再次繼續低頭做著櫻花。

「那個，我問妳們，妳們眞的覺得他喜歡我嗎？」良久，我吐出這句話。

「妳是說余佑寒嗎？那不是一定的嗎？他都告白了。」周芷蕎說得很理所當然。

「他的態度不像呀！我是說，他對我一點也沒有臉紅心跳的感覺。妳們看，他老是欺負我，又以嘲笑我爲樂，照理來講，看到喜歡的人不是會不知所措嗎？」我認眞地說出心中的疑惑。

「不然妳覺得喜歡的定義是什麼？」李蔓蒂問的問題竟然和余佑寒一樣。我再度重申了一次我的想法，她們兩個點點頭，像是在思考些什麼。

「妳說的也是對的，但沒有這樣的反應也不代表不喜歡呀。」李蔓蒂指出。

「什麼意思？」我問。

「舉例來說，有些男生不是喜歡欺負自己喜歡的女生嗎？說不定余佑寒就是這樣的人。」李蔓蒂嘴裡說話，手上交疊花瓣的動作絲毫未停，「我覺得他是眞的喜歡妳，這一點不用懷疑。」

「雖然不知道他喜歡上妳哪裡。」周芷蕎居然損我。

「妳是站在自己的角度去評判他是不是喜歡妳，但其實他是用他自己的方式喜歡妳。不是說用妳喜歡的方式對待妳才叫喜歡，而是願意去思考怎樣做是爲妳好，這種經過思考而做出的行爲才是喜歡。」

好吧，李蔓蒂在講什麼東西我有聽沒有懂。

但我還是點頭，以免她以爲我像個笨蛋什麼都不懂。

我又看了余佑寒一眼，他正在和林叡抬槓，兩個人笑得很開心。不過在他的笑容背後，我想到的卻是那個我只見過背影的長髮女生。

教室布置比賽結果公布，我們班得到第一名，老師們最讚賞的是那尾姿態生動的櫻花鉤吻鮭，為此余佑寒爽了好幾天，那可是他精心製作的。

而美麗紛飛的櫻花也獲得超好評，甚至好幾個班級的學藝都跑來參觀，問我們怎麼想到這個構圖的。

這當然是我這位天才的功勞啦！我要余佑寒好好感激我，但他用像是看蟲子的表情瞥了我一眼，就自己去和其他班的學藝邀功。

這哪是喜歡我的表現？

體育課時，我坐在樹邊乘涼偷懶，周芷蕎和李蔓蒂正托著排球互相練習，她們球技大賽選的是排球。我呢？啊，我忘了，我好像隨便亂勾了一個。

「矮冬冬，給妳。」余佑寒將一罐冰涼的運動飲料貼在我的頰邊。

我叫了聲，「你想嚇死我喔！」我擦去臉上的水珠。

他笑了，用衣襬擦向自己滿是汗的額頭，接著也扭開自己那罐運動飲料，大口飲下的模樣好像在拍廣告，連太陽都在他背後變成一道奪目的光暈。

「幹麼給我飲料？」我不去看他的臉，覺得太陽會將我的臉照得更紅。

「為了犒賞妳想到的櫻花鉤吻鮭。」

我扭過頭，「終於肯承認那是我的功勞了吧！在班上居然還不甩我！」

「哈哈，幹麼計較？」他又笑了。他的笑聲眞的是天殺的好聽，如果有好聽笑聲比賽，余佑寒一定可以拿下冠軍。

「喂，我有一件事情想問你。」我抬頭看他。

「怎樣？」他在我身旁坐下。

「要死喔，幹麼離我這麼近！」我推他一把。

「哪有近，妳害羞什麼？」他勾起不懷好意的笑容，還故意更靠向我，情急之下我只好站起來。

「學妹！」一道聲音從操場另一邊傳來。

我抬頭望去，是夏恒生。他對我招手，身旁還站著一男一女。

「他叫妳幹麼？」余佑寒問。

我想起前一陣子託他幫我打聽烹飪社有沒有其他長頭髮的女生，但這件事我當然不可能告訴余佑寒。我只好隨便回應，「大概是美髮社的事吧，他是我們的模特兒。」

不給余佑寒提問的機會，我趕緊往夏恒生他們的方向跑去。我還沒跑到，另一個男生，大帥哥樂宇禾已經被其他人吆喝著去籃球場，另一個不重要的校花則面無表情地轉身坐到後頭的樹蔭下乘涼。

「學長，你們也是體育課啊？」

「是啊，正巧看見妳，想起答應妳的事。我剛問過烹飪社社長了。」他偷偷比向坐在樹蔭下的校花。原來她是烹飪社社長啊！

「她說，長頭髮的社員有很多，但長度大概都到襯衫縫線，妳說的那位頭髮長度到哪？」

「到腰，頭髮非常長。」我比了比。

「那應該就不是烹飪社的社員了。」夏恒生答道。

「可是她在烹飪教室做餅乾之類的耶，怎麼可能不是社員？」我急著說。

「有可能是偷跑進去的，有時候烹飪教室不會鎖門。」夏恒生摸著下巴，眼神忽然飄向我的身後，他露出笑容，「我覺得妳直接問妳朋友怎麼樣？」

「要是能問余佑寒，我幹麼還請你幫忙呢？」這樣就好像我很在意一樣，我死也不要去問他。

「問我什麼？」下一秒余佑寒的聲音就在我身後響起，我大聲尖叫。夏恒生笑哈哈地往後退一步，朝校花的方向走去。

「你要嚇死我了。」我打了余佑寒一下。

「老師要集合了，回來。」他拉住我的手，不由分說將我拖向操場。

我回頭想跟夏恒生說聲再見，但他已經和校花有說有笑地聊起天。當然，說笑的都是夏恒生，校花大多時候都面無表情。

老師說要集合根本是騙人的，大家都還在打混摸魚。我們回到樓梯邊坐下，余佑寒仰頭喝光自己那罐運動飲料後，對我伸手。

「幹麼？」我不解。

「妳的給我。」余佑寒指了指我的飲料。

我皺眉，將自己的運動飲料遞給他，沒想到余佑寒扭開瓶蓋，就直接對著瓶口喝下去。

「喂！」我又喊。

「幹什麼？」

「什麼幹什麼，那是我的耶！」

「是我買給妳的。」

「……是沒錯。」

「所以啦。」他又咕嚕咕嚕喝了幾口。

這樣對嗎？飲料是他買給我的，所以他可以喝？

「那還你好了。」我說。

「我都買給妳了，就是妳的。」他掛著笑容，將運動飲料還給我，還示意要我也喝一口。

「我不要，你喝過了！」我才不要喝他的口水。

「拜託，妳都十六歲了，難道還在乎什麼間接接吻這種無聊東西？」

什麼叫做無聊東西，這在少女漫畫裡面可是很重要的場景啊！有多少少女在這種狀況下能泰然自若地喝下男生喝過的飲料啊？我雖然花痴，但還沒發病，誰要這樣神經大條地跟男生喝同一罐飲料。

「我不要！」我非常堅持。

余佑寒聳肩，逕自蓋上瓶蓋，「所以說，妳要問我什麼事？」

「我沒有事要問你。」我怎麼能讓他知道。

「那剛才妳跟夏恒生在說什麼？」他打量我。

「我們沒有說什麼。」我還是否認。

他瞇著眼睛看我，我也勇敢迎向他的視線。

「不說我就親妳。」

「蛤？」我剛剛有聽錯嗎？

「妳不說，我就在這邊親妳。」余佑寒一臉認真。

「老師！有人性騷擾啊啊啊啊啊！」我趕緊舉手告狀，老天爺啊，祢聽見剛才這位未滿十八歲也未滿一八〇的少年說了什麼吧？

然而，我更恨的是心跳不已並且滿臉通紅的自己。

最後老師當然只是看了我們一眼，要我們乖乖一旁玩沙去，就轉身繼續指導有心要準備球技大賽，認眞練習排球、羽球、籃球、足球四種球類運動的好學生們。

我能離余佑寒多遠是多遠，誰知道這個人會不會眞的衝過來親我。

「快說。」他還是不死心。

「我就說沒事了，哩係歡顚喔！」我罵他。

「好啊，原來矮冬冬不只身高矮，連膽子也小得要命。」他提高音調的聲音成功引起我的怒氣。

「你說什麼？」我握緊拳頭。

「我說什麼妳聽得很清楚了，膽、小、鬼。」他說完還對我吐舌頭，十六歲的男生在對我吐舌頭，只差沒把兩隻手放到耳朵旁邊搖晃。

「好！你以爲我不敢？你眞當我是膽小鬼。」我氣呼呼地坐回他身邊，雙手插腰瞪著他，「我問了你就不要不敢回答！」

他欠揍地挑挑眉，一臉「也要妳敢問」的表情。

我將拳頭握得更緊，「你、你眞的喜歡我嗎？」

「就這個問題？」

「要先回答我這個，才有後面的問題。」

「要我說幾次，我是啊！」他還用兩隻手圈成愛心，對我眨眼。

「就是這樣不認眞的態度，讓我覺得你根本不是眞心的！」我打掉他胸前的愛心。

「我這樣子很認眞啊。」他笑了，又比出愛心手勢。

「那你覺得喜歡的定義是什麼？」我正色道。

「這問題不是我問妳的嗎？」

「回答我。」

「會問喜歡的定義本身就很蠢，喜不喜歡一個人，自己不知道嗎？啊，我忘了，妳是眞的不知道。」

這句話還眞是令人生氣。

「我說過了，我喜歡夏恒生，然後他也喜歡我。」

「他有親口說嗎？」

「呃……是沒有。」

余佑寒露出「果然如此」的神情。我咬著牙，「那個烹飪社的女生是誰？」

「烹飪社？誰啊？」他皺起眉頭，不懂我在說什麼。

「你還裝！就是你遲進教室那天，你不是還拿了她送給你的餅乾還是蛋糕什麼的回來嗎？」我打他。

「哪有啊，我一點印象也沒有。」余佑寒看起來是眞的不記得，還是說男人裝傻的時候就是這麼厲害，個個擁有可以拿奧斯卡獎的演技？

「你還裝、還裝！」我又打了他的肩膀好幾下，感覺自己的手心都紅了，「我還看過你們在河堤邊一起買菜回家，你明明有眞心喜歡的人，幹麼還一直尋我開心？」

余佑寒呆呆看著我，張大嘴巴「啊」了好長一聲，接著忽然放聲大笑。

「幹什麼，你瘋了？」

他止住笑，漂亮的眼睛盯著我看，接著露出一貫狡詐的笑容，「妳吃醋？在乎？在意？」

我臉紅了起來，「誰、誰在乎了！」

「我今天中午的便當也是她做的喔。」

「什麼？」竟然有愛心便當？

「她的手藝非常好，妳要不要吃吃看？」

「我才不……」等一下，余佑寒的表情不太對勁，感覺他好像以我的反應爲樂。啊啊，那個女生該不會是他的姊妹之類的吧？所以他才會從一臉茫然到恍然大悟，然後現在像是拿著逗貓棒在耍我玩一樣。

我瞇起眼睛，「少來，那是你姊姊對吧？你姊姊也念這所高中？」

沒想到余佑寒帶著笑意搖頭，「我唯一的親姊姊現在在台南念大學。」

「那、那就是你的表姊、堂姊、表妹之類的！」

「我現在沒有親戚就讀這所學校。」余佑寒聳肩，「順帶一提，我一個人住在外面。」

「你一個人住？」我的注意力馬上被轉移，「爲什麼沒有跟家人住？」

「我家離學校太遠了，諸多考量之下，總之我住在學校對面的那棟大廈，下次有空可以來玩，或是要過夜也行。」

「老師，又有人在對我性騷擾了！」我朝操場大喊。

「矮冬冬妳吵死了，閉嘴！」

在操場上打籃球的林叡隔著一大段距離對我大吼，因爲每次我一叫，身爲他們臨時裁判的體育老師就想要過來，這樣他們的球賽就會暫停，一暫停，比賽節奏就會被打亂。

「只不過是課堂上的小比賽，有什麼好神氣！」我哼了聲。

余佑寒看著我，又看了林叡一眼，最後搖頭嘆氣。

「矮冬冬，玩個遊戲吧。」

「蛤？」怎麼突然要玩遊戲？

「賭一年後的現在會發生什麼事。」

一年後的現在不就高二嗎？能發生什麼事情，還不是一樣每天上課。

余佑寒卻笑了起來，「我賭一年後的現在，班上會發生一段三角關係。」

「三角關係！誰？誰跟誰？」我東張西望，目前我們班看起來沒什麼情愛糾葛啊！

接著余佑寒豎起兩根手指，「第二，我賭一年後的現在，妳已經是我的女朋友了。」

我瞪大眼睛，他這個亂有自信的賭注是怎麼回事！

「如何，要不要跟我賭？」他雙手環胸，自信的模樣很是欠揍。

「我都說了，我和夏恒生兩情相悅，只差一步就會在一起。」我捏他。

「我勸妳不要去告白，太丟臉了，能會錯意成這樣。」余佑寒搖頭，「妳還是乖乖當我女朋友就好。」

「你還沒回答我那個女人的事情，還有，誰說我要當你女朋友了，做夢！」我對他翻白眼。

「哈哈，妳就去猜那女人是誰吧，盡量在意我，把我放在妳心中。」他站起來，彎腰指著自己的嘴唇說：「賭注就是一個吻，怎麼樣？」

「什麼？」我瞪大眼睛。

「如果我贏了的話，妳就要讓我親妳。」余佑寒斜勾嘴角壞笑。

「如果你輸了呢？」

「那我就犧牲點，讓妳親我。」

「怎麼聽都是我吃虧吧！」而且又是性騷擾，「如果我贏了的話，你要答應我一件事情。」

「什麼事情？」他站直身體，我也站起來。

「我現在還沒想到，等到時候我贏了再說。」

「好吧，反正到時候贏的會是我。」他往前一步，朝我伸出手，「打賭成立，未來的女朋友。」

我猶豫幾秒，才握上他的手，「贏的會是我，你準備傾家蕩產吧。」

余佑寒大笑，頭一次用柔和的目光望著我。

也許是陽光太過刺眼，我才會覺得他的眼神充滿憐愛。

雖然我自認自己很可愛，但我依然不覺得自己有什麼特質可以讓余佑寒第一眼見到我就喜歡我。

他跳過了那個烹飪社女生的話題，也不回答我對於喜歡的定義，反而信誓旦旦地說我會成爲他的女朋友。

好，他的確很帥，但我說過了，我的初戀條件是很嚴格的，余佑寒一樣都不符合。

不過，握著他的手，那瞬間，他身體的溫度像是從指尖末端血管直達我的心臟，灼熱得令我心跳加快。

第七章

因為是初戀，我當然想要一個理想對象。

期中考是個令人討厭的東西。

我恨數學公式、我恨英文單字、我恨國文文言文，我也恨歷史年分和地理位置，所有跟考試有關的一切我都恨啊！

但我最恨的是，當期中考最後一天最後一科的數學考試，好不容易解完所有題目，下課鈴響起，我大聲尖叫覺得終於解脫的時候，李蔓蒂卻說了一句，「背面那題好難，花了我一半的時間解題。」

「啊啊，那一題是陷阱題。」余佑寒也在一旁搭腔。

周芷蕎看起來一副快虛脫的樣子，沒有回應。

我剎時心涼了一半，舉手發問，「那個，什麼背面？」

所有人不可置信地望向我。第一個說話的是余佑寒，「我的天啊，矮冬冬，妳不要跟我說妳不知道試卷背後還有題目。」

我露出微笑，「是呀，怎麼辦？」

大家沉默，李蔓蒂拍拍我的肩膀，而我聽見周芷蕎「呵」了一聲。

「妳沒發現答案卷還空了一題嗎？」余佑寒說。

「是呀，怎麼辦？」我只能苦笑。

「沒救了。」林叡背起書包，「要不要去花之冰？」

「走啊，欸，大家一起。」余佑寒拿起我的書包。

「我自己可以背……」我覺得好想哭。

「花之冰」是我們學校附近一間冰店，我們學校的學生很愛光顧。它的盤子和裝飾全都是花的圖案，故名為花之冰。現在天氣還算炎熱，所以上門的學生很多，不知道到了冬天是否還能維持這樣的超人氣？

我點了草莓冰，李蔓蒂點了蔓越莓，周芷薷點了水果布丁，林叡則是抹茶，而余佑寒點了香蕉巧克力。

「一個大男人居然點香蕉巧克力冰。」我不禁嘖了聲。

不過當香蕉巧克力冰端上桌時，我大大的後悔，我應該點這個的！一整座綿綿冰上布滿了切片香蕉，淋上巧克力醬，還放上一塊巧克力餅乾。

「我用一口草莓冰跟你換一口好嗎？」我拿了一根新湯匙挖了杓自己的冰，還很大方地附送一顆大草莓。

余佑寒思考了下，居然張大嘴直接吃掉我手上拿著的那杓冰。

「唉唷——」其他三個人發出曖昧的聲音，我則嚇到說不出話。

「草莓也滿好吃的啊。」余佑寒吃得津津有味，接著他拿走我的湯匙挖了一杓他的香蕉巧克力冰，送到我嘴前。

這不是他剛剛用過的湯匙嗎？我現在吃，不就等於間接接吻……不對，我不應該在意間接接吻這種小事，上次余佑寒也說過了，在意這種小地方太古板了。我必須大氣一點，讓自己看起來游刃有餘。

所以我故作鎮定地伸出手，想要接過余佑寒的湯匙，他卻往後一縮，搖著頭張嘴說：「啊。」

啊？啊？

要我讓他餵？

我的眼神透露出疑惑，余佑寒肯定地點頭，又掛起那討人厭的微笑。我偷看了其他三人，他們一臉樂觀其成，完全等著看好戲。

「我不吃了。」我撇過頭。

「矮冬冬，妳看這是什麼？」余佑寒說。

「什麼什麼啦……」我轉過頭的那一瞬間，他居然就將那杓冰塞進我嘴裡，香蕉還差點掉下來。

「嗚嗚！」好冰，我沒辦法開口說話了啦！

「嘴巴張大一點。妳乖，這樣子根本塞不進去。」余佑寒輕聲道。

「太多了啦，嗚嗚，拿走開……」好冰好冰，我的嘴裡都是綿綿冰。

當我終於把這一大口冰吞下去，立刻打了笑得很大聲的余佑寒一掌，「哪有人這樣忽然塞進來！」

「沒辦法啊，不然妳又不吃。」余佑寒看著湯匙，「這下子就是間接接吻了。」

「你、你不是說那個很幼稚！」我氣呼呼地說。

「就算幼稚，也還是間接接吻呀。」他好整以暇地回道。

我果然被他耍了，什麼都他說就好了啊！

「我不想理你了。」我別過頭。

「那妳就不能再吃一口好吃的香蕉巧克力囉。」居然拿食物誘惑我，這點也的確奏效，我搶過他手上那枝「間接接吻」的湯匙，又挖了幾口他的香蕉巧克力冰送進嘴裡。

啊，果然很好吃，那甜而不膩的巧克力融化在嘴裡，還有搭配得天衣無縫的香蕉，實在是太好吃了。

「你們兩個不要擅自進入兩人世界啊，尊重我們一下。」林叡沒好氣。

「而且你們剛才的對話很色情。」周芷蕎有氣無力地說。

「嘖，剛剛拍的幾張照片都不能賣，全部都有拍到矮冬冬。」李蔓蒂則毫不避諱地表示自己還在偷賣余佑寒的照片。

「誰跟他進入兩人世界了，亂講！」我連忙澄清。

「你們這一對眞是我們班的寶。」最後周芷蕎下了結語，這種莫名其妙的、好像我和余佑寒是一對的結語。

吃完冰以後，我們就地解散，林叡家在附近，而周芷蕎和李蔓蒂往同一個方向去搭公車，剩下我和余佑寒兩人。

「妳要怎麼回家？」余佑寒問我。

「打電話叫我爸來接我。」我拿出手機。

「妳爸？妳平常上下課都是爸爸接送嗎？」

「對呀。」我的態度理所當然，倒是余佑寒滿臉不可置信。

「妳都高中生了耶。」

「高中生就不能家長接送喔？奇怪！」

「也不是不行……」我也不知道余佑寒想表達什麼。

我打電話給已經回到家的爸爸，他馬上說會過來接我，要我留在原地不要亂跑。

「妳爸一定還把妳當小孩子。」聽到電話那頭爸爸的叮嚀，余佑寒忍不住發笑。

「誰在妳旁邊？」原本已經要掛上電話了，但是耳朵很尖的爸爸聽見余佑寒的聲音忍不住問。

「同學啦，我們剛剛一起吃冰。」

「就你們兩個？」爸爸厲聲問。

「還有其他人啦。」從電話裡可以感覺到爸爸鬆了一口氣，我補充說明，「但現在只剩我們。」

「什麼？孤男寡女！我馬上到，妳在那邊等著！」爸爸氣沖沖地掛掉電話。

「看來妳爸還把妳保護得很好。」余佑寒吹了聲口哨。

我見他沒有要離開的意思，於是問他，「你不是說你住在附近？」

「是啊。」

「那還不回去？」

「不急。」他哼起歌。

「好難聽。」

「哪會，我國中還參加過校園歌唱比賽耶！」他伸出兩根指頭，「第二名。」

「騙人。」我笑。

「喂，矮冬冬。」

「幹麼？」

「妳喜歡帥哥對吧？」

「當然。」這是亙古不變的事，我的原則。

「那我們學校這麼多帥哥，爲什麼最後妳會決定喜歡夏恒生？」余佑寒的表情充滿好奇，他拉了張「花之冰」放在騎樓下的椅子坐下，「妳一開始的目標不是挺多的？」

我歪頭想了想，的確，我對常大爲、向春日都有興趣，要不是樂宇禾身邊已經有了校花，我也會把他列入考慮人選。最後我會選擇夏恒生，是因爲和他在美髮社有接觸機會呀，其他都太遙不可及了。

但余佑寒得知這樣的想法後，露出「我就知道」的表情，有些無奈地看著我。

「妳那個給我看一下。」他對我伸出手，我不明所以，「初戀條件。」

喔，原來是說那個。

那張寫著十大初戀條件的護貝紙片原本掛在我的書包上當吊飾，但開學那天被余佑寒拉斷鍊子，從此就放在書包裡。

我找出來交給他。余佑寒認眞研究了一下，「除了夏恒生比較好接觸到之外，還有就是他身高超過一八〇對吧？」

我點頭，光是要符合身高一八〇這點就很不容易了呢！

「妳不覺得這樣很奇怪嗎？」

「什麼？」

他搖了搖手中那張紙片，「爲什麼要先設定條件來決定喜歡的人？」

「因爲是我的初戀，我當然想要一個理想的對象。」

「可是人沒有完美的，理想對象也不可能存在。」

「誰說的，也許有人找不到，但也許我找得到。」我搶回那張紙片。

余佑寒手撐在膝蓋上，上半身略略朝我前傾。

「妳不覺得如果有一個人和自己的理想對象條件完全相反，但妳還是情不自禁地喜歡上對方，這才叫做喜歡嗎？」

「這就是你對喜歡的定義嗎？」我問他，而他不置可否。

我思考著余佑寒說的話，莫名覺得超有道理。

我會喜歡夏恒生，是因爲他是我可以接觸得到的對象，而且恰巧他身高超過一八〇。我會想告白，是因爲我覺得他也喜歡我，可是，那眞的是喜歡嗎？

而且，爲什麼我會自信滿滿地認爲，夏恒生在我面前不展現眞實的自己，就是喜歡呢？

而我又是眞的「喜歡」他嗎？

「憧憬、好感、欣賞、喜歡，這四種感覺很相近，但妳知道怎麼區別嗎？」

「我當然知道，別把我當笨蛋。」

「那妳說說看。」

沒想到余佑寒會這樣問我，欸……

「憧憬就是覺得他好棒……好感就是覺得他還不錯，欣賞就是覺得有點崇拜……喜歡就是臉紅心跳……吧。」我自己講完也不是很確定，余佑寒則一臉似笑非笑。

「矮冬冬，妳果然是鬼針草。」余佑寒帶著戲謔的笑容對我說。

「這是稱讚嗎？那你說呀，這四個有什麼不同。」我就不信他能說出什麼來。

「我才不要說，我的答案跟妳的答案又不會一樣，我的答案也不是正確答案，每個人感受到的都不一樣。」余佑寒聳聳肩。

「好詐！」我說。

「但至少我知道，妳對夏恒生絕對不是喜歡，說不定連好感跟憧憬都還不到，只是一種……不知道該怎麼說，像是粉絲那樣的情感吧。」

「不需要你幫我評論。」我扁嘴，「難道你說喜歡我，你就知道是眞的喜歡嗎？不是什麼錯覺嗎？」

「我是眞的喜歡妳呀，我說過好幾次了。」

「一直掛在嘴巴上說的，怎麼會是喜歡呢？」

「妳眞是奇怪，喜歡就要說出來，不然對方怎麼會知道。難道藏在心裡的就叫喜歡，說出口的就不是喜歡了嗎？」他反問。

「你……算了，我不跟你辯，反正我說不過你。」我看了下手機，爸爸說他快到了。

「還是妳覺得我說得不夠認眞？」

「或許吧。」

「那我現在認眞說了啊。」余佑寒的聲音壓低，我不禁看向他，沒了平時的嬉鬧，他兩隻手肘撐在膝蓋上，凝視著我說：「我喜歡妳。」

被他突如其來的認眞模式嚇到，我紅著臉驚慌失措，不知如何是好，只覺得呼吸困難，周遭的一切似乎突然離我好遙遠，只有余佑寒離我最近。

雖然緊張又害羞，可是我卻移不開視線，就這樣和余佑寒相視好一會兒，一直到一陣急促的喇叭聲將我拉回現實。

「方芮冬！快上車！」爸爸在車子裡狂按喇叭，周圍的路人都對我們投以注目禮。

「天啊，爸爸，你幹麼這樣啦，丟臉死了。」我忍不住抱怨，爸爸從車窗探出頭來，雙眼緊盯著余佑寒不放。

「明、明天見了。」我有些結巴地對余佑寒道別，不太敢和他對上眼，轉身朝爸爸的車子跑去。

當我打開車門時，竟瞥見余佑寒露出燦爛的笑容，朝我們這邊打招呼。

「叔叔你好，我叫余佑寒。」他的聲音很大，連爸爸都驚訝地看著我。

「他是誰？爲什麼會跟我打招呼？爲什麼妳跟他單獨兩個人在那邊？」回家的路上，爸爸不斷追問。

我已經回答同樣的問題好幾遍，他是我們班的班長、他叫做余佑寒、跟同學的爸爸打招呼是基本禮貌，因爲其他同學都先回家了，所以只剩下我跟他在冰店門口。

啊，我忘了，最後我還補了一句，「跟我告白的男生就是他。」

爸爸爲了最後那一句話糾結好久，甚至在吃晚餐的時候哭了起來，跟我說那個男生身高一看就沒有一八〇，叮囑我別忘了初戀十大條件。

「我知道，爸爸你好煩。」我抽了三張衛生紙給爸爸擤鼻涕，等到他去洗澡的時候，我一邊幫媽媽收拾碗盤，一邊欲言又止，想著要如何開口。

「說吧。」站在洗碗槽前的媽媽忽然開口。

「咦！媽妳怎麼知道我有話要說？」

「妳只有有話要說的時候才會幫我做家事，我還不了解妳嗎？要是妳能多幫忙一點，那我也不用那麼……」

「好了好了，我知道了。」我趕緊插話，以防她繼續碎碎念下去，「媽，我想問啊，我那些初戀條件是不是很蠢？」

背對著我的媽媽沒有回答，我也看不見她的表情。

「余佑寒……他就是那個跟我告白的人，他說我不應該從限定的條件裡面去找對象，而是應該喜歡上完全不符合條件，我卻還是喜歡的人。」

「嗯。」媽媽冷靜地應了一聲。

「但是，難道就沒有那種完全符合我的條件，而我同時又眞的很喜歡他的對象嗎？這種事還是存在的吧？」我語氣激動，想獲得媽媽的認同。

「每個人不一樣，何必去在意這麼多呢？」媽媽說著，「妳這麼在意的同時，不也表示其實妳認同了對方的說法？」

「嗯……或許是那些條件，讓我選擇了喜歡夏恒生吧。」

媽媽停下手上的動作，轉過身來，「妳有喜歡的人了？」

我有點尷尬地笑了兩聲。「不知道啦，現在被搞得好亂。」

「這件事情可別讓妳爸聽到，不然他又要哭了。」媽媽轉過身繼續洗碗，「人家都說女兒是爸爸上輩子的情人，妳這個情人可要好好保護自己，別讓自己受傷了。」

媽媽窩心的叮嚀讓我有些感動，我嘿嘿笑著，「那可就糟糕了，我們不就是情敵了？」

媽媽笑了兩聲，一副不把我放在眼裡的模樣。

爸爸洗完澡出來，問我們母女在聊什麼這麼開心，我和媽媽相視而笑，「祕密。」

「現在是排擠我就對了？」爸爸哭喪著臉。

躺在床上翻來覆去，我明明之前一直很確信自己喜歡夏恒生，卻因爲余佑寒幾句話而開始懷疑自己的心意，加上他在花之冰店門口那麼認眞的告白，讓我忽然有些動搖。

我想起他的眼睛，那長長的睫毛以及雙眼皮，還有那漆黑的瞳仁盯著我看的模樣，想著想著，忍不住害羞得想拿棉被蓋住自己的臉尖叫。

但下一秒，他與那個長髮女生提著提袋，有說有笑地走在河堤邊的畫面又闖入我心中。可惡呀，他明明說了喜歡我，卻又不告訴我那個女生是誰，還要我把這個疑問放在心底，讓我一直在意他，哪有這樣的人，以爲我是M嗎？

越想越生氣的我居然不知不覺地睡著了，原以爲可以來個什麼和帥哥約會的美夢，沒想到什麼也沒夢見，不過倒是舒服地一覺到天亮。

當我神清氣爽地跟媽媽道早安時，媽媽也帶著燦爛的微笑，正在準備要給爸爸帶去公司中午吃的水果。

「早安，芮冬。」

「媽，妳怎麼看起來心情那麼好？」我問，卻嗅到空氣中有一絲不對勁的氣息。

「昨天一陣混亂，我忘記問妳了。」媽媽抬起頭，笑著舉起水果刀。「昨天期中考考得如何呢？」

「呃……那、那個……」完蛋了，我哪敢把數學漏看一大題的事情說出來！

媽媽笑得我心裡發寒，「要是考得比國中還差，卻還一直在煩惱戀愛的事，那媽媽會生氣喔。」

媽咪啊！以前國中的水準怎麼能和這間高中相比啊！

周芷蕎他們都說了，這間高中集結了很多國中的第一名，一堆第一名聚在一起，一定還是有人要當最後一名啊，我不入地獄誰入地獄，那最後一名的寶座就由我來擔當吧。

可是這些話在媽媽的水果刀面前，我哪敢說出口啊！

我只能微笑豎起大拇指，說了句：「安啦，一百分。」然後抓起書包，早餐都還沒吃就匆匆忙忙逃出家門。

我才跑到外面的第二條巷子，就接到爸爸的電話，問我怎麼沒等他一起上學。

「喔，老爸啊，媽媽好可怕，嚇死我了，我要先去學校了，你快親她兩下安撫她。」

「妳自己去學校嗎？」沒想到老爸問了個不相干的問題，我不自己去要跟誰去？「該不會是跟昨天那個男生約好一起上學吧？爸爸說過了，十八歲以前不可以交男朋友，知道嗎？」

「爸爸，你好好笑喔，就算我是你上輩子的情人，你也不能這樣束縛我啊！」我嘆息，受歡迎的女人就是這麼為難，連上輩子的情人這輩子都還想獨占我。

才剛下公車，肚子就咕嚕叫了起來，想起自己還沒吃早餐，左右張望了下，發現有家豆漿店人潮滿滿，反正時間還早，就過去湊個熱鬧、塡飽肚子吧。

我點了燒餅油條、大杯豆漿，還有蛋餅，在豆漿店內迅速吃完早餐，果眞很好吃，難怪會有這麼多人排隊，其中不乏我們學校的學生。

看了下手錶，已經七點二十分，我趕緊拿起書包往學校的方向去。

從這邊走到學校，會先經過河堤，還會經過上次看見余佑寒和那個長髮女生走進去的那棟大廈。

我正想會不會碰巧看見他們時，還眞的就讓我遇見了。

余佑寒和那個女生從大廈大門走出來，兩個人還和警衛伯伯寒暄幾句，余佑寒打了哈欠，那個女生把手上的便當袋遞給他。

奇怪的是，那個女生居然穿著便服，她不去上課嗎？

余佑寒跟那個女生講沒幾句話後，揮揮手轉身就往學校方向走，那個女生則往我這個方向走來。

我終於看見她的臉了！

她的五官素雅，沒化妝但皮膚看起來很好，而且很白皙，臉上像是隨時都掛著笑容一樣，有種空靈之美。

她經過我身邊朝公車站牌走去，我聞到她身上有股好香的味道。

很淡很柔，像是花香，卻又不令人覺得刺鼻。

我轉身又看了她一眼，感覺起來……就是一個超優質的好女生啊！

沒來由的我感到一肚子氣，有一個這麼優質的女生在身邊，昨天余佑寒還好意思跟我說什麼喜歡我！

明明、明明就跟這個女生同居了！

搞什麼啊，爲什麼我會有點想哭，這反應是怎樣！

一路上我氣呼呼地往學校走，經過河堤上的那座橋時，突然一旁傳來小狗的叫聲。

我往河堤下看，原來是林叡帶著他的小狗正在河堤散步，還玩著你丟我撿的遊戲，當小狗咬著球跑回林叡身邊時，他還會大聲稱讚牠，並揉著牠的毛，只差沒有親一親了，沒想到林叡是個狗痴。

這個白痴，都已經七點二十五分了，他還在跟他的小狗享受兩人世界，是想遲到就是了？

本姑娘現在心情不好，乾脆不要理他，讓他遲到，反正林叡平時也沒對我多好。

於是我繼續往學校方向走，但是才走沒兩步，我又停下，實在無法置之不理。沒辦法，我就是心地太好，人美心善良，這麼優秀的人哪裡找。

我雙手扶住欄杆，腳踩在橋墩上，探出上半身對著下面大喊：「Q毛，你要遲到了！」

林叡東張西望，完全搞不清楚聲音的來源。

我又喊了一次：「Q毛，上面啦！」

他抬頭，因爲陽光而瞇起眼睛，那樣子好好笑。

「已經二十六、夭壽，二十七分了啦，如果你害我遲到就完蛋了！」說完我趕緊往學校飛奔，也不管林叡有沒有聽到。

我在準三十分時踏進校門，鬆了一口氣的我回頭張望，還是沒看見林叡的身影，算了，誰叫他自己要在那邊跟小狗玩。

「矮冬冬，妳遲到了。」余佑寒站在講台上登記遲到的學生。

「……」今天我沒有反駁他，徑自走回座位上。

「矮冬冬，妳怎麼了嗎？」可能因爲我反常的安靜，全班都詫異地望著我，余佑寒也是，他張大了嘴，好像我生了什麼病一樣。

但我只是搖頭，坐到位子上拿出課本。

「完蛋了，矮冬冬發瘋了，才剛考完試她居然拿出課本！」難得周芷蕎有損我的興致，但我完全提不起勁回嘴。

因爲剛才看見余佑寒和那個女生的緣故，現在再見到他我就覺得全身不對勁，一點也不想講話。

「矮……」余佑寒正要說話，後門傳來一陣聲響，所有人都轉過頭去，包括我。

林叡跑得上氣不接下氣，滿頭大汗，頭上還沾有幾片樹葉。

「我、我沒有遲到，校門沒有記到我……所以、所以不算。」林叡一面揮著手，一面喘著氣走進來。

他原本要走向自己的座位，卻因爲和我對上眼而改朝我走來，他停在我面前，輕聲說了句：「剛才謝謝妳了。」

「不客氣。」雖然我什麼也沒做，不過還是欣然接受他的道謝。

林叡露出一個有些靦腆的微笑，配上他的Q毛頭，還真有那麼點可愛。

「林叡剛那是什麼意思?」第一堂課才剛下課，我還沉浸在課堂上老師對完答案後發現自己答錯不少的沮喪中，李蔓蒂卻忽然厲聲詢問。

「蝦米東東?妳說什麼?」我丈二金剛摸不著頭緒。

「我說，剛才早自習林叡跟妳說謝謝，是在講什麼?」李蔓蒂不耐煩地重複問題。

「喔，就我早上……」我停了下來，因爲我發現周芷蕎居然沒有在檢討剛才老師對答案的試題，而是抬起頭來在聽我們聊天。

「快說啊。」周芷蕎竟還催促我！

「矮冬冬，妳過來一下。」在這時候，林叡站在後門對我招手。

「幹麼?」

「過來一下!」他氣呼呼的。凶什麼啊!

但我還是起身，李蔓蒂卻拉住我，「他叫妳幹麼?」

「我哪知道!」我剛不也問了一樣的問題嘛!

「回來再跟我們說。」可能因爲考完期中考了，周芷蕎今天才有心思在意周遭發生的事。

我看了眼正在前門和其他人聊天的余佑寒，他也瞥了我一眼，我下意識趕緊轉過頭。

林叡神祕兮兮的，比了一個噤聲的手勢，我根本什麼話都還沒講啊。他對我招手，要我跟在他身後，好，我就看你要搞什麼鬼!

我跟在林叡屁股後面下樓，這時我才忽然意識到，林叡個子也滿高的，沒有一八〇也很接近了，像根頭上頂了鳥巢的竹竿一樣，想到這裡，我忍不住格格笑出聲來。

「笑什麼？」他扭頭凶巴巴地問。

「沒什麼。」我聳肩。

來到一樓後，他東張西望一陣，好像怕被誰看到一樣，確定都沒有人朝我們這邊看以後，他才又往草叢裡面走去。

「幹麼呀，爲什麼要走……」我大聲抱怨，林叡卻立刻轉過來又對我噓了好大一聲。

拜託，現在是下課時間，大家吵鬧成一片，根本不會有人注意到我們！

但我把這些話都吞到肚子裡，最好他是要給我看什麼好東西，否則我等等就朝他屁股直接踢下去！

我們來到教學大樓後側的……雜草區吧，滿是花草還有樹木，但是因爲位置比較隱密，沒什麼人會過來，所以沒有含括在打掃區域裡，通常都是請專業的修剪人員來整理草木。

「你到底要幹麼啦？」我看著蹲在前方像是在找什麼東西的林叡說，腳已經抬起來準備要踢他屁股。

前方的草叢忽然一陣晃動，從草木隙縫間露出一雙閃亮的眼睛，我嚇了一跳，下一秒一張狗臉隨即吐著舌頭探了出來。

「QQ！」林叡喊，伸手抱住飛撲上來的貴賓犬。

咦，這是他的狗嗎！

「你幹麼把狗帶來學校？」

「我早上手錶停了，沒注意到時間，情急之下也沒空把牠帶回家，所以只好一起帶來學校。」他緊抱著狗，一臉擔心，「你一個人在這邊一定很害怕吧？」

名叫QQ的貴賓犬舔著林叡的臉，奮力搖著尾巴，看起來一點也不害怕。

「那你怎麼進校門的？學校不能帶狗進來吧！」噢，我也好想摸摸那蓬鬆的毛喔。

「我塞在懷裡用跑的，校門口的老師來不及看清楚。」

「那你叫我來幹麼？」我怎麼有股不祥的預感？

「我們家QQ很怕寂寞，我原本是打算每節下課都要過來陪牠，可是剛才佑寒說下課要開始練習球技大賽，這樣我家QQ就得一個人……」媽呀，林叡居然講到哽咽，有沒有搞錯，他要哭了嗎？

想不到這個Q毛頭平常嘴巴很壞，狗痴指數卻高達百分之兩百呀。

「你該不會是要我下課時間過來陪牠玩吧？」

林叡點頭，我倒吸一口氣。

「Why？Why me？」

「因爲妳知道我有養狗，早上又是妳提醒我，我當然選妳。」林叡理所當然地回答。

蝦米呀，這什麼邏輯，早知道剛剛就不叫你了！

「全班都知道你養狗啊，我上次不是告訴大家了。」所以這工作不是非我不可呀。

他沒好氣地瞪著我，「但是大家不知道我這麼愛狗！」

也是啦，平常裝模作樣的林叡，要是讓大家知道他是狗痴，沒準笑死他，況且要是被發現他把小狗帶來學校，搞不好小狗還會被趕出去。

可是要我來照顧，這也太……我看著眼前搖著尾巴的小狗，唉唷，這隻小狗用水汪汪的圓眼睛看著我，鼻子還溼溼的，三不五時可愛的小舌頭還會舔一下鼻子，看起來好像娃娃呀！

「我、我有一個條件。」我握緊拳頭。

「幫助可愛的小動物還要有條件，矮冬冬妳這個女人眞的是……好，妳說，什麼條件？」

看著林叡懷中的QQ，我終於忍不住了。

「讓我抱一下啦！」我迅雷不及掩耳地飛撲過去，林叡嚇了一大跳往後倒，我順勢壓上去，但目標是他懷中掙扎不已的QQ。

「喔喔，好軟、好香，好可愛！」太可愛的生物就是必須抱緊處理呀，我還情不自禁地親了QQ兩下。

「別弄髒我家的寶貝啊！」一旁的林叡連聲哀號。

這個男人還眞是沒禮貌，居然說本姑娘的吻是髒的，難怪沒有女朋友！

他一把搶回QQ，目光緊盯著我，我聳聳肩，沒關係，反正等你去打球，我還是可以盡情和QQ玩耍。

「……妳下課過來都要帶水，還要帶一些狗餅乾來給牠……」林叡不放心地叮囑。

「我哪來的狗餅乾啊！」

「我等一下會給妳！我早上出門散步有帶。」林叡又凶我，要不是QQ可愛，誰要幫你，哼！

「喔，對了，你們中午也要練習對吧？那我中午可以給牠麵包還是什麼的吃嗎？不然牠一整天都沒吃飯也太可憐了吧！」

「牠不能吃有調味的東西，白飯勉強還可以。」林叡嘆氣，「要不是我家人今天都外出，不然就可以請他們來接QQ了。」

我要去哪裡生白飯啊？

喔，烹飪社說不定會有，我可以去問問看。

總之我接下了照顧小狗的任務，上課鐘響後，QQ也在林叡一聲令下，就眞的乖乖回去縮在草叢裡。

「你回家要幫牠洗澡，說不定會有跳蚤。」我說，然後林叡又是一臉快哭的模樣，眞是個傻狗痴。

「喂，QQ的事情是個祕密，知道嗎？」

林叡提醒，而我擺擺手，這種事情我當然知道。

我們回到教室後，秋老師已經站上講台，一臉曖昧地看著我們，一邊嗯嗯嗯的不知道在點什麼頭，等我們兩個都回到座位坐好後，秋老師突然說：「哎呀，青春呀，三角戀情也是青春的一部分。」

這我就不得不舉手抗議了，老師啊，把我跟夏恒生或常大爲這樣的天菜放在一起，我欣然接受，可是是林叡欸，是Q毛頭林叡耶！

林叡瞪了我一眼想反駁，但礙於有求於我，也只能捏緊拳頭悶不吭聲，這讓秋老師更是大作文章，「這樣我們班的班長該怎麼辦啊？有什麼好對策可以搶回矮冬冬嗎？」

被點名的余佑寒只是微微頷首，露出一抹從容的微笑，自以爲很帥的模樣，但……好像眞有點那麼帥。

班上鬧了一陣，好不容易終於開始上課，大家檢討著考卷。

這時，一向認眞上課的周芷蕎卻傳了張紙條給我，

「妳跟林叡到底去幹什麼了？」

我下意識直接寫上了QQ的事，但想起自己都答應林叡要保密了，如果說出去就太沒道義，所以又用立可帶把字塗掉，改寫上「Nothing」，寫英文感覺超有水準的，嘿嘿。

周芷蕎沒再回我紙條，我一邊計算自己國文可以拿到多少分，一邊注意到李蔓蒂一直轉頭偷看我。

今天她們兩個到底在詭異什麼啦？

下課時，我不經意地回頭，發現周芷蕎居然把我剛才傳給她的紙條反過來朝天高舉，利用日光燈的光源想看清楚被我用立可帶塗掉的字寫些什麼。

「妳有沒有這麼想知道啊！」我忍不住虧她。

周芷蕎因爲我的話漲紅了臉，急忙把那張紙揉成一團。

余佑寒在台上吆喝大家到球場練球，林叡走出教室前不忘過來對我使眼色。

「你要使眼色遠遠使就好，特地過來眨眼超好笑的。」我當然抓住機會損他，看著林叡的臉青一陣白一陣，卻又不能對我惡言相向，眞是超愉快的！

台上的余佑寒瞥了我一眼，拿起籃球，一群男生浩浩蕩蕩地離開教室。

「到底怎樣？」

「妳跟林叡有什麼祕密？」

李蔓蒂和周芷蕎立刻逼問我，我打哈哈，「什麼也沒有，謝謝大家的關心。」然後就一溜煙逃出教室。

來到草叢，我喊了聲ＱＱ，一雙骨碌碌的眼睛轉呀轉地出現在草叢後，下一秒牠汪了一聲跳出來，尾巴搖個不停。

噢！超可愛的啦！

我把牠抱在懷裡不斷磨蹭，我可以理解林叡的心情了，因爲ＱＱ眞的太太太太可愛，我都想把牠抱回家了。

中午我特地繞去烹飪教室，想偷看電鍋裡有沒有白飯，正巧看見裡頭有個短髮學姊，偷偷問她是否能施捨一些白飯讓我去餵狗，沒想到對方慷慨答應。

我拿著熱騰騰的白飯去找ＱＱ，牠瘋狂搖著尾巴，大口大口吃完，最後還舔了我的手心表示感謝，眞無法相信這麼坦率又可愛的狗是討厭鬼林叡養的。

我才不會錯失可以挖苦他的機會，但礙於他下課都必須去練球，所以我只好趁上課時間傳紙條告訴他，乾脆ＱＱ讓我帶回家好了。

「妳想得美，白痴。」他終於忍不住罵我。

就這樣每一節下課我都會跑去跟ＱＱ玩耍，順便帶水和餅乾，等我回到教室都會接收到林叡詢問的眼神，而我也會以手勢回他一個讚，表示ＱＱ一切安好無恙。

一整天就在我和林叡的「眉來眼去」中結束，林叡放學時還很有禮貌地特意過來跟我道謝，見狀，周芷蕎和李蔓蒂又湊過來問東問西。

「林叡只是想跟我道謝，我當他的同班同學這件事，讓他很有面子。」我隨口胡亂回答，林叡聽到以後翻了一個白眼。

那兩人當然不信，拚命搖晃我的肩膀要我說實話，我頭被她們晃得都暈了，還追問到底紙條上都寫了些什麼，我的天呀，她們連我傳紙條這件事都知道，是有多八卦呀！

「我們約好一起回家，先走了。」余佑寒忽然出現，然後他擅自拉起我的手腕，一副理所當然地帶我離開教室。

雖然我們根本沒有約好一起回家，但是我很感謝他把我帶離好奇寶寶二人組，不過一路上他從一直拉著我的手腕，最後甚至演變成牽著我的手，這點就太說不過去了，走出校門時，甚至連秋老師都說：「班長，你要開始搶回矮冬冬囉？」

「八卦的秋老師！」我對秋老師喊，但秋老師只是哈哈大笑。

就這樣我又被帶到花之冰，眼睜睜看著余佑寒擅自點了一盤夏日水果綜合冰，朝我露出笑容，「我們兩個一起吃。」

「蝦米呀，你以爲我們在約會嗎？爲什麼要和你共吃一盤？」

「是呀，這就是約會。」他微笑，我只覺臉上一陣熱。

但是夏日水果綜合冰的滋味實在太棒了，所以最後我還是抵擋不了誘惑，跟他共吃了一盤冰。不過請相信我，我很注意有沒有間接接吻，也刻意避開他挖過的地方，雖然最後這計謀被發現，導致他把冰全部亂攪一通，眞是噁心死了。

從花之冰離開後，我們沿著河堤邊走著，時序已經要進入秋天，傍晚河堤的風帶著涼意，讓我打了個噴嚏。

我聽到余佑寒笑了一聲，接下來他居然從書包拿出運動外套披在我肩上，嚇得我差點呼吸停止。

我的老天，這不是漫畫或電視劇裡才會出現的情節嗎？男主角把外套披到女主角身上，溫暖她的身也溫暖她的心。

不對呀！我的男主角應該要是夏恒生，才不是余佑寒呢！

男配角不管對女主角多好也當不成男主角的啦！

我抬頭正要告訴余佑寒這個殘忍的事實，卻迎上他溫暖明亮的雙眼，讓我又把話吞回去，只能繼續默默走著。

然後天殺的，余佑寒這個得寸進尺的男配角居然還牽起我的手。

這一次我差點連心跳都停止了，趕緊抽回自己的手，但余佑寒這個不要臉的壞傢伙居然把我的小手抓得老緊，讓我要抽都抽不了。

我抗議地瞪向他，他卻回我一個人畜無害的超帥笑容，頓時讓我再次說不出話來。

於是我一個堂堂的女主角，就這樣被一個男配角牽著手，還披著他的外套，好像很浪漫地一起漫步在黃昏的河堤。

第八章

真羨慕妳呀，喜歡的人也喜歡自己。

我們這所夢幻高中有個讓我很不解的地方，就是每次考試從第一名到最後一名都會製作成排行榜公布出來。雖然在網路上也可以輕易查詢名次排行，但學校還是會列印出長長一張很有氣勢的榜單貼在布告欄上。

一年級全校第一名的名字很陌生，我並不認識，老實說我原本還以爲周芷蕎可能有機會奪下第一名，畢竟她永遠都捧著課本讀個不停。

令人意外的是我們班的第一名是林叡這個狗痴，而第二名和林叡只差一分，第三名又和第二名只差一分，這是什麼可怕的微小差距啊！

「妳看到二年級第一名是誰了嗎？」李蔓蒂眼睛閃亮亮，我眼中也泛著同樣的愛心光芒。

七科，七百分，二年級的常大爲果然超神！

「可惡，要是當時有讓我們創立粉絲俱樂部就好了！」我扼腕不已。

「有時間想什麼俱樂部，還不如好好提高妳的成績。」余佑寒靠過來，拿起我的成績單，「班級第十五名，哎呀。」

「十、十五名已經很厲害了，你這個第二名的別吵。」我不自覺有些彆扭，那天被他牽過的手好像還在隱隱發燙。

「是嗎？我覺得妳可以更進步，畢竟妳腦袋裡的鬼點子這麼多。」他摸了摸我的頭，我一把甩開他的手。

「不要亂碰我！」

可能音量有點大聲，所以惹來班上同學側目，余佑寒倒是不在意，依舊帶笑看著我。

討厭死了，我幹麼反應這麼大，這樣不就好像我很在意他一樣嗎！

噢，我應該是跟夏恒生兩情相悅才對啊，雖然我對這個想法已經越來越沒有信心，但我可不想按照余佑寒的計畫走，好像我肯定會喜歡上他一樣。

一定是因爲最近都沒有去美髮社，也沒有見到夏恒生的緣故，所以才會讓我產生奇怪的錯覺，看樣子我必須快點向夏恒生告白才是。

當我在心裡下了這個決定後，卻看見一向熱衷於討論課業的周芷蕎顯得惴惴不安，而林叡還沉浸在自己考第一名的喜悅，順口問了周芷蕎成績如何。

「普通啦……」她乾笑著回應。

話說我還眞的沒有去注意她的成績呢，這也引起了我的好奇心，但周芷蕎卻死捏著成績單不願給我們看。

「看一下又不會怎樣，我的也給妳看呀。」我把自己的成績單從余佑寒手中搶回來，放到周芷蕎桌上，因爲數學漏寫了一大題，讓我差點不及格，能有這種成績我已經謝天謝地了，雖然媽媽還是爲這件事情叨念了我好久。

「我、我不要給妳……」周芷蕎講話變得好小聲。

「借我們看一下呀，一起檢討。」沒想到林叡一說完，周芷蕎就遞出她的成績單。

「欸！爲什麼我要看就不行！」我怪叫。

「噢……」不過看到成績單的林叡卻忽然變了臉，余佑寒湊過去，也搖頭苦笑。

「怎麼了？」我問。周芷蕎低著頭，而李蔓蒂伸手，林叡把成績單交給她，我也馬上湊上前細看。

啊勒，我看錯了嗎？

我猛眨了幾下眼睛，這成績怎麼會……抬頭看了下其他人，林叡一臉尷尬，而余佑寒則是一副事不關己的模樣，李蔓蒂倒是有點在憋笑，周芷蕎的頭垂得不能再低了，我幾乎都可以看見她的後頸。

咳，原來周芷蕎成績很差啊。

一直捧著課本苦讀，我還以爲她成績很好，原來就是因爲成績差才要時時不離課本。不過就算這樣也沒放棄念書，甚至還繼續努力，這樣好像有點……

「很可愛不是嗎？」

「咦？」一瞬間我還以爲是我說出口了，但眾人的眼神都齊齊望向前方的林叡。

他抓著頭，一臉不好意思，「這樣的反差不是很可愛嗎？」

余佑寒忍不住大笑，還用力拍了林叡的背一記，而周芷蕎依然低垂著頭，可是我看見她白皙的肌膚漸漸染上了紅暈。

「眞的，哈哈哈，可愛可愛，不用這麼認眞也沒關係啊，放鬆放鬆。」我也跟著笑了起來。

林叡卻皺起眉頭，「矮冬冬，妳還是稍微認眞點比較好。」

「你差別待遇！」我隨手拿起桌上的橡皮擦又往他身上丟，這次卻被林叡準確接住。

「別亂丟啊，那是周芷蕎的吧。」

「啊啊，我忘了，對不起唷。」我趕緊道歉。周芷蕎搖頭，接過林叡遞給她的橡皮擦。

上課鐘響起，我們紛紛回到座位，在我轉過身的那一瞬間，瞥見滿臉通紅的周芷蕎緊握著林叡還給她的橡皮擦。

而李蔓蒂不知道為什麼輕輕皺起眉頭，好像不是很開心。

「矮冬冬，今天妳爸有要來接妳嗎？」余佑寒轉動著手中的籃球，耍帥地站在我面前。

「沒有。」我隨口答道。

現在是體育課，我和李蔓蒂坐在樓梯上偷懶，周芷蕎很認眞地在練習排球，而林叡也活躍在球場上，到場邊撿球的余佑寒一看見我，順口就問我這樣一句。

「那我們今天也一起回家吧。」他瞇著眼笑，我又覺得臉上一陣燥熱。

「我幹麼要跟你一起回家！」我提高音量。

「不如我把這邊的位子讓給你們吧。」李蔓蒂還眞的起身讓位，余佑寒也還眞的順勢坐下。接著她一個轉身又拿出手機對著余佑寒按下快門，「趁你現在還是黃金單身漢，多拍幾張，等你們在一起以後，照片就不好賣了。」

「誰、誰要跟他在一起！」我又開始結巴。

「妳還在賣我的照片啊。」余佑寒苦笑了。

我們兩個在意的點完全不一樣。

李蔓蒂不理會我們，往球場的方向跑去，最後和另一群女生坐在籃球場邊的樓梯看男生打球。

「矮冬冬，妳也差不多該說喜歡我了吧？」余佑寒忽然說。

「你到底哪來的自信！」我不客氣地伸手拍掉他的籃球，球往前方滾去，余佑寒沒有要去撿的意思。

「妳該不會還在認爲自己和夏恒生兩情相悅吧？」他好笑地看著我，「妳有沒有這麼呆呀。」

「我不想跟你說了。」拜託你快走，兩人單獨相處我會緊張、會喘不過氣，你實在太讓人生氣了，我討厭這種無法控制自己身體的感覺。

「不然妳快去跟夏恒生告白，就明白我說的意思了。」余佑寒提議。

「哪有人會叫自己喜歡的女生去向別人告白！」由於他說的話實在太過荒唐，我不自覺脫口而出。

他笑得更開心了，「有呀，我呀。」

「所以我才說你不是眞的喜歡我。」我嘀咕著，你明明……身邊就有一個長髮女生的存在。

他挑起眉毛，一臉似笑非笑，左手撫上我的耳際，將我一綹散開的頭髮捋到耳後。他的指尖不過是輕輕劃過我的臉頰，爲什麼我會全身顫抖不已？我斜眼看他，咬著下唇好不甘心。

「那個女生到底是誰？」我心底還是很在乎。

「不是說了嗎，我不告訴妳，我要妳在意到底。」

「你們同居對不對！」我指著他大聲斥道。

余佑寒眼睛微微瞠大，笑了起來，「妳跟蹤我回家？」

「我是剛好看到，剛好！」我踢他一腳。

他又笑了幾聲，似乎很滿意我的反應，「沒有同居，我一個人住，只是她偶爾會來幫我做飯，偶爾會過來我家睡。」

「那還說不是同居！」我站起來，卯足全力踩了他一下，惹得他哇哇大叫後我就迅速跑開，來到李蔓蒂旁邊。

「幹麼，吵架了？」李蔓蒂雖然這樣問，她的眼神卻不是看著我。

「誰要跟他吵架。」我沒好氣地說。

她從球場上移回目光，鼻間發出一陣訕笑，「那幹麼一副快哭的臉。」

「我哪有。」我抬起頭，才發現自己眼前真的有些模糊。

覺得呼吸困難，覺得心臟像是被什麼壓著一樣，連跳動都有點吃力。

我好討厭這樣呀，我討厭聽見余佑寒那樣帶著笑容說起其他女生的事，我也討厭他那從容不迫的模樣。

「真羨慕妳呀，喜歡的人也喜歡自己。」李蔓蒂說著，她鏡片後的眼睛剎時有些讓人看不清。

我與她一同望向籃球場上，那正在灌籃的林叡。

❄

「學妹。」當我呆坐在美髮社的天台時，意外遇見了夏恒生。

「學長。」我對他微笑。

「沒想到會遇見妳，今天社團不是沒有活動嗎？」他坐到我旁邊，手裡捧著很多包裝成袋的餅乾。

「因爲有點頭昏腦脹，所以來這邊放空一下。」美髮社的天台很安靜，一旁還有花草樹木，是個很好的休息放鬆場所。

「啊，我明白，我們那棟教學大樓也有個空中花園很不錯，下次妳可以來看看。」

我點點頭，視線落向他的手上，「學長，這些是什麼東西？」

「啊……這個呀，妳喜歡吃餅乾嗎？不嫌棄就幫我吃一些吧。」夏恒生遞上餅乾。

「好呀。」我接過餅乾，全都是手工製的，「看樣子學長很受歡迎。」

夏恒生聽了只是乾笑幾聲。

那些餅乾幾乎全被我吃下肚，最後只剩下他手上保鮮盒內的餅乾。

「那個也交給我解決吧。」我伸出手，夏恒生卻緊抓住保鮮盒往後一縮。

「不用了，這一盒我自己吃就好。」他說。

我瞬間明白了，那一盒是與眾不同、專屬於他的餅乾。

夏恒生帶著溫柔的微笑看著懷中的保鮮盒，啊啊，他果然還是很帥呢。

可是好像只是這樣而已，我就只是由衷地覺得他很帥而已。

所以余佑寒才會笑我，才會說我不知道什麼叫喜歡。

不是因爲這個人是理想對象而喜歡他，而是因爲就算他不是理想對象卻依然喜歡。

喜歡不該預設條件，不該先去篩選，而我一直以來所做的，都是預先設限篩選。

忽然，我覺得自己的初戀條件很可笑，也理解了爲什麼爸爸要我隨身帶著，因爲他也明白，我如果用這樣的預設條件去尋找我的初戀，是永遠找不到的。

「矮冬冬，妳過來一下。」林叡站在後門對我招手，這畫面怎麼似曾相識？

在李蔓蒂和周芷薔的眼神關愛下，我走到後門，「你該不會又不小心把QQ帶來學校了吧。」

林叡扯了下嘴角。不會吧，這個白痴。

「我完全沒有發現牠跟著我出來，等我察覺時，已經快到學校了，如果再花時間送牠回家，一定會遲到。」林叡解釋。

「那你家人呢？」

「如果我家人可以來領牠回家，我幹麼還要來拜託妳呀！」也是，我問了廢話。「球技大賽就剩幾天了，佑寒說要加緊練習，總之QQ交給妳了，老地方、老方法。」

這一次沒有狗餅乾，林叡塞了他在合作社買的蘋果麵包給我，然後就跟著余佑寒到球場練習去了。

而我又在李蔓蒂和周芷薔如機關槍的猛烈問題轟炸下感到暈眩，但想到能見到可愛的

QQ就覺得沒有關係，何況我也答應林叡要替他保密。

闊別多日，QQ依然可愛，牠對我猛搖尾巴，身上沾滿了草葉。

午休的時候，我想起夏恒生說過的空中花園，所以冒著被發現的危險，繞了好大一圈把QQ帶去那裡。

空中花園面積滿大的，有許多花花草草，幾個學生帶著便當到這裡用餐，我特意走到隱密之處，偷偷把藏在外套裡的QQ放出來，還對牠小聲叮嚀不可以亂跑。

QQ好像聽得懂人話一樣，我似乎看見牠對我點頭，然後就眞的乖乖待在一小處範圍內東聞聞、西嗅嗅。

午休鐘聲響起，空中花園的人三三兩兩離開，我看見夏恒生也在其中，原本想出聲打招呼，但想到還有QQ在便作罷。

決定蹺掉午休的我，待在這邊繼續和QQ玩耍，過了十分鐘，我聽見樓梯間傳來腳步聲。

喵——

我嚇了一跳，以爲自己聽錯了，東張西望才發現空中花園的長椅上，不知何時蹲坐著一隻黑白花色的貓。而秋老師從樓梯間走了出來，那隻貓跳下長椅迎向秋老師，在他身邊繞了個圈，接著又喵喵叫幾聲，秋老師彎腰將貓抱了起來。

原來秋老師也在學校偷養貓啊。

樓梯間再次傳來一陣腳步聲，我趕緊抱起QQ躲到花圃後面，秋老師也往樓梯方向看去，結果上來的竟是端著一碗水的余佑寒。

「秋老師！你怎麼在這裡？哇，我不是蹺課喔……」余佑寒拚命解釋，他將手中的碗放到地面上，秋老師手上的貓跳下來湊近碗邊。

秋老師不知道跟余佑寒說了些什麼，余佑寒聳聳肩，接著秋老師蹲下來摸了摸那隻貓的頭，便起身離開空中花園。

過了一分鐘後，我才從花圃後面走出來。

「喂。」我出聲喚他。

「哇！」余佑寒叫了聲，正在喝水的貓也被他嚇到，「嚇死我了，我還在想妳怎麼沒在教室，原來在這裡……那是什麼？」

余佑寒看著我懷中的QQ問，那隻貓豎起了毛，喵喵叫了幾聲後一溜煙不知往哪去了。

相較於貓的警戒，QQ只是一邊哈氣一邊搖著尾巴，標準天眞人畜無害的模樣。

「這是林叡的狗。」我說。

「爲什麼林叡的狗會在這裡？」余佑寒滿臉問號。

我環顧四周，想尋找那隻貓的蹤影，「那隻貓是怎麼回事？」

「流浪貓。」

「我還以爲是秋老師養的。」

「不是，看到秋老師出現我也很驚訝。」余佑寒的眼睛輪流在QQ和我身上打轉，「所以，爲什麼林叡的狗是妳在照顧？」

「因爲球技大賽到了啊，你們男生不是都在練習嗎？」

「那又爲什麼是妳在照顧？」他瞇起眼睛，好像不太高興。

我眼見機不可失，連忙展開報復，便開心地抬起下巴，模仿他之前說話的語氣，「哼，我才不跟你說，你就盡量在意我吧！」

沒想到他卻忽然靠近我，露出狡詐的笑容，「妳不說，我就親妳。」

「你敢！」這個人也太無賴了吧！

「妳看看我敢不敢。」他又朝我逼近，好，我投降！

「老是用這個威脅我！」我瞪他一眼，放下懷中的QQ，讓牠盡情奔跑。

我將事情經過大致說一遍，包含林叡是狗痴這件事情，最後要余佑寒發誓保密，他卻說：「要我保密可以呀，有條件。」

「蝦米?還有條件？」得了便宜還賣乖啊這傢伙。

「當然，是妳要我保密的。」余佑寒轉了轉眼珠，痞子樣表露無遺。

「但這又不是我的狗，是林叡的，你去和他談條件。」

「我現在保密的可不是林叡帶狗來學校這件事，而是妳將這件事告訴別人，妳明明答應過林叡不說的。」

「那、那是因爲你威脅我！」我要氣炸了！

「難道妳受到威脅就會講出別人的祕密？」他壞笑著。這個人怎麼這樣啦！「所以啦，條件當然是要跟妳談。」

「……反正我就是說不過你。」我認了。

他滿意地笑著，「從今天開始一直到畢業，每天放學都要跟我一起回家。別忘了跟妳爸說請他不要再來接妳放學了。」

蝦米？這是什麼不公平的條件！

「我反對！」我舉手抗議。

「反對無效。」他微笑。

「欸！你這樣子我怎麼交男朋友！」一起回家這種事情有多重要啊！

「所以啦，妳的男朋友就是我。」他又大笑幾聲，「別忘了我們還有另一個賭約，要是一年後妳的男友是我，妳就要讓我親。」

「你這個變態、色狼！」我氣得踹他，一旁搞不清楚狀況的QQ還以為我們在玩，也跟著飛撲過來湊熱鬧。

放學的時候林叡再次向我道謝，讓我有些心虛又有些生氣，情緒複雜地回他不客氣。

「你們到底有什麼祕密？」李蔓蒂語氣有些生氣，但我只能乾笑不語。

「妳不會喜歡林叡吧？」周芷蕎連這種話都說得出口。

「要是矮冬冬喜歡上一個人，那絕對會是我。」余佑寒這討厭鬼又跑過來亂插嘴，「回家了。」

對，我也只能百般無奈地答應他這個不公平的條件了！

「明天見。」我只能悻悻然地跟著他一起離開。

我們一起放學的這件事，又讓班上同學開始鼓噪。

稍早我傳訊息跟爸爸說以後都不用接我放學後，爸爸立馬回傳一個問號表情，我簡單說明有人會送我回家，結果爸爸開始瘋狂打電話給我。

我在上課啊老爸！怎麼接電話啦！

不過今天爸爸好像臨時要加班，所以也無法來接我，他告訴我明天一定會來學校接我，要我乖乖回家，不可以亂跑。

喔耶，太好了，我故作無奈地告訴余佑寒，「我爸爸還是堅持要送我回家，所以明天開始抱歉囉。」

「好啊，沒問題。」意外的余佑寒還挺開明，「那我明天就把林叡是狗痴的事寫在黑板上，順便說這是妳告訴我的。」

我收回前言，余佑寒這王八蛋。

「欸！你怎麼這樣，那是不可抗拒的因素。」我大喊。

「所以爲了堵住我的嘴，妳要更加努力說服妳爸喔。」他回我一個機車的微笑，眞欠揍！

我們沿著河堤邊漫步，初秋的黃昏夕陽將我們的影子拉得老長，我隨口問：「爲什麼你會知道空中花園那邊有流浪貓？」

「有人跟我說的，每到秋天，空中花園就會出現一隻貓，要我有空就去餵牠喝點水什麼的，我半信半疑過去看看，沒想到眞的有。只是雖說那隻貓秋天才會出現，但現在也還是很熱呀，基本上現在算是夏秋交替之際吧。」

我瞇起眼睛，抓到關鍵字，「那個『有人』，該不會就是那個長髮女生吧？」

「妳還眞敏感。」余佑寒笑了，又牽上我的手。

「你、你放尊重一點！」我推開他，手在空中甩著。

余佑寒準確地抓住我在空中晃動的手，「我牽了妳，妳就不要輕易甩開啦。」

蝦米啊！怎麼這麼理直氣壯，你是我男朋友嗎？奇怪了，什麼叫做我不要甩開，你根本沒經過我同意啊！自我感覺良好的男配角！

但該死的我居然只是不爭氣地點頭，還說了聲「喔」，就這樣讓他牽著手了。

老天爺呀，快打個雷劈死我吧，我到底在幹什麼啦。

見我不知所措的模樣，余佑寒很開心，「妳臉紅了。」

「才不是臉紅，是夕陽的關係，把我的臉照紅了！」我氣呼呼地說。

余佑寒又大笑起來，他的笑聲像是篩子一樣，會幫我過濾掉很多不好的情緒，只剩下純粹愉悅的心情。

但這一點我絕對不會告訴他，以免他更得意。

「那邊在幹麼？」他的視線隨著吵嘈聲落向河堤對面，我也跟著看過去，有幾個人扭打在一起。

「天呀，在打架嗎？」我驚慌失措，仔細一看，其中幾個人還穿著我們學校的制服。

「要趕快報告教官！」

「先等一下。」余佑寒制止我，「妳報告教官的話，他們一定會被記過。」

「可是打架就不對呀！」我著急地叫道。

余佑寒無奈地笑了聲，我焦急地看著對面，有個男生壓在一個女生身上，好幾個男生踹著那個男生的背部，而一旁還有另一個我們學校的男生和其他人激烈纏鬥著，光從人數上比就輸了呀。

此時，對面的橋下衝出幾個身穿便服的人，不知道是哪一邊的幫手，不行，現在是在等什麼？我必須快點報告教官才對。

我找出手機裡的教官電話，立刻撥了過去，教官很快接起電話，我連忙喊：「快救命啊教官，河堤有人打架，我們學校的人快被打死了！」

一旁的余佑寒看著我搖頭，我掛斷電話後，他忽然對著那群人大叫：「我報警了，也用手機錄下來了，這邊有證據，你們還不快滾！」

他高高舉起手機，對面的人看了過來，由於距離一個河面，對方就算要過來找我們麻煩也沒辦法，那群壞人只好悻悻然離去。

身穿便服的那幾個人也走回橋下，這時候我才發現，其中一個穿著我們學校制服的學生是夏恒生。

然而夏恒生並沒有發現是我，他拉起躺在地上的那個女生，原來壓在她身上保護她的另一個男生是樂宇禾，啊，我認出來了，那個女生就是美麗的校花

夏恒生看著校花的神情很是溫柔，溫柔到連隔著一條河的我都能感覺到他的難受。

「走吧。」余佑寒握著我的手輕輕晃動，我點頭，跟著他離開河堤。

我不斷回想剛才看到的畫面，一路無語。

「幹麼都不說話？」余佑寒望著我。

不知不覺居然已經走到我家門口，我訝異地看向余佑寒，「你怎麼知道我家在這？」

「這很容易吧，我是班長耶，資料卡什麼的看一下就好了。」

老師！這邊有一個濫用職權的班長！

「我連我們什麼時候上公車都不知道。」我說。

「妳在想什麼這麼專心？」余佑寒笑了笑，我發現他還牽著我的手不放。

「你有看見夏恒生的表情吧。」他點頭，我接著說：「我只是很驚訝，原來光是一個眼神，就可以感覺得出來他喜歡校花。」

「嗯。」他依然牽著我的手，輕輕搖晃著。

「我想起之前自己總是追著帥哥跑的時候，我和李蔓蒂的眼神，一定沒有散發出那種很喜歡對方的感覺吧。」

「就像是湊熱鬧的人而已。」余佑寒笑著補充。

我瞪他一眼，充分體會到自己有多蠢。「或許吧，所以呀，我對夏恒生，一定也不是喜歡。」

余佑寒吐了口長氣，「比起妳終於想通這件事，我現在更在意的是，這是妳家嗎？」他指了指眼前的獨棟兩層樓建築，見我點頭，余佑寒又吸了一大口氣，「所以妳是千金大小姐？」

「哪有！」我笑了，不過就是獨棟房子，有這麼誇張嗎？

「現在我多少能體會爲什麼妳會懷抱那些不切實際的初戀幻想了。」余佑寒失笑。

「什麼啊。」我打了他一記，余佑寒另一隻沒有牽著我的手摀著被我打過的地方，笑著說好痛。

這時，屋內的窗簾晃動了一下，從庭院大門的欄杆看進去，赫然發現爸爸的黑色轎車已經停在裡頭，我嚇了一跳，不是說要加班嗎！

「我要進去了，你快點回去吧，路上小心。」我催促他。

「怎麼……」余佑寒的聲音被打斷。

「還不快點進來在幹什麼！」對講機忽然冒出爸爸的聲音，嚇得我和余佑寒都往後退了一步。

「我要進去了，爸，開門。」我趕緊用整張臉擋住對講機上的鏡頭處。

「擋什麼呢？讓我看一下站在妳後面的是誰？」爸爸厲聲道。

「唉唷，我要進去了，快點開門啦！」我焦急地說著。

「叔叔您好，我叫余佑寒，是方芮冬的同班同學。」沒想到余佑寒居然推開我，主動將臉湊到鏡頭前，露出和善的微笑。

雖然現在腦袋一片混亂，但我還是注意到了這是他第一次叫我方芮冬。

「你、你，誰叫你過來了！」爸爸氣急敗壞的聲音，不但沒嚇到余佑寒，反而讓他的笑容更深。

「不是叔叔您說要看看站在後面的是誰嗎？所以我就過來自我介紹了。另外，叔叔，往後我會負責送方芮冬放學回家的，先跟您知會一聲。」余佑寒很是從容不迫。

我的腦袋好像煙火爆炸一樣，這個豬八戒在跟我爸講什麼啦！

「你快回去啦！」我推著他，趕緊從包包掏出鑰匙，「爸，我要進去了！」

「那方芮冬，我們明天見。」余佑寒微笑，依舊是人畜無害的無邪乖寶寶模樣。

聽他叫我方芮冬還眞是亂不習慣的。

一進到家門，就看見爸爸淚流滿面，手插在腰間質問我，「那個男的是誰啊？」

「滿帥的耶，沒想到我們家芮冬還眞有點本事，媽媽原本以爲妳不切實際的幻想太多，還怕哪天當妳面對現實會一蹶不振，不過看來妳運氣不錯，居然遇到一個這麼帥……」

「媽媽！我在跟芮冬說很重要的事情，妳不要插嘴！」爸爸一邊哭一邊吼，媽媽嘆了口氣，往廚房走去。

爸、媽，我們學校還有更帥的喔，余佑寒這個小咖算什麼……雖然我最近覺得他閃閃發光的次數越來越頻繁了……

「快說啊，芮冬，妳答應爸爸高中畢業前不交男朋友的！」爸爸居然跪下來抓著我的裙襬，我急忙找媽媽求救，但是媽媽只從廚房探出半顆頭，露出一抹冷笑，就繼續忙她自己的事情。

「爸、爸爸！我哪有答應，我不是一直說我要交男朋友？」而且余佑寒也不是我男朋友啊！

「但是、但是他身高沒有一八〇啊！」爸爸緊緊抓著我的初戀十大條件，講得我都害羞了。

「爸！幻滅是成長的開始啦，怎麼可能有人能滿足那十大條件！」害我情急之下這麼回應，雖然我還是沒澄清余佑寒不是我男朋友。

但我的回答已經嚴重打擊爸爸的心了，最後只見他搖搖晃晃地往臥房走去，媽媽問了他要不要吃晚餐，爸爸用虛弱的聲音說他不吃。

「爸爸是不是太誇張了？」我目瞪口呆。

「畢竟是前世情人第一次交男朋友。」媽媽微笑。

「可是他不是我男朋友呀……」我小聲辯解，媽媽只是挑起眉毛。

「情竇初開最美麗，好好珍惜妳的戀情吧。」媽媽說。

我努著嘴，我又沒說他是我男朋友，也沒說我喜歡他，幹麼把我們湊一對啊。

余佑寒這個傢伙，從開學第一天就擅自闖進我的生活，我早就說過想要和學校的帥哥們打好關係，他也毫不理會，就這樣跟在我身邊死纏不放。

今天一連串的波折下來，害我晚上居然夢見余佑寒，而且場景很白痴，我們兩個牽手漫步在背景都是一堆粉紅色泡泡的畫面裡。

這實在是太誇張了，粉紅色的泡泡是怎樣啦！而且，爲什麼是余佑寒啦！

❄

球技大賽熱鬧開打，我到了比賽當天才知道自己選的是羽球，而我們班除了參加籃球比賽的人以外，幾乎都沒在練習，結果這樣像是一盤散沙的參賽態度，居然拿到不錯的成績。足球粗略估計可能會有第五名，而羽球偏向個人、雙人賽，所以名次和班級榮譽沒太大關係，至於排球，周芷蕎和李蔓蒂配合得很好，全靠她們兩個拿分，大概也有前三名。

籃球比賽一直都是球技大賽的重要焦點，所以體育館裡聚集了許多觀賽學生，一路廝殺下來，終於邁向冠亞軍爭奪賽，我們班就是其中一支隊伍。

我一直覺得余佑寒帥歸帥，但他那痞子的個性卻欠揍得很，對於李蔓蒂一直偷拍他的照片拿去賣這一點，我也抱持著嗤之以鼻的態度。

但是這次到了體育館，我才發現，余佑寒的人氣還眞是TMD高！

請原諒我用髒話形容，但眞的快嚇死我了。

整座體育館迴盪著余佑寒的名字，不管男女生的聲音都有，而我以爲依照余佑寒三八的個性，應該會對大家微笑揮手致意之類的，沒有想到他卻十分專注在籃球比賽上，絲毫沒看其他人一眼。

「妳不幫他加油嗎？」不知道是李蔓蒂還是周芷蕎在我耳邊說，我們坐在專門爲比賽班級安排的座位，就在籃球場邊，能清楚看見場上所有動作，而正在球場上奔跑的余佑寒，讓我不禁看傻了眼。

就在他要投籃之際，卻被對方蓋了火鍋，之後好不容易林叡搶到了球，卻在回傳給余佑寒時發生失誤，讓對方多拿了兩分。

球場上的大家絲毫沒有互相責怪，而是拍拍彼此肩膀加油打氣，再次奔馳在球場上並肩作戰。

我的天呀，我的目光完全無法移開余佑寒半寸，此時的他簡直閃亮亮到了我幾乎無法直視的程度。也許是體育館的氣氛使然，也許是大家都在叫著余佑寒的名字替他打氣，所以我當下竟然也不自覺地大喊了聲：「余佑寒加油！」

沒想到余佑寒似乎是聽到了我的加油聲。他微微一愣，抬頭準確地望向我這裡，與我四目相對。接著，他露出天殺的億萬伏特等級笑容。

來人啊！快幫我CPR，我的心臟已經要停止跳動了！

「眞好啊，喜歡的人也喜歡自己。」此時，李蔓蒂的喃喃低語又再次飄進我耳中。

「謝啦。」余佑寒接過我遞給他的運動飲料，一口氣喝掉半瓶。

「這是還你之前在體育課給我的飲料。」我不老實地說，但余佑寒沒怎麼在意，只是點頭微笑。

我們班獲得亞軍，雖然沒能奪冠，但大家已經很滿足了。

「我聽到妳爲我加油的聲音。」余佑寒定睛看著我。

「喔，是喔。」我扭著手指，盡量裝出自然的表情。

「矮冬冬，妳是不是稍微喜歡上我了呀？」

我推開他，「少臭美！」

「哈哈哈。」他又笑了，我喜歡看他笑，也喜歡他的笑聲，更喜歡他對著我笑。

「對了，我爸說他今天一定會來接我，所以今天我就不跟你回家了。」爸爸最近眞的是好煩，每天都在問我跟姓余的幹什麼去了。

「那我應該要跟妳爸爸面對面打聲招呼。」余佑寒怡然自得地說出令我瞠大眼睛的話。

「別呀，我可不想看見我爸爸在大庭廣眾下……」我慌了手腳。

「生氣嗎？放心，我不會讓他生氣的。」余佑寒接話。

你還太嫩了，我不是怕爸爸生氣，我是怕他哭啊！

離放學還有一個多小時左右，爸爸就傳來訊息說他已經在校門口等我了。

我搖頭嘆氣，趁著台上老師不注意，趕緊回訊息給老爸要他閃開。

一開始爸爸還以爲我是嫌棄他，想要跟余佑寒共度甜蜜時光所以叫他走開（他到現在還以爲我跟余佑寒在交往），但很快他就發現我不是那個意思。

我們學校有四千多人呀，每天都有一百多輛校車在打掃時間陸續駛進操場等候學生放學。下課鐘一響起，爸爸的車還擋在校門口，想當然會遭受校車的喇叭洗禮。

「看來妳爸爸眞的很擔心妳呀。」余佑寒拿著掃把，一臉玩味地趴在欄杆上。

「是呀。」我嘆口氣，「喂，你眞的要跟我爸打招呼喔？」

「當然，這樣才有禮貌。」他說得很理所當然，說完便轉身往他負責的打掃區域走去。

我站在走廊上，遠遠只見爸爸的車正在後退，讓出位子方便校車進出，我也走向自己負責的打掃區域，也就是樓上的天台，卻見夏恒生一個人坐在那邊發呆。

我想起之前他們在河堤打架的事，由於我報告教官的緣故，導致他和樂宇禾球技大賽被禁賽，爲此我感到很抱歉，看他那麼無精打采的模樣，我想還是不要過去打擾他比較好。

「幹麼杵在這？」拿著抹布的李蔓蒂走在我後面，我比了比夏恒生，她看了一眼後又問，「妳不去跟他打招呼？」

「算了吧。」我說，忽然想到一件事情，「話說我有個問題想問妳。」

「什麼？」她揚眉。

「樂宇禾和夏恒生不是都和校花是好朋友嗎？那爲什麼之前妳說的是樂宇禾身邊有了校花，而不是夏恒生身邊有了校花？」

還記得剛開學的時候，當我翻著帥哥大全表示自己想要接近樂宇禾時，李蔓蒂的確說過這個人身邊已經有了校花。

「那個呀，是因爲一個傳聞。」李蔓蒂也想了起來，「聽說他們高一時，曾經有過什麼『校花撲倒樂宇禾』的傳聞，那時有人去問樂宇禾這個傳聞的眞僞，樂宇禾卻回答『要撲倒也是我撲倒她，時間早晚而已』之類的，所以大家很自然就把他們兩個配成一對了。」

「男生怎麼講話都這樣。」我皺眉，余佑寒也是一天到晚說什麼親來親去的。「不過妳也太厲害了吧，這都是我們入學以前的事，妳居然也知道。」

李蔓蒂哼哼兩聲，相當自豪，「這些都是問秋老師的。」

「秋老師？是我們班導的那個秋老師嗎？」我驚訝不已。

「是呀，要是想蒐集高年級帥哥們的情報，當然要請教一直待在學校的人囉，有誰比秋老師更適合提供情報？而且他一定會回答的。」李蔓蒂果然不是省油的燈。

「也是，秋老師的確不像老師……」我喃喃道。

李蔓蒂又偷看了一眼夏恒生，「聽說呀，當初校花撲倒樂宇禾的八卦就是秋老師傳出去的，看樣子秋老師也滿無聊的呢。」

我笑了幾聲，也看了眼夏恒生，不管怎樣，感覺夏恒生是在談一場沒有結果的戀愛。

推著李蔓蒂下樓，她問爲什麼不上天台打掃，我說算了，一天偷懶不掃也不會怎樣。

到了放學時間，我下樓前朝校門方向張望了一下，沒看見爸爸的黑色轎車，想來他大概已經先回家了，余佑寒這欠揍的傢伙又走過來企圖想牽我手。

「你不要鬧了，這麼多人！」我們可是還在學校裡啊。

聽到我這麼說，余佑寒卻揚起一抹曖昧的笑容，「也就是說，只要人少的地方就可以囉？」

「你、你不要挑我語病！」我激動得連說話都有些結巴了，周遭其他人都看著我們笑。有幾個之前在籃球大賽時曾經激動大喊著余佑寒名字的女生，竟然也衝著我們笑。

「喂，既然你喜歡我，爲什麼那些喜歡你的女生卻沒有找我碴？」

「找碴？爲什麼要找妳碴？」余佑寒不解。

「漫畫不是都這樣演嗎？女主角會被其他女生叫出去，然後被威脅不准再接近男主角之類的。」

「矮冬冬，妳漫畫看太多了。她們有什麼資格叫妳出去啊？」余佑寒的話讓我瞬間感動起來，「而且，妳又有什麼資格被她們叫出去？」

可惡，把我的感動還來。

我們一路打打鬧鬧地走出校門，結果我赫然看見穿著西裝的爸爸就站在校門口，眼冒火光地看著我，哦，應該是看著余佑寒才是。

「爸爸！」我喊。

余佑寒也看過去，他雖然想維持輕鬆的姿態，但身體還是微微一僵。

爸爸大步朝我們走來，眼睛上下打量余佑寒，我有預感爸爸會直接揍余佑寒一拳，然後拉著我走開，漫畫都這樣演的呀！

「你就是每天送我們家芮冬回家的男生？」但事實證明我漫畫眞的看太多了，爸爸倒是挺平靜地詢問余佑寒，雖然他雙拳握得老緊。

「是的，叔叔您好。」余佑寒不忘掛起笑容。

爸爸再次上下打量他，「你是怎麼送她回家的？」

「先走一段路經過河堤，再去搭公車，接著送她到家門口後，我再原路回來。」余佑寒笑容不減。

「你住哪邊?」爸爸又問。

余佑寒伸手往河堤對面的大廈一比,「我住在那一棟。」

爸爸看過去,瞪大眼睛問:「你住這麼近,卻送芮冬回家?」

「這不是當然的嗎?」余佑寒又說。

可惡,連我都要感動了,何況是爸爸。

只見爸爸輕咳了幾聲,表情看起來柔和許多。

同時我也發現圍觀群眾變多了啦,不少人一邊偷看一邊對著我們品頭論足。討厭,快離開這裡啦。

「那個,我們回家了吧,余佑寒明天見。」我推著爸爸,想快點回到車上,可是余佑寒卻忽然朝爸爸彎腰敬禮,我驚呼:「你、你幹什麼呀!」

不只我,連爸爸和其他圍觀的人都滿臉驚訝。

「我很喜歡方芮冬,想請叔叔同意我們交往!」余佑寒仍然維持鞠躬的姿勢。

什麼啦!這突如其來的是演哪一齣啊!

周遭一片譁然,大家熱情叫囂著,而我漲紅了整張臉,「你、你幹什麼啦!」

「你們還沒交往?」爸爸也被搞得驚訝連連。

「我們根本就沒有在一起……」我小聲地說,看著前方依然彎腰的余佑寒。

「沒有叔叔的同意,我怎麼敢跟芮冬交往呢?」余佑寒抬起頭,再次露出人畜無害的笑容。

喔,我好像聽見爸爸的鋼鐵心融化的聲音。

老天唷，我已經可以看見余佑寒未來的天職了，他一定很適合當公司發言人或是頂級業務之類的，完全可以抓住人心呀！

於是乎，余佑寒的三言兩語輕易就讓爸爸得以稍稍放心，答應余佑寒以後讓他送我回家。

「爸爸，你認真的？」坐在車上，我忍不住問。

「是啊，但我要先聲明，只有送妳回家，交往什麼的以後再說。」爸爸看起來心情很好，不過卻嘖了一聲，「那傢伙怎麼回事，我竟然找不出可以挑剔他的地方……」

余佑寒這傢伙還眞是可怕！

過了幾天後，這件事居然被流言改編成「余佑寒親自向矮冬冬的爸爸提親」，先別說那誇張的「提親」二字是怎麼來的，而是爲什麼連我在謠言裡頭被提及的名字都是矮冬冬？沒人知道我叫方芮冬嗎？

很快的，已經到了寒假期間，而余佑寒依舊每天都會跟我聯繫，其實也沒什麼特別的，他就只是打手機來說一些他最近發生的事情。

「你背景怎麼這麼吵？」我聽見他背後傳來女生的嘻笑聲。

「我姊啦，她吵死人了。」余佑寒說。

「媽！余佑寒這個小鬼在跟女生講電話啦，爸！你快點來，余佑寒偷交女朋友！」下一秒我就聽見那個女生這樣說。

「妳不要亂講話！」余佑寒朝他姊姊吼，又對我說：「我要先去堵她的嘴，先晚安囉。」

「喔，晚安。」掛掉電話後，我才突然覺得房間出奇安靜。

閉上眼睛，好想念余佑寒那張欠揍的臉。

唉唷，寒假，怎麼那麼無聊呀。

第九章

事實證明，女孩子也許真的有那麼一點蠢。

高一下學期最重要的大事就是社團展覽，蕭如筠和張珈瑩兩位學姊決定要突破以往，不再只是用假人頭來展現髮型，改採為真人模特兒進行整體造型，為此我們和服裝設計社、美妝社聯名合作，打算邀請真人模特兒來為他們全身大改造。

但是在這個幾乎人人都有參加社團的學校裡，要找到十幾位願意在社展當天擔任模特兒的人選著實不容易，所以我們同時找了攝影社一起合作，由他們拍下我們事先完成的模特兒造型，以照片展示的方式參展，當天現場也會提供化妝、髮型諮詢服務，還會教大家怎麼搭配制服最好看，最後再為諮詢者拍照。

所以，我們就只要再找一個模特兒願意在社展當天待在美髮社現場，任由我們精心打扮，再供大家拍照即可。

當然張珈瑩她們的御用模特兒夏恒生也是考慮人選之一，但是聽說夏恒生已經拒絕了。

「學姊，妳們加把勁逼迫他呀！」李蔓蒂跟我私心都希望可以看見打扮得超帥氣的夏恒生，所以極力慫恿學姊。

但蕭如筠搖頭，「不行，我們高一就有過這樣的構想，跟他提議後，結果……」

「那死傢伙居然敢威脅我們說要把頭髮剪了！」張珈瑩接話。

「他最有魅力的地方就是頭髮了，剪了還得了。」蕭如箬說，張珈瑩也點頭。

看來這兩位學姊不愧是美髮社的社長、副社長，明明夏恒生最有魅力的地方是臉蛋、身材……哦，這樣講我好像很膚淺耶！哈哈哈。

「那怎麼辦，我們要找誰當模特兒？」我問李蔓蒂。

「妳男朋友啊，他一定會答應的。」李蔓蒂提議。

我忍不住臉紅，「什麼我男朋友，他才不是。」

不過我倒也不是沒想過要找余佑寒，所以在放學回家路上，我還是問了他的意見，沒想到他立刻拒絕。

「爲什麼！你的觀星社不是展覽星星照片就好了嗎？」我比想像中的反應還要激動。

「是沒錯啦，但重點是烹飪社……」余佑寒沒再往下說。

「又關烹飪社什麼事情，你又不是烹飪……」我的腦中忽然晃過那個長髮女生的背影，鼻腔彷彿也聞到了那股甜膩的香氣。

對呀！我怎麼會忘記了。

因爲最近余佑寒太常黏著我，而且也好久沒再看見那個女生，所以我都忘了，余佑寒這傢伙身邊還有一個謎團。

我知道那個女生不是他的女朋友，也不是什麼曖昧對象，但余佑寒又說她不是他的親姊，我唯一想到的就只剩青梅竹馬這個選項。

按照漫畫裡的劇情來推演，一定是余佑寒只把她當青梅竹馬，可是這個女生卻從小就喜歡余佑寒，然後女生身體不好，余佑寒放心不下她，所以就算喜歡我，他也會一直陪著她，最後那個女生用盡心機，把余佑寒從我身邊搶走！
哦，我的腦內小劇場居然自動腦補演完這一切。
「那個女生也是烹飪社的？」我問。
余佑寒點頭，「應該說『曾經是』，總之我已經答應會陪她逛社展了。」
蝦米！居然！
我咬著下唇，心臟好像快要被捏爆一樣難受，我可以感受到從胃部升起的酸意，那陣灼熱感從氣管一路攀爬至我的喉嚨，感覺我快吐了。
我不由分說就拿書包用力打了余佑寒。
「還說你喜歡我！騙子！」罵完後我隨即轉身離去。
照理來說，通常這時下一幕就要轉回女主角哭倒在自己家裡床上的畫面，隔天兩人才會在學校相遇，漫畫都是這樣的呀！
但我畢竟是生活在現實世界裡，才一轉身，馬上就被余佑寒拉住。
「幹麼罵完就想跑呀。」他賊笑著。
「你最討厭了，看我這樣，你很開心對不對？」我氣得眼淚都快掉下來了。
「當然開心啦，妳這樣是在吃醋對吧，還不承認妳喜歡我。」他眉開眼笑。
「你才喜歡我勒。」我撇過頭。
「是呀，我是喜歡妳呀，我說了有半年了。」余佑寒又是那副漫不經心的模樣，看了就令人生氣。
「那你為什麼不跟我解釋清楚，為什麼不告訴我那個女生到底是誰？」我扁嘴，其實我不是故意要裝委屈，但我不自覺就表露了自己的眞實心情。

「妳又不是我的女朋友，我爲什麼要解釋呢？」余佑寒說的也有道理。

「你……」雖然他這樣說也沒錯，可是……

「除非妳承認妳喜歡我，那我就告訴妳那個女生是誰。」好像一切都在他掌握之中一樣，我就偏不順他的心思。

「那就算了，我也不想知道！」我氣得甩開他的手，踩著重重的步伐走開。

我聽見余佑寒的笑聲，以及他跟在我身後的腳步聲。

他一路跟著我走到公車站牌，我回頭瞪他，要他別再跟，他卻說他順路。

「順你個頭，你家明明在那邊！」我怒目瞪視他。

余佑寒聳聳肩，絲毫不以爲意，他陪我搭上公車，我故意選了旁邊已經有人的雙人座坐下，車上明明還有許多空位，余佑寒卻硬是要站在我旁邊，還滿面春風地衝著我笑，導致我旁邊那人尷尬地自動起身，還說了句：「這邊給你坐吧。」就移動到其他位子了。

「現在的人眞好心呢。」超不要臉的他直接坐下，手還不安分地想牽我的手。

「我又不是你女朋友，不要亂碰我！」我打他，余佑寒笑了兩聲，收回了手。

送我回到家門口後，我連再見也不跟他說，直接進屋甩上門。

「這麼大聲幹麼？」媽媽從廚房出來，「跟男朋友吵架啦？」

「余佑寒才不是我男朋友！」我氣著喊。

「哎呀，我又沒說是誰。」媽媽笑了兩聲，又往廚房走去。

我等了幾秒，才偷偷拉開客廳的窗簾，想看看余佑寒還在不在，外面卻空無一人，我感到有點失落，卻又覺得怒火中燒。

什麼嘛！你惹我生氣耶，你應該要站在外面等我原諒你才對吧！這樣我才看得出你的誠意！漫畫都是這樣演的！你這個壞男人、騙子！

我氣得快哭出來了，可是又覺得爲了無聊的事而生氣很可笑，所以最後我只能把氣出在余佑寒身上，傳給他一句訊息。

「我最討厭你了。」

三秒後立即收到他的回覆。

「可是我最喜歡妳了耶！」

噢，我的天呀。

每次看漫畫，女主角因爲男主角一兩句好聽的甜言蜜語就被打發過去，我都覺得女生有沒有這麼蠢，也太好說話了吧。

但事實證明，也許女孩子眞的有那麼一點蠢。

我居然因爲余佑寒這句話，怒氣整個煙消雲散，取而代之的是堆積在胸口快要滿溢而出的甜蜜感。

等等，他不是男配角嘛！爲什麼我把他升格成男主角了啦！

夭壽喔，我該不會是眞的喜歡上這個傢伙了吧！

在床上翻來覆去，想起之前的那個少女粉紅泡泡夢。

好吧，如果可以的話，我還眞希望再夢一次。

「所以妳男朋友有要來幫忙嗎？」李蔓蒂一邊整理上一堂課的筆記，一邊問著。

我翻了個白眼，糾正她的錯誤。

「他才不是我男朋友，還有，他不肯幫忙，死傢伙！」我故意罵得很大聲讓余佑寒聽見，但他就算聽到了也只是微笑不語。

「是喔。」李蔓蒂闔上筆記本，「那我們找林叡吧？」

我瞪大眼睛，怪叫道：「林叡？他那頭Q毛是要怎麼整理啦！」

「矮冬冬，我聽到了喔！」本來在和余佑寒聊天的林叡立刻插話。我對他吐了吐舌頭，轉過來勸李蔓蒂。

「好好考慮呀，林叡的頭髮一看就很難整理，到時候我們的作品要是很差勁，該怎麼辦？」不知不覺間我居然也會在意社團表現了，果然這所學校就是有這種不可思議的魔力，讓本來對社團沒興趣的人也開始熱衷起來。

不過，話說回來，還真沒聽過余佑寒討論社團的事情，我是不是該問問他對於社團的心得？

不、不，我管他做什麼，我跟他還在吵架中呢。

「……妳有沒有在聽啦？」李蔓蒂拍了拍我。

「喔，抱歉，妳說蝦米？」我從思緒中回過神來。

「我說，就找林叡怎麼樣，他身材高瘦，五官也精緻。」

「幹麼這麼堅持找林叡……」我瞥向正在大笑的林叡，嚴格說起來，他是長得不差，

「好吧，問問看他。」

「妳去問。」李蔓蒂推我。

「是妳想到要找他的，應該妳去問吧！」

「我不管，妳去問啦。」李蔓蒂怎麼瞬間變成小女人了，明明高一剛開學的時候還拉著我去找常大爲勒。

我走到余佑寒和林叡身邊，故意不理會余佑寒，眼睛盯著林叡，「喂，你社展有空嗎？」

林叡先看了余佑寒一眼，「幹麼？」

「想找你當我們的模特兒。」我比了李蔓蒂，而她居然裝模作樣地翻著課本，好像事不關己一樣。

「幹麼找我？」林叡用拇指比了下余佑寒。

「你旁邊的余先生要陪其他女人。」我刻意加重了女人二字，余佑寒揚起一抹微笑。

「你們正在吵架中就是了，拜託不要把我扯進去。」林叡看似要拒絕。

「誰要跟他吵架。」我生氣地吼：「你不要就算了，我找別的男人！」

「幹麼一定要找男的，女生也可以吧？」余佑寒插話。

「誰准你發表意見了？」我瞪他，但我的確沒想過這個可能性。

我氣呼呼地回到座位上，李蔓蒂卻用責備的眼神看我。

「幹麼啦，如果妳眞的這麼想找林叡，妳自己去約呀！」我大聲說，李蔓蒂居然漲紅臉蛋，要我小聲一點。

只見余佑寒和林叡又繼續聊天，時不時還伴隨著笑聲，憑什麼我一個人氣得要命，當事人卻還能這麼開心，我實在越想越不甘心。

最後我們找了周芷蕎當模特兒，她的讀書會根本不需要社展，現場只要放一堆讀書心得介紹書籍就好。

周芷蕎臉蛋漂亮，皮膚也白，頭髮又黑又長，老實說是個非常好的人選，只是爲什麼當時我第一個會先想到要找余佑寒？

是因爲我想要可以和他有更多交集？

那李蔓蒂又爲什麼要找林叡？

如果說我想找余佑寒是因爲喜歡他，那李蔓蒂呢？

不、會、吧！

「妳一直看我幹麼？」李蔓蒂正在幫周芷蕎試造型，將她烏黑的長髮一下綁成雙馬尾，一下又弄成斜馬尾，現在我們已經可以很快速地幫別人設計完成一個髮型了。

「欸欸，我剛剛靈光一閃，想到一個問題。」我湊近一些，正喝著飲料的周芷蕎也凝神細聽。

「什麼問題？」李蔓蒂問。

「妳最近好像都沒有整理帥哥大全了。」而且跟我一起發花痴的時間也變少了，應該說，我也很久沒發花痴了，因爲余佑寒老是在我身邊打轉。

「最近有點膩了。」李蔓蒂心不在焉地說。

我嗅到了八卦的味道，「是這樣嗎？難道不是因爲……妳有喜歡的人嗎？」

李蔓蒂的手明顯一僵，表情欲蓋彌彰，「誰、誰說的？」

「我自己猜的呀，對不對？芷蕎，妳也這樣認爲吧？」我問正咬著吸管的周芷蕎。

「嗯……」周芷蕎隨意回答。

「而且呀，我覺得妳喜歡……」我故意停頓好久，直到周芷蕎和李蔓蒂都看著我的臉以後，我才說：「林叡！」

下一秒，周芷蕎噴出飲料，而李蔓蒂紅起臉。

首先，我很高興自己猜對了，李蔓蒂果然喜歡林叡，雖然我不太理解林叡到底哪裡能吸引眼睛長在頭頂的李蔓蒂。

但我馬上意會到另一件更令我驚訝的事情，周芷蕎拿出衛生紙擦嘴後，看著李蔓蒂說：「我就知道妳也喜歡林叡。」

OK，我可沒有忽略那個「也」字，也就是說，周芷蕎也喜歡林叡。

喔，那個Q毛頭到底哪裡好了？

結果因爲這件事，搞得我們之間，正確來說應該是李蔓蒂和周芷蕎之間有些尷尬，不過這種尷尬在我這個旁觀者看來，倒是覺得很有趣。

社團展覽當天，周芷蕎因爲長得太過可愛，所以只有她必須繼續穿著服裝設計社所準備的衣服，還頂著我和李蔓蒂幫她弄的大捲髮，美妝社則是配合她的氣質爲她畫了空靈妝容。

周芷蕎看起來就像是個精緻美麗的洋娃娃，讓我們社團的參觀人數暴增，當然一半以上都是男生，他們多半都圍在周芷蕎身邊狂拍照。

李蔓蒂看著眼前的周芷蕎，眼神略略黯了黯，但是很快打起精神，拿起相機也幫她拍照，畢竟是我們的作品。

我告訴李蔓蒂我要去其他地方晃晃，反正也已經到了交班時間。李蔓蒂點頭，卻又欲言又止。平常我是很遲鈍沒錯，此時我卻很明白李蔓蒂想要說什麼，所以我柔聲說：「如果遇到林叡，我會叫他來看看，或是直接帶他過來。」

李蔓蒂微微笑了笑，雖然她跟周芷蕎分屬不同類型，但我還是覺得她很可愛。

反正兩個女人廝殺也沒有意思，林叡說不定喜歡別人呢，然而我還是不懂那個Q毛到底何德何能擁有此等福氣啊。

我先回到教室，沒見到余佑寒的身影，接著又繞去觀星社，倒是遇見了夏恒生和校花。

「學長，好久不見。」我跟他打招呼，後頭的校花正在欣賞觀星社展示的照片。

「學妹，聽說妳們美髮社參觀人潮很多呀。」夏恒生雖然依舊掛著笑容，卻和以往不太一樣，像是在壓抑著什麼。

「是呀，聽說學長也是觀星社的，你的作品有展出嗎？」我四處張望。

「哈，我可是幽靈社員。」他笑了幾聲。校花瞥了他一眼，逕自走出觀星社，夏恒生趕緊跟我說再見，快步跟上校花。

那才叫喜歡，不是嗎？

雖然看起來有點卑微。

忽然間我有些難過，第一次意識到，原來有些人付出的感情可能永遠得不到回報。

「余佑寒有過來嗎？」我隨便問了一個觀星社成員。

「他剛才來過一下就走了。」

「他一個人嗎？」我忍不住多問了句。

對方搖頭，「和一個沒見過的女生。」

瞬間我只覺得五雷轟頂，他眞的去陪他的青梅竹馬了（當然青梅竹馬這身分是我腦補的）！

好，那人還會在哪裡，一定就是烹飪社了啊！

氣死我了，這個男的居然還敢說喜歡我，我們學校的社展可是年度大事，就像是日本的文化祭一樣，漫畫裡男女主角都會選在這天一起逛校園，可是余佑寒人呢？

虧我還把他從男配角晉升爲男主角，他卻和女配角一起逛校園，這有沒有搞錯呀！

我可不能這樣默不吭聲，從上學期到現在，余佑寒不知道要著我玩多少次了，一邊說喜歡我，一邊又和青梅竹馬卿卿我我，這點絕對不可以！

所以我決定展開行動，加快腳步往烹飪教室的方向去。

我之前就已略有耳聞，聽說烹飪社社展非常非常受歡迎，但我完全沒有想到會是這種情況，走廊擠滿了女學生，從窗戶往烹飪教室裡面看去，也只能見到重重人影，隱約還能看見桌上一片杯盤狼藉。

然後出乎意料的，我看見了常大爲，原來他是烹飪社的呀……

不過現在這對我來說已經不是重點了，我只想知道烹飪社教室裡有沒有余佑寒那欠揍的傢伙，抑或是那個長髮女生。

我東張西望一陣，不見那兩人的蹤影，難道他們已經離開烹飪教室了嗎？

看樣子只好每個社團教室逐一走過，雖然學校不小，但只要有心就一定能找到。

結果我繞了兩層樓，沒看到余佑寒，倒是先碰上林叡。

「林叡！」我喊，正在和別人聊天的他嚇了一跳，「你怎麼沒去社團教室？你是什麼社團的？」

「我是……」

「算了，不重要。」我打斷他，「你有看見余佑寒嗎？」

「跟妳講話眞的很煩。」林叡沒好氣地回應，指了指樓梯的方向，「我剛剛看見他了，話說回來，妳怎麼沒跟他一起逛社團？他身邊帶著一個我不認識的女生。」

蝦米，兩個人還待在一起？

見到我氣急攻心的表情，抓住機會的林叡怪笑著說：「你們吵架了？還是分手了？所以說啦，他都跟妳告白這麼久了，妳就喜歡拖拖拉拉，這下子他要被搶走了吧？妳們女人就是喜歡什麼曖昧的感覺，所以才老是錯過……」

我用力肘擊他的肚子，林叡瞬間痛得彎下腰。

「身爲一個男人，你居然跟我媽一樣雜念！」

「妳這個死暴力女……」他彎著腰咒罵我，一旁的男生紛紛哈哈大笑。

我不理會他，往樓梯方向跑去，還不忘轉告他，「林叡，李蔓蒂和周芷蕎叫你去美髮社一下。」

既然她們兩個都喜歡林叡，那我就得保持公平，反正她們兩個都在那裡，只要林叡過去，誰都能看見。

當我沿著樓梯正要走上空中花園時，一陣細微的說話聲傳來。

「還眞是懷念。」一個如絲綢般柔順的女聲這麼說。

「也才多久。」這是余佑寒的聲音，「妳這樣讓我很困擾耶，還穿成這樣。」

女生輕笑，「幹麼啊，又沒關係。」

「妳開心就好。」余佑寒嘆氣。

現在是怎樣？打情罵俏嗎？

正常來講，漫畫女主角都會在這個時候轉身離開，一邊默默流淚，一邊在心裡想著：放棄這個人好了。

但是我的人生又不是漫畫，而且憑什麼是本姑娘我要流淚離開？

所以我直接不由分說衝上去，這一次在空中花園當場捉姦，就不相信余佑寒還可以跟我打馬虎眼。

「余佑寒！」伴隨著怒吼，我相當有氣勢地雙手插腰，從樓梯間現身。

「哇，妳幹麼？」余佑寒被我嚇了一跳，那個女生坐在長椅上，從余佑寒身後探出頭來。

「她是誰？」她問。

居然問我這個女主角是誰！我還要問妳這個女配角是誰勒！

「我跟妳說過的，矮冬冬。」余佑寒向她解釋，又帶著笑意看向我，「矮冬冬，妳怎麼怒氣沖沖的？發生什麼事了嗎？」

「你還敢說！」我大喊，指著那個女生問，「她是誰？」

「你還沒跟她說我是誰？」那個女生驚訝地皺起眉頭。

「我知道，妳是青梅竹馬的女配角，喜歡余佑寒，然後用自己身體不好這一點來操控他，讓他離不開妳！」我食指指向那個女生。

這一講完，不只那個女生，連余佑寒都目瞪口呆。

下一秒，這兩個人立刻仰頭瘋狂大笑。

「矮冬冬，妳眞的、眞的太可愛了……哈哈哈。」余佑寒笑到眼淚都流出來，那個女生也笑得人仰馬翻。

「有什麼好笑的！」我氣得跺腳。

「妳還說妳不是喜歡我，喜歡才會吃醋、才會嫉妒、才會胡思亂想啊。」余佑寒手插到口袋裡，即便在這種時刻，我還是覺得他帥氣得不可方物。

「夠了，我可不想看表弟跟女生打情罵俏的場面。」那女生推了余佑寒一把。

我的下巴差點快要掉到地上。

表弟？

「妳是他的表姊？」我來回望向他們兩人，不可置信地大叫。

那個女生點頭，笑意盪漾在眼角，「我以前也是這所高中的，實在太懷念這裡還有烹飪教室，所以有時候會穿著制服混進來。」

「這樣很給我添麻煩就是了，連社團展覽也要回來，也不想想妳都快二十歲了，還穿高中制服能看嗎？」余佑寒一臉嫌棄地看著她。

「你有意見喔，你現在住的房子可是我借你的喔，要是沒有那間套房，你看二姑丈會不會讓你來這裡念書！」那個女生瞇起眼睛，我才發現她和余佑寒長得還眞有幾分神似。

「好，我知道我知道。」余佑寒笑著，將目光轉向我，「所以矮冬冬，謎底揭曉了，妳要不要承認喜歡我了？」

「眞是夠了，走開走開，去別的地方談戀愛去。」余佑寒的表姊站起來推著他走到我面前。

「爲什麼不是妳這個外校生離開呀？」余佑寒覺得好笑。

「我和別人約好在這裡碰面。」余佑寒的表姊對我眨眨眼，「矮冬冬，我表弟有點白目，但基本上是個超好的男人，妳別太欺負他喔。」

「我、我才沒有欺負他……」我的聲音小得跟蚊子一樣。

「好吧，我們離開。」余佑寒看著我笑，「掰掰，改天來家裡玩，我做東西給妳吃。」表姊對我們揮手道別。

我跟在余佑寒身後下了樓梯，腦中一片空白，途中還遇見了秋老師，他也正要往空中花園去。

「你們手牽手，在一起啦？」秋老師這個人眞是隨時不忘八卦，我趕緊甩開余佑寒的手。

「現在正是關鍵時刻呀，秋老師。」余佑寒居然這麼回答。

秋老師表示明瞭地點點頭，拍拍余佑寒的肩膀後就往樓梯上去。

我覺得自己簡直丟臉得要命！我的老天呀，我吃醋吃了這麼久，原來那個女生是他表姊！

可是等一下，我明明問過那個女生是不是他的親戚，但余佑寒明明說不是啊。

「你這個大騙子！」回過神來，我才想到應該先揍他一拳。

「哇！很危險啊，這裡是樓梯耶！」余佑寒雖然這麼說，臉上卻笑嘻嘻地，他站在下一階樓梯上，視線與我齊平，「我哪裡騙妳了？」

「我之前問過你，你說你沒有親戚在這所學校！」我大聲嚷嚷。

「我沒說謊呀，我表姊的確不在這所高中念書呀，她已經是大學生了。」

「你、你居然挑我語病回答！」我氣得再次用手捶他。

「但妳也因為這樣而發現自己喜歡我了，不是嗎？」他握住我的手，露出迷人的微笑。

混蛋，早就發現了，根本不需要你搞這一招。

「哼，我最討厭你了啦！」我撇頭嘟起嘴。

「喔？真的嗎？最討厭我了？」余佑寒的語氣還是這麼欠揍！

「真的！」我說。

「我好難過喔。」他裝可憐道：「那怎麼辦？剛才有一個人跟我告白耶。」

我瞪大眼睛，「誰跟你告白？」

「唉，我被喜歡的女生討厭，這打擊實在太大了，我可能必須要找一個喜歡我的女生交往，這樣才能撫平我受傷的心靈啊。」

「快說！誰跟你告白！」我搖晃他的肩膀。

他笑了幾聲，「那不重要，反正我拒絕了。」

「你確定？你有好好拒絕嗎？你有說你喜歡我嗎？」我更加用力搖晃他，「你要知道你這麼有魅力的人，如果不清楚拒絕，一個舉動或是一個微笑就會讓人家更喜歡你呀！話說，你該不會有對她微笑吧！不可以，你不可以隨便對別人微笑！」

一時激動，我好像講了什麼很不得了的話。

看到余佑寒超級爽又超級自滿的笑臉，我才會意到自己剛才說了什麼丟臉的話，趕緊放開他的肩膀。

「所以說，那我一天到晚對妳微笑，妳有沒有喜歡我呢？」他身體微微前傾，勾起一邊嘴角。

「我、我剛剛說了，我最討厭你了！」我紅著臉，超想找個地洞鑽。

「眞的嗎？眞的討厭我？」余佑寒越靠越近。

喔！算了！豁出去了！

「……的相反啦！」我小聲說。

余佑寒又輕笑了幾聲，「那就是超級喜歡我囉？」

可惡，此刻我眞的好想瞬間隱形！

「的相反啦！」

「喔？所以非常非常討厭我？」

「的相反！」

「那就是愛我愛到每天都想著我囉？」他又說。

「……的相反！」媽呀，我的臉熱到快炸開了，心臟也跳得好快，你說話可不可以不要靠得這麼近啦！

「那就是恨我恨到巴不得我去找別的女生囉？」

我瞪他，「不改了啦！我最討厭你的相反啦！」

余佑寒大笑起來，忽然張開雙手，一把抱住我。

「矮冬冬，妳怎麼這麼可愛啦！」他溫柔的嗓音迴盪在我耳邊。

我感受到他因爲大笑而起伏的胸膛，還有屬於他身上那好聞的味道。

最重要的是，我感受到他溫熱的體溫。

他明明是「寒」，我明明是「冬」，可是我們兩個湊在一起，居然會這麼溫暖。

第十章

我想霸占他的溫柔，連同他的過去都一併霸占。

我交了人生中第一個男朋友。

雖然對方沒有完全符合我的初戀條件，這一點讓我還是有些耿耿於懷，不過，算了，反正他很喜歡我就對了。

一大早，我穿戴整齊，在客廳坐立難安。

「芮冬，快準備出門啦，爸爸要走囉。」爸爸迎面走來。

喔，對了，我還沒跟爸媽報備他們的乖女兒交了男朋友。

「余佑寒說會來接我。」我決定據實以告。

爸爸皺起眉頭，「那個小鬼？爲什麼？他不是只會送妳回來嗎？」

「因爲……」是交往第一天呀，男朋友當然要來接女朋友一起上學。

我趕緊把話吞了回去，我可沒忘記爸爸說過，如果我高中交男朋友，他就要告對方誘拐未成年少女，不過余佑寒也未成年呀，這樣子不就變成他父母要負責？

算了，太難的法律我不懂。

「反正他要來接我就對了，爸你快去上班啦。」我擺擺手，爸爸一臉狐疑，但也沒再多問，只叮嚀了句「限定今天」。

等爸爸的黑色轎車離開後，媽媽才跑來問我，語氣十足把握，「在一起了喔？」

我紅起臉，對媽媽叮囑，「不可以讓爸爸知道。」

「哈哈，爸爸也差不多該長大了。」媽媽意味深長地笑，接著我的手機傳來震動，是余佑寒，說他已經在門口了。

媽媽偷偷拉開窗簾看了看，我也湊過去，余佑寒老神在在，手插在口袋裡，對我們微笑。

「阿姨早安。」他的聲音很有精神。

「喔，早安。」被發現在偷看的媽媽有些不好意思，叫我快點出去。

我整理了一下瀏海，塗上護唇膏，拍拍卡其色的百褶裙後向媽媽道別。

「等一下。」媽媽卻喊住我，氣氛忽然變得嚴肅起來。

「怎麼了？」我回望媽媽。

「媽媽知道第一次交男朋友會很開心，可是有些界線不能越過，妳知道我的意思吧？」

什麼界線不能越過？

雖然我有聽沒有懂，但還是很識相地點頭，「歐夫口兒絲，我知道的！」

媽媽嘆息，「妳一定沒聽懂，算了。」

來到門外，余佑寒笑臉迎人，就像太陽般散發出萬丈光芒。

「早、早安。」我扭捏道。

他對我伸出手，我則瞄了眼窗戶邊，果然媽媽還在偷看。

「我、我媽媽在看啦。」我不好意思地小聲說。

余佑寒挑眉，轉身對窗戶的方向鞠躬，「阿姨，我們去上學了。」
我幾乎可以想像躲在窗簾後的媽媽表情有多尷尬。
余佑寒還是堅持朝我伸出手，我猶豫再三。
「妳不敢嗎？」他居然激我。
誰不敢啊！所以我回牽了他的手，他的手跟他的名字不同，溫暖得要命。
班上同學看見我們手牽手來學校，竟然沒多大反應，幾乎都是看了一眼就說：「早啊。」
連「你們在一起囉」或是「早該在一起了」的反應都沒有！
「欸欸欸，你們都不問一下嗎？」我忍不住開口。
「這不是理所當然的嗎？」沒想到林叡這樣回答。
「應該說我早就覺得你們在一起了。」一個男生說。
「而且不是之前就牽過手了？」另一個女生插話。
好，我後悔挑起這個話題了，現在大家紛紛圍著我們七嘴八舌。
「話說回來，你們怎麼決定交往的？」李蔓蒂的問題直達核心。
「喔，我反而比較好奇，矮冬冬是怎麼察覺到自己喜歡班長的？」另一個男生問。
「是誰先說要交往的？」周芷蕎從書本裡探出頭來。
「唉唷，當然是余佑寒呀！」我三八地揮著手，花痴地笑著。
余佑寒卻馬上皺起眉頭，用奇怪的表情看著我說：「我有說過嗎？」
「蛤？」不只我，全班都蛤了一大聲。

「可是你不是說喜歡我？」我說。

「對呀，但我從來沒有說『請和我交往』呀。」余佑寒揚起笑容，這模樣我熟悉得很，他又在耍我！

「可是、可是你喜歡我，我也……這樣不就是在交往了嗎？」我慌張地說著。

余佑寒像是達到目的般，提高音量說：「大家都聽到囉，是矮冬冬說我們在交往的，所以是矮冬冬要跟我交往。」

「蝦……蝦米？」我瞪大眼睛，全班開始起鬨。

「死心吧，妳注定被余佑寒吃得死死的。」李蔓蒂拍拍我的肩膀。

啊啊啊，氣死我了，又被他擺了一道。

社展結束，表示期末考即將到來，周芷蕎又開始陷入書本堆裡，我們都知道她成績不甚理想，於是余佑寒好心提議要不要開個讀書會，雖然我覺得是看熱鬧的成分居多。

「報告，我一點也不想參加。」我舉手，余佑寒回我一個微笑。

「那地點就決定在矮冬冬家裡。」什麼啊！

我大叫：「我是說我不想參加啊！你有沒有聽懂呀！」

「但是我要參加，妳是我女朋友，就應該跟我一起參加。」他的態度很理所當然，而我臉紅到詞窮。

「矮冬冬的家在哪裡？」林叡問。

余佑寒告訴他以後，林叡皺起眉頭，「太遠了，我記得你家不就在河堤對面，去你家比較近吧。」

李蔓蒂和周芷蕎也點頭同意，除了我，他們都住在學校附近。

「也可以。」余佑寒答應。

但我馬上舉手表示，「我反對！」

「妳幹麼又反對了？」林叡沒好氣。

因爲、因爲余佑寒的家連我都沒去過啊！而且他一個人住，我可是他女朋友，怎麼說我都要當第一個去他家的人，怎麼可以大家一起去？

不過這些愚蠢至極的話我當然不會說出口，扭著衣角隨口說：「因爲他家一定很亂，林叡家不是也在附近，去你家，我想看QQ。」

林叡瞪大眼睛，像是要宰了我一樣。

「好啊，就去林叡家。」周芷蕎先一步出聲，李蔓蒂也在一旁猛點頭。

嘿嘿，這麼一來不僅造福她們兩個，順便也偷偷滿足了我的小私心。

大家都同意了，林叡也只好答應。

中午時間，我和李蔓蒂、周芷蕎圍成一桌吃飯，忽然間李蔓蒂問道：「欸，我看余佑寒動作挺快的，怎樣，你們親了沒？」

果汁從我嘴裡噴出來，落了幾滴在周芷蕎的便當裡。

「妳很髒欸！」周芷蕎大發雷霆。

「都是蔓蒂啦！」我解釋，抽了幾張衛生紙。

「我怎樣了？我的問題很正常吧。」李蔓蒂眼神認眞，不像是要調侃我。

「沒、沒有啦，親什麼親啊，我們只有牽手。」雖然余佑寒喜歡動手動腳，但說眞的我們目前也只到牽手而已。

啊，不過他老是愛用要親我來威脅我，可是現在我們既然已經交往了，這也是遲早的事吧……

對了，他以前還說打賭輸了要親我，不知道他還記得嗎？

天呀，我在想些什麼啊，忘掉忘掉！

可是……

「不知道接吻是什麼感覺……」我不自覺說出口。

「不就兩片肉碰在一起？」李蔓蒂說。

「妳有親過喔？」我問，李蔓蒂聳聳肩，這樣是有還沒有？「那妳呢？」我把話題移到周芷蕎身上。

她點點頭，而我瞪大眼睛，「妳交過男朋友？」

「沒交過的人才奇怪吧？」沒想到一直都捧著書苦讀的周芷蕎會這麼講，我看她對待林叡的態度這麼靦腆，還以爲她跟我一樣是初戀來著。

「妳不會傻傻的以爲余佑寒也是初戀吧？」李蔓蒂試探性地問我。

而我點頭，「不是嗎？漫畫裡面的男女主角都是對方的初戀呀，然後一起經歷許許多多的第一次。」

「天呀！」李蔓蒂拍了額頭一記，而周芷蕎也難得翻了白眼。「余佑寒那樣的男生，妳絕對不會是他的初戀，誰會放過那樣的單身漢啊！」

「所以也別想像他跟妳是初吻，不過這樣也好，他才可以帶領妳。」周芷蕎居然輕描淡寫地講這種不知羞恥的事情，看樣子她果真是念書念到發瘋了。

「他一定也是初戀，我是他第一個女朋友。」我的初戀條件裡面有一項，對方必須也要是初戀才行呀，既然是初戀，那就一定也要是初吻。

「不然妳去問他。」李蔓蒂指了指站在走廊聊天的余佑寒。

「不需要。」我扭著手，堅信這一點。

「隨便妳。」她們兩個無奈地攤手。

❄

讀書會當天，余佑寒大老遠地騎腳踏車過來接我，這一次他不再站在門口等，而是直接登門拜訪。

「叔叔、阿姨好，今天我們要去班上同學林叡家念書，這是一點小意思，請收下。」他穿著簡單的棉質上衣配上深色針織外套，下半身則穿著合身牛仔褲，帶著超級人畜無害的純眞笑容，手上拿著的是我們家附近很有名的人氣蛋糕禮盒。

媽媽眉開眼笑，「唉唷，這麼客氣，要不要進來坐坐？」

「沒關係，同學都在等我們。」余佑寒笑著。

「讀書會？一群人聚在一起眞的會念書嗎？」爸爸坐在客廳裡，一邊翻報紙，一邊不屑地說。

雖然他允許余佑寒送我回家，但他還是沒有完全接受余佑寒，所以我到現在還是沒讓爸爸知道我們已經交往了。

「叔叔放心，我和林叡一定會督促大家的。」余佑寒認真答道。

「督促？你成績第幾名啊？」感覺爸爸是想先來個下馬威，不過遇到余佑寒可就失算了。

「林叡是全班第一，校排名第五，而我是第二，校排名第八。」陽光燦爛啊，余佑寒，你的笑容快把我爸眼睛刺瞎了！

這下子爸爸可被堵到沒話說了，哼了聲要我們快離開。

「你真的是要嚇死我了。」我坐在腳踏車後座，手搭著余佑寒的肩膀。

「哈哈，有什麼好怕的，只要態度大大方方，長輩都不會太過刁難。」余佑寒自信地說著。

「好像很有經驗一樣。」我失笑，卻忽然想起李蔓蒂她們說的話。「那個……你應該是第一次見喜歡的人的家長吧？」

「是第一次見沒錯啊。」余佑寒說。

我鬆了一口氣，就是說啊，余佑寒一定也是初戀，李蔓蒂和周芷蕎這兩個臭女人，害我想東想西的。

「那你表現得真的很好，第一次交女朋友、第一次見女方家長，還可以這樣從容不迫，我覺得我爸媽很喜歡你耶，雖然我爸看不太出來，不過光是從他會讓我和你單獨在一起這點看來，就足以證明……」

「等一下等一下，妳剛剛說什麼？」腳踏車騎到河堤，過了橋往前直走，林叡的家就在轉角巷子盡頭。「第一次交女朋友？」

「嗯呀，初戀呀。」腳踏車轉彎，筆直朝前。

「我有說過我是初戀嗎？」余佑寒停下腳踏車，轉過頭問我。

「沒有。」我瞠大雙眼，「所以你、你、你交過女朋友？」

余佑寒點頭，「我交過幾個。」

幾個？還是不是一個，是幾個！

「你不是初戀？」什麼？還眞被李蔓苐說中了！

「我不是啊，下來吧，已經到了。」余佑寒停下車。

「你居然不是初戀！」這怎麼可以！

「初戀有很重要嗎？」余佑寒不解。

重要嗎？他竟然問我重要嗎？

當然重要啊！第一個是多麼特別啊！余佑寒是我第一個男朋友，可是我卻不是他第一個女朋友……

我跳下腳踏車，瞪著他問，「那初吻呢！」

余佑寒停好腳踏車，「初吻什麼的當然是跟初戀一起……」

「啊！我不要聽！」我大叫，然後轉身就跑。

「矮冬冬！」余佑寒在我身後大叫。

氣死我了啦，初戀就算了，居然連初吻也沒有爲我保留，我這邊可都是第一次啊！

我氣得哭了出來，沒想到第一次和男朋友發生爭執居然是爲了這種事情，可是這對我很重要啊！

我只要想到余佑寒曾經對著其他女生笑、想到他那溫暖的手曾經牽過另一隻手、想到連我都沒碰過的唇曾經覆蓋在另一片唇上……

光想到這些，我就覺得心痛到要死掉了。

我嫉妒那些未曾蒙面的女生，我討厭自己這麼晚才和余佑寒相遇，我也生氣余佑寒居然喜歡過我以外的人。

我一邊跑一邊大哭，像笨蛋一樣，忽然被人往後一拉，跌入一個溫暖的懷抱中。

「妳這樣跑很危險。」余佑寒從背後環抱住我，他的聲音就在我耳邊，可是我覺得好難過好難過，他是不是也曾經這樣抱過別的女生？

他把我的臉轉向他，看見我的眼淚，微微一愣，伸出拇指輕輕擦掉我的淚水，「幹麼哭啊？」

那略帶懇求的嗓音、那溫柔的神情，以前你是不是也曾經這樣哄過另一個女生？

「你不要碰我。」我推開他，但余佑寒抱得老緊。

「妳在吃我前女友的醋嗎？」他露出無奈的神情，「那都是過去了。」

我知道是過去！我當然知道。

我每次看漫畫看到前女友出現的時候，都會不斷地對那個非常在意的女主角吶喊：「誰理她啊，男主角現在愛的是妳啊！」

可是當同樣的事發生在自己身上時，我卻在意起了「過去」，嫉妒那些根本沒有意義的事情。

「不要再哭了啦，我能怎麼辦呢，過去都已經發生了啊。」余佑寒並沒有生氣，只是很無奈。

我吸了吸鼻涕，他說的也是，跟過去生氣能怎樣，但就是因爲不能怎樣，我才更生氣啊。

「那、那我和你的前女友相比，你比較喜歡誰？」我問。

「矮冬冬……」余佑寒嘆氣，「問這個沒有意義啊。」

我當然知道沒有意義，但我就是要你哄我。

「我不管，我要你說！」所以我發起脾氣。

余佑寒又嘆氣，「怎麼比？我和她們交往的時候當然是最喜歡她們，現在和妳交往，當然最喜歡妳啊。」

「那如果她們現在出現了，你會選她們還是選我？」我咬牙問道。

「方芮冬，討論這個沒有意義。」余佑寒深深地望進我的眼裡。

我一直要他別叫我矮冬冬，可是當他眞的叫我的名字時，我卻覺得很難過。

「我就是要你說！」我霸道地堅持。

余佑寒雙眼透露著些許失望，他長長地嘆了口氣，「妳想聽到怎樣的話我知道，但我覺得這沒有意義。」

我氣得用力打了他一下，「就算是哄我也沒有意義嗎？」然後我使勁全力再次轉身跑開。

余佑寒當然又追上來，我知道他會追上來，所以我伸手招了計程車，一路往回家的方向揚長而去。

「芮冬，怎麼哭著回來呢？」爸爸好聲好氣地在房門外說著：「是不是被那個余什麼東東的惹哭了？」

「不要去吵她。」媽媽的聲音傳來。

「可是我們的芮冬……」爸爸的語氣充滿擔心。

「那是她自己要去處理的情緒，我們做父母的只要安靜陪在一旁就好。」

雖然平時媽媽雜念得要命，但這種時候果然只有女人最了解女人。

我當然知道自己很莫名其妙，我也知道余佑寒沒有錯，我跟他的過去生氣的確沒有意義，就像周芷蕎她們說的，現在誰沒有交過男女朋友呢？

可是、可是我還是很希望自己是他的初戀，我還是希望他所有的表情都只有我看過，我想霸占他的溫柔，連同他的過去，都一併獨占。

我只是希望，余佑寒可以再多哄我一點，再對我多說一些不切實際的甜言蜜語。

「我最喜歡妳」、「就算她們出現我也會選妳」、「全部的女生裡面我最喜歡妳」……

我只想聽見這樣的話，但這樣只會顯得我更小家子氣。

我一邊哭哭啼啼，一邊看了手機螢幕，可是余佑寒卻沒有打電話來，也沒有傳訊息。

不會是討厭我了吧，因爲我任性，所以他受不了我了？

他該不會覺得還是前女友比較好吧？會不會現在他就在前女友旁邊？他一個人住，會不會把前女友帶回家？

不要啊！怎麼可以這樣！

「你還敢過來！」忽然爸爸的暴怒吼聲從門外傳來。我先是一愣，想到可能是誰後，趕緊偷偷打開房門。

「小聲一點啦，先進來坐。」媽媽的背影擋住了門口的訪客。

「什麼進來坐，不准進來！」爸爸揮舞著雙手。

「這麼晚還過來打擾眞的很抱歉，可是我覺得還是要來找芮冬說清楚比較好。」毫不意外，余佑寒的聲音響起。

「她這樣哭著回來，就說明了你不適合她，滾開！」爸爸生氣地罵道。

唉唷！爸爸你太過分了啦，怎麼可以對余佑寒說滾開。

「爸爸，你少說兩句。」媽媽的聲音略顯不悅。

「我們家的女兒被欺負到哭著回來，妳還要我少說兩句？」爸爸瞪著余佑寒。

「我們家女兒什麼個性你還不清楚啊？先聽聽怎麼回事不行嗎？」媽媽大吼，爸爸瑟縮了一下。

咳，所以說我是什麼個性？

「來，先進來坐，這麼晚了你還特地過來，到底發生什麼事了？」媽媽讓余佑寒進來屋裡，我趕緊將房門關小一點，以免余佑寒看見我。

「那個……也沒什麼事情啦……」余佑寒尷尬地說。

「沒什麼就說出來讓我們聽聽啊！」爸爸又吼。

「這個……」

「怎麼?你心虛啊?」爸爸,你不要這樣咄咄逼人啦……

余佑寒看看爸爸,又看看媽媽,直到媽媽點頭鼓勵,「沒關係,就說吧。」

他吐了一口氣,「今天芮冬發現我以前交過女朋友,所以就生氣了。」

我幾乎可以聽見那一片刺耳的靜默聲。

「你是說,芮冬發現你以前交過女朋友,所以哭著回來?」媽媽複述,余佑寒無奈地點頭。

「也許我沒說出芮冬想聽的話,這我也有錯。」余佑寒說。

又是一片靜默。

我聽見爸爸咳了幾聲,「就這點事?」

居然被爸爸說「這點事」?

這可是大事啊,我是真的很難過啊!

「芮冬房間在那邊,你進去吧。」媽媽往我房間的方向指了指。

蛤?

「媽媽!」我和爸爸同時大喊,只是他喊出聲來,我喊在心裡。

「這不對吧!怎麼可以讓他們單獨在一個房間裡?」爸爸大叫。

「我們就在客廳,他們還能幹麼?別管太死了,人家都登門來道歉了,擺明是我們家女兒找碴,你就別囉嗦了。」媽媽盛氣凌人,爸爸也只好妥協。

「那、那就打擾了。」我聽見余佑寒的腳步聲往這邊走來。

我的媽咪呀！我房間好亂！

我趕緊把堆在床上和椅子上的衣服隨便塞進衣櫃，再把桌上亂七八糟的漫畫疊在一旁，還有化妝台上面亂糟糟的保養品，天啊天啊，余佑寒的腳步聲越來越接近了，我來不及整理房間，而且身上還穿著睡衣！

「矮冬冬。」余佑寒的聲音近在門外，聽著我又想哭了。

「你幹麼來啦！」我生氣地說，還故意很大聲。

「妳在哭啊，我覺得還是應該來找妳。」

「你知道我爲什麼哭嗎？」我還是很大聲。

「我知道……那個，妳先讓我進去好不好，妳爸媽在看啦……」余佑寒講得很小聲，我可以想像他現在有多尷尬。

但我就是要讓你尷尬，現在你可是在我的地盤呢！

「你回去，我不要見你！」所以我大喊。

「方芮冬，開門讓他進去，要任性成什麼樣子？」結果媽媽大吼。

欸，奇怪欸，我在跟男朋友吵架，妳幹麼插嘴啦！

但和媽媽硬碰硬不是明智之舉，上回跟她吵架是國中時，那次一連十四天她都沒洗我的衣服，也沒煮我的晚餐，最後我哭著幾乎快要下跪道歉，媽媽才原諒我，這種事我可不想再經歷一次。

所以我只好乖乖開門，惡狠狠地瞪著余佑寒。

等他進到房間裡後，我雙手環胸，看著窗外就是不理他。

「矮冬冬，妳還在生氣啊？」

我不回答。

「妳不打算跟我和好了嗎？」

我當然打算和好，可是你要先哄我啊！

「妳和我過去的女朋友比較沒有意義呀，我和她們分手都是有原因的，我那時候喜歡她們，現在喜歡妳，就算她們現在出現也不能代表什麼，我現在就是喜歡妳呀。」余佑寒靠向我，手覆在我的肩膀上，「所以別生氣了好嗎？」

我依舊咬著下唇，看著窗外，繃直著身體不回應他。

「矮冬冬啊，不要生氣了啦，要怎樣妳才不會生氣呢？」他輕輕抱住我。

我最生氣的就是，這份溫柔曾經屬於別人。

所以我抬頭對上他的眼睛，他的眼珠裡倒映出我的臉。

「親我！」我說。

「什麼？」余佑寒以爲自己聽錯。

「我說，親我，我打賭輸了！」我重複道。

他一愣，馬上笑了起來。

「笑什麼啦！」我在他懷中扭動，忽然余佑寒抱緊我，認眞地看著我。

「眞的？」

平常不給你親就一直用親我來威脅我，現在叫你親你反而問我是不是眞的！

「眞的！來吧！」居然還說來吧，我實在是太沒有女人味了。

嗚嗚嗚，不應該是這樣的啊，漫畫裡面的接吻情節都好浪漫，爲什麼換到我的時候就變成這樣？

「那妳閉上眼睛。」余佑寒噙著笑意，我聽他的話閉上眼睛。

眼睛一旦閉上，看不見東西，對於周遭的變化反而更敏銳，我感受到余佑寒靠近時的熱氣，也感覺到他的鼻息，而那股屬於他的味道像是溫柔的暖流一樣，緊緊包覆住我。

彷彿像是停止了呼吸，全身的感官都集中在嘴唇上，我可以感受到余佑寒靠近我，但就在我們彼此呼出的氣息近到不能再近的關鍵時刻，我放在桌上的手機響了起來，嚇得我瞬間推開他。

余佑寒愣了愣，目光有些茫然，接著笑了起來，「接吧。」

唔……可惡，是誰啦，在這種時候打電話來，實在是太尷尬了。

氣沖沖地接起電話，是林叡打來的。

「幹什麼啦，Q毛。」因爲惱羞成怒，所以我口氣很差，不過我平時也差不多是這樣和林叡說話就是了，他也沒怎麼在意。

「妳今天跟佑寒怎麼了嗎？」林叡難得語氣認眞。

「沒有怎樣啊。」我瞄了余佑寒一眼，他正饒富興味地在我房裡兜轉，希望我藏在床下的東西不要被他發現，如果讓他知道我房間一團亂，我眞的會羞愧而死。

「……不要生無謂的氣，這樣我們其他三個人會很尷尬。」

我沒注意林叡說什麼，因爲此時余佑寒居然彎腰朝我床底看去！

「你幹麼啦！」我驚慌大叫，衝過去把余佑寒拉起來，他笑得可開懷了。

「我就知道妳會把東西隨便塞到床底下。」余佑寒說。

「……佑寒也在那邊？那你們就沒事了啊，以後不要隨便放鴿子了啦。」林叡怪叫的聲音大到連余佑寒都聽到了。

「明白了，不會有下次。」余佑寒從我手中接過電話，講了幾句後就掛斷。房裡再次恢復寧靜，余佑寒帶著笑容凝視著我，瞬間又讓我尷尬起來，天呀，我可沒膽子重提剛才的要求。

「要不要重來一次？」不要臉的余佑寒開口。

我羞紅了臉，「才不要，已經沒感覺了！」

聽到我這麼說，余佑寒又笑了幾聲，拉過我的手，將我擁入懷中，我頓時心跳飛快，而余佑寒的心跳也一樣快。

「別生氣了，好嗎？」他的聲音聽起來有些顫抖，原來他跟我一樣，都會緊張呀。

我環抱住他，「你以前跟多少人交往過的事就算了，可是從今以後，你只有我，知道嗎？」

「這是求婚嗎？」

「隨便你怎麼想，反正你說過我是鬼針草！」只要黏住你就不會離開。

余佑寒笑了起來，他的笑聲總是可以安撫我。

唉，我到底是什麼時候變得這麼喜歡他，該不會這傢伙給我下蠱吧？

我們走出房間的時候，爸爸明顯心神不寧，而媽媽則曖昧地看著余佑寒微笑，「我女兒就麻煩你多擔待了，能忍受她的人應該不多。」

「這是當然的。」余佑寒堅定地點點頭，這一幕就很像是少女漫畫才有的場景。

爸爸按了按眼角，他果然哭了。

「叔叔，先前我說過沒有您的允許，不敢跟芮冬交往，所以現在我來請求您的同意。」余佑寒一臉正經。

噢，啊我們不是早就在交往了，幹麼裝模作樣。

不過我只是乖乖站在一旁等待爸爸的答覆。

爸爸忽然握住余佑寒的手，一把鼻涕一把眼淚地說：「我相信你啊，你是好青年對吧？不會做一些不該做的事情，你和芮冬是純潔的男女交往對吧？」

我們剛剛差點接吻了喔，爸爸。

而且很羞恥的是女兒我主動開口要求的，還很丟臉的沒有成功，都是林叡那Q毛害我出師不利，不過我當然不會說出來。

余佑寒微笑，回握爸爸的手，堅定地說：「當然。」

爸爸因爲余佑寒的保證而開心地笑了，可是爸爸，看余佑寒那裝模作樣的表情，就可以感覺到他絕對不會遵守約定，就算他遵守，我也不會遵守。

話說回來，余佑寒到底交過幾個女朋友？和前女友們又都進展到什麼程度了？接吻是對方主動還是余佑寒主動？

光只是想想就覺得自己又要生氣了，我甩甩頭，決定不再多想。

唉，看來我又會煩惱好一陣子了。

❄

和余佑寒的交往順利到不可思議，每一次我們吵架……好吧，基本上都是我自己在生氣，余佑寒明明和我同年，卻像大我好幾歲一樣，比我成熟多了。

每一次我們吵架，他不會先跟我道歉，但他會先跟我說話，然後抱著我，親親我的臉頰，有耐性地哄著我，在這種溫柔體貼下，再鋒利的稜角都會被他磨平。

「爲什麼你都不會對我生氣？」有次我問他。

「因爲我喜歡妳呀。」他失笑。

「可是喜歡這種感情不是會被磨淡嗎？現在你包容我，如果有一天你被我的任性磨光了喜歡的心情，會不會就受不了我了？」我想到這點不禁有些不安。

「這一句話怎麼很不像妳會說的？矮冬冬不是應該要說『漫畫裡面的男主角都會超級包容女主角』之類的話嗎？」余佑寒笑著調侃我。

「是沒錯，可是那是漫畫，我講的是現實。」我嘟嘴，我終於學會了怎麼看待現實。

「未來會發生什麼事情誰也說不準，就算我生氣好了，但我也還想跟妳在一起，既然我們最後都會和好，那爲什麼要浪費時間吵架呢？」余佑寒對我伸出手，「況且妳還跟我求過婚了。」

「哼，那才不算。」我打了他的掌心一記，再對他揚起嘴角，搭上他的手，牽著我的初戀情人。

我知道王子與公主永遠幸福快樂的結局只是童話，但我還是想要相信，牽著初戀情人的這雙手，永遠都不會放開。

第十一章

才十七歲的我們，真的會懂什麼是愛嗎？

「不覺得我們學校很奇怪嗎？每個年級有二十六個班級，從A班一直到T班是普通班，後面才是專科班。」我是眞的很不解。

「這有什麼好奇怪的？」李蔓蒂皺眉。

「爲什麼要用英文字母？這不是很容易搞錯嗎？比如說M班的人容易被聽成N班，B班的容易聽成D班之類的，用數字不是很好嗎？」

「只有發音不標準的人跟耳朵長蟲的人才會聽錯。」周芷蕎翻了個白眼。

一轉眼已經到了高二上學期，余佑寒高一跟我打賭約定的時間。

他預言我們會在一起，這一點已經實現，但是和他接吻的時機已經過了，所以我賴皮不肯親他，我的初吻才不能這麼隨便呢！

當時他提到了另一點——班上有人會陷入三角關係，現在情況也漸漸白熱化了。

完全不意外，就是李蔓蒂和周芷蕎，她們都喜歡林叡。

有沒有搞錯呀，我是女主角耶，照理說這種三角關係應該是由我擔綱演出，兩個天菜搶我一個女生才對，怎麼現在是我的朋友陷入三角關係啊。

不過算了，反正我已經有男朋友了，而且林叡對我來說也不是天菜，三角關係只會更混亂。

我私下探過林叡的口風，我們從高一就一直吵吵鬧鬧，直到現在似乎還是改變不了相處模式，總是和他講沒兩句就開始互罵，這時候我就會氣得對她們兩個說：「搞不懂妳們喜歡他哪裡！」

「是妳沒發現他的好。」然後李蔓蒂就會這麼回答。

她現在已經不再更新帥哥大全了，聽說她把那本本子高價轉賣給學妹。

「我已經不屑本子裡的任何一個帥哥了，那還留著幹麼呢？」李蔓蒂當時還很瀟灑地說了這句話。

周芷蕎的錢包裡放著去年擔任我們美髮社模特兒時，她和林叡的合照，她穿得像是洋娃娃一樣，臉蛋卻紅得像蘋果，看起來十分可愛。

「矮冬冬，過來。」余佑寒搖晃著手中的牛奶罐，在後門喊我。

我們來到空中花園，一隻黑白花色的貓趴在那邊打盹。

「啊，是去年的那隻貓。」當初我還帶著QQ一起呢。

「我表姊說這隻貓只會在秋天出現，不過去年快入秋時就來了。」余佑寒打開牛奶，倒入碗內，放到那隻貓旁邊。

「為什麼牠秋天才會來？平常去哪了？」我好奇地問。

余佑寒聳肩，表示他也不知道。

我們在一旁看著那隻貓喝牛奶，從牠發白的鬍鬚看來，這隻貓的年紀應該很大了。

上課鐘響起，我們跟牠道別，當然，牠一點反應也沒有。

才一走下樓梯，就遇到了秋老師。

「秋老師很愛來空中花園呀。」我說。

「你們兩個小鬼也很愛在空中花園約會啊。」秋老師笑彎了眼。「上課了，快回教室吧。」

「秋老師。」余佑寒叫住他，「你知道空中花園有隻貓嗎？」

秋老師微微一愣，轉過頭說：「我知道，從我還在這裡念高中時那隻貓就在了。」

果然，那隻貓的年紀很大了。

和秋老師說了再見，我們往教室方向走，余佑寒若有所思。

「怎麼了？」我問他。

「我覺得秋老師有點奇怪。」余佑寒抓了抓後腦杓，「有些時候，我待在自己的房間裡，會覺得好像聽到他的聲音。」

我瞪大眼睛，所謂日有所思，夜有所夢，我最近偷看了一些BL漫畫，害我腦中忽然閃過余佑寒和秋老師牽手的畫面，趕緊抓住他問：「你該不會是喜歡秋老師，所以才幻聽吧？那我怎麼辦？」

「白痴喔！」余佑寒打我的頭。

「開個玩笑啦。」我吐了吐舌頭裝可愛。「是什麼聲音？說話嗎？」

「不是說話，好像在唱歌那樣。」他回想道。

「唱歌？流行歌？」我倒是沒聽過秋老師唱歌。

「是很奇怪的曲子，我也不會哼，而且有時候還會聽到女生的聲音，總之，我覺得有些疑點。」

我聳聳肩，覺得他想太多了，但余佑寒只是看了看我，「算了，矮冬冬，妳今天放學要不要來我家玩？」

「咦！眞的嗎？」我還沒去過他家，「我要去我要去！」

余佑寒露出微笑，「那記得跟妳爸媽說要晚點回去。」

我點點頭，懷著愉快的心情回到教室，偷偷傳訊息給媽媽，「晚上不回家吃晚餐。」

媽媽只回：「八點前回家。」

一整天我的嘴角都忍不住揚起，體育課的時候周芷蕎故意把排球往我腿邊打，即便如此都無法影響我的好心情。

「太噁心了，妳幹麼這麼開心？」李蔓蒂坐到我旁邊。

「也沒什麼啦。」我裝模作樣地用手指捲著自己的頭髮。

「快說，不然把球塞到妳嘴巴。」周芷蕎還眞是惡毒。

「唉唷，就是余佑寒今天約我去他家，我還沒去過他家，所以很期待呢。」

我話一說完，她們兩個卻面面相覷。

「沒記錯的話，余佑寒是一個人住外面對吧？」周芷蕎小心翼翼地開口。

「是呀。」我點頭。

「那妳放學去他家，這樣不是……」李蔓蒂瞇著眼睛。

「哈哈哈，妳別鬧了，不會啦，沒事的。」我停頓了一下才會意過來，整張臉瞬間漲得通紅。

「眞的？妳確定？」周芷蕎睜大眼睛問。

「有危險就趕快跑。」李蔓蒂伸出手指指著我。

什麼危險呀，他可是我的男朋友呢。

可是被這兩個姑娘一搞，我不禁緊張起來，甚至還想了一下今天的內衣褲是不是穿一整套的這種問題。

來到放學時間，我更是坐立不安，導致這次球技大賽申請表我又不記得自己亂選了什麼，只知道連任兩年班長的余佑寒滿意地說：「這次總算沒有那些愚蠢的愛心了。」

一時間我還會意不過來，最後才想起之前我很白痴地在申請單後面寫滿「夏恒生♡方芮冬」，沒想到他居然記到現在，原來他也很在意呀！

要是平常我一定會抓住他吃醋這點大作文章，可是今天我實在對於等一下要去余佑寒家裡的事太過緊張，所以腦中一片空白。

回家前，我先陪余佑寒到導師室將球技大賽申請表交給秋老師，但余佑寒將申請表提交出去後還站在原地。

「怎麼了嗎？還有什麼事？」秋老師問。

「秋老師，請問你今天會加班嗎？」余佑寒沒頭沒腦的在問什麼，而且我不知道老師也會需要加班呢。

「今天不會吧，怎麼了？有人要借教室的鑰匙嗎？」我們班雖然有負責開門的同學，但偶爾有人會因爲社團活動留太晚，想把書包放在教室，這時候就會來跟秋老師借備用的鑰匙。

「沒什麼，那我們要先去看電影了，老師再見。」余佑寒微笑。

「你剛才很奇怪欸，幹麼問秋老師要不要加班，而且我們是要去看電影嗎？」我跟余佑寒走在河堤邊，晚風輕拂，秋天的傍晚氣候宜人，很是涼爽。

「沒有，我只是想確認一些事情。」余佑寒看起來像是在計畫什麼。

我們來到余佑寒住的大廈門口，以前都只是經過，這次要踏進去還眞是緊張，我握緊書包背帶，嚥了口口水，把李蔓蒂和周芷蕎說的話拋在腦後，跟著余佑寒邁步而入。

一樓站著一位警衛伯伯，他跟余佑寒打了聲招呼，接著眼神落到我身上，親切地問：「女朋友啊？」

「是啊。」余佑寒笑著回應。

我忍不住臉紅了，笑了幾聲，有些不好意思。

「很可愛呢。」警衛伯伯語氣和藹，被當面稱讚眞是開心呢。

「還好啦。」可惡的余佑寒卻這樣回答。

走進電梯，我滿臉不悅，余佑寒當然知道我在氣什麼，他一邊笑一邊拉著我的手說：「妳最可愛了，超級可愛。」

他大概重複說了二十遍我才原諒他。

余佑寒的房間擺設比我想像中還要簡單，我小聲說了句打擾了，脫下鞋子放在玄關處，房間左手邊是浴室，右手邊則是附有流理台的簡單小型廚房，床在窗戶旁邊，一旁還放有籃球以及衣櫃、書櫃，而地板上有張看似價格不斐的地毯，上面擺著多款遊戲光碟，還有一台遊戲主機。

「哇，你的套房應有盡有。」我環顧四周。

「我表姊以前念我們高中時也是住在這裡，那時候她房間裡的東西更多。」余佑寒站在窗邊，「從這邊可以看見河堤。」

我湊過去，「眞的耶。」還可以感受到從河堤吹來的風。

不對，我在放鬆什麼，這可是第一次來余佑寒家裡，我應該要更矜持一點才對。

原本想偷瞄余佑寒的表情，不料卻發現他正在脫衣服。

「哇！你幹什麼啦！」我遮住眼睛大叫。

「妳才幹什麼，不脫嗎？」余佑寒問。

「脫、脫什麼脫啦！至少要先洗澡吧。」我結巴道，太害羞了啦！

「洗澡？」余佑寒停頓一下，忽然大笑。

我不明所以，從指縫間露出眼睛，看著笑得跌坐在地上的余佑寒。

「妳在亂想什麼啦，矮冬冬，妳眞的很可愛呢。」余佑寒笑得上氣不接下氣。

我漲紅了臉，「是你自己先脫衣服的！」

「注意看，我是脫外套好嗎？妳外套不脫嗎，不熱啊？」他比了比我的外套。

我看著自己身上的制服西裝外套，再看了余佑寒脫下放在床上的外套一眼，深深體會到是自己會錯意了。

啊啊啊啊好丟臉呀，方芮冬妳到底在幹什麼，爲什麼老是在做一堆丟臉的事情！

「脫，還是不脫呢？」余佑寒坐在地上，手肘撐在床鋪邊，臉仰起四十五度角微笑看著我。

「當然脫！」我紅著臉脫下外套，往余佑寒身上丟。

「妳該不會以為我找妳來我家，是要對妳……上下其手吧？」他拿著我的西裝外套起身走向衣櫃，從裡面拿出衣架，將外套掛上。

「我、我才沒有，是蔓蒂和芷蕎她們……」我手指扭著自己的百褶裙，都是她們兩個亂講話啦！

余佑寒一面點頭一面發出「哦」的聲音，手摸著下巴在我身邊轉了一圈。

「幹麼啦，討厭！」我慌張地盯著他。

「所以妳以為我會對妳幹麼，還是來我家囉？」余佑寒帶著戲謔的笑容，「也就是說，如果我真的想對妳幹麼，妳也準備好囉？」

我的臉剎那間就像是沸騰的水一樣燙得要命，雙手趕緊擋住自己的胸口，「才沒有，你不要亂講！」

「喔？真的嗎？是我亂講嗎？」他靠向我。完蛋了，後面是床！

「你你你……我警告你不要再靠近我了喔！」我伸手想去推他，結果反而雙手都被他抓住。

「靠近妳會怎樣？妳不是準備好了嗎？」余佑寒一臉賊笑。

啊啊啊啊……天呀他的臉好近好近，接著我覺得自己好像被他輕推一把，整個人往床上跌，余佑寒就這樣順勢壓在我身上。

看著他的臉越來越近，我閉上眼睛大喊：「至少也要先洗澡啊！」

「噗！」

咦……我聽到什麼……好像是笑聲。張開眼睛，發現余佑寒雖然還是壓在我身上，卻把臉埋在旁邊的枕頭上，笑得渾身顫抖。

「你、你又笑什麼啦。」就只知道取笑我。

「我真的覺得妳實在太可愛了，妳放心，我什麼都不會對妳做啦，哈哈哈。」說完余佑寒又笑了。

「什麼嘛！如果是這樣你就早說啊……」我也跟著笑了。

我們兩個在床上相視而笑，可是笑著笑著，我忽然流下眼淚。

「怎麼了？」余佑寒用手指擦掉我的眼淚。

我拚命搖頭，「沒什麼，沒事。」

「不像沒事啊。」余佑寒皺眉。

「我們明明單獨在一起，可是就只有我緊張得要死，好像只有我胡思亂想，你卻游刃有餘……好像只有我越來越喜歡你，這不公平，你交過女朋友所以很有經驗，但你是我第一個男朋友啊。」我哭得抽抽噎噎，覺得丟臉得要命，抬起雙手遮住自己的臉。

不知道余佑寒現在是什麼表情，我不敢看，拿往事出來講的女生最糟糕了。

「方芮冬，妳真的是……」

「不要叫我本名，你還是叫我矮冬……」我拿開手想抗議，卻瞥見余佑寒滿臉通紅。

「你……」我才剛說話，余佑寒的手便伸了過來，遮住我的眼睛。

「不要看。」他說。

「不是啦，你臉紅了，我想看。」我想掙脫他的手，可是余佑寒卻死也不放開。

「我不可能讓妳看到的！」余佑寒的力氣也太大了！沒關係，我有妙招！

「我要看啦！」我搔他癢，余佑寒嚇得縮回手，我再次看見他漲紅的臉。

這時我才眞切體會到，原來這傢伙有多喜歡我。

「你臉好紅。」我格格笑著。

余佑寒一副拿我沒辦法的樣子，眼波如水，「矮冬冬，妳眞的不要考驗我，妳知道妳剛剛說那些話很危險嗎？」

我咬著下唇，緩緩閉上眼睛。

「妳知道閉上眼睛的意思嗎？」余佑寒的聲音變得有些急促。

我點頭，感覺到空氣瀰漫著一股曖昧，就跟那次在我房裡一樣，我可以感受到余佑寒的氣息越來越靠近。

「他說去看電影了。」一個男人的聲音突然從窗外傳進來，嚇得我們兩個瞬間從對方的懷裡彈開。

余佑寒的眼神閃爍，紅著臉看向其他地方。

我不自在地拉著棉被，全身大汗淋漓。媽呀，又差這麼一點，接個吻還眞是一波三折。

「以後不要隨便閉上眼睛。」余佑寒壓低聲音說道。

「我——」出聲想要反駁，但余佑寒眼明手快地摀住我的嘴巴，瞬間又離我好近。

他食指放在嘴唇上說了聲「噓」，接著手比向自己的耳朵，又看了眼窗外。

「他眞的去看電影了啦，偶爾也把房間窗戶打開通風一下吧。」那個男人的聲音又從窗外飄進來，怎麼這個聲音聽起來這麼耳熟？

接著是窗戶完全拉開到底的聲音，那個男人的聲音聽起來更清晰了，「奇怪了，妳以前不是很敢嗎？怎麼現在反而畏畏縮縮的？」

余佑寒的手依然覆在我的唇上，我拍了拍他的手背，保證自己不會發出聲音，他才放開手。

看樣子這棟大廈隔音不是很好，開個窗戶就可以聽見鄰居的聲音。

「當然會有點害羞啊。」另一個女人的聲音跟著響起，這個聲音既熟悉又陌生，我想不太起來曾經在哪聽過，倒是余佑寒瞪圓了雙眼。

「也差不多該老實告訴他了吧？」男人說。怪了，這聲音好像在哪裡聽過。

「嗯……我有在考慮，但這樣子就等於昭告所有親戚，你可能會遭受連續轟炸般的問題拷問，我親戚這麼多，我怕你承受不住……」那女人說完還笑了。

「我比較不擔心那些，反倒是身為你表弟的班導這一點，讓我始料未及。」男人語帶笑意地說。

我再怎麼愚蠢這時候也明白了，這個聲音不就是秋老師嘛！

余佑寒沉著一張臉，起身往玄關處走去，回頭瞥了我一眼，打開了門。我起身跟過去，大概猜得到他要幹什麼。

余佑寒站在隔壁鄰居家門口，握緊雙拳，深吸一口氣，摁下電鈴。

我握緊余佑寒的手，莫名地也跟著他一起心跳加速。隱約可以感覺到貓眼暗了一下，對方似乎在猶豫要不要開門。

正當余佑寒準備再按一次電鈴時，門打開了，一個美麗的長髮女孩不安地看著我們。是余佑寒的表姊。

我往門裡看去，果然秋老師就站在她身後。

「我早就懷疑了。」余佑寒嘆口氣，「所以你們一直住在我隔壁？」

表姊尷尬地扯了扯嘴角，似乎不知道該怎麼回答，回頭看了秋老師一眼。

「進來坐吧。」秋老師側身邀請我們。

我們坐在這個和余佑寒家裡格局相似的屋內，惴惴不安。

「喝茶吧。」余佑寒的表姊端來四杯茶，然後在秋老師旁邊坐下。

眼前的秋老師感覺很不一樣，不像是老師，比較像是鄰家大哥哥。我喝了一口茶，見余佑寒還繃著一張臉，只好由我先開口。

「我記得表姊妳也是我們高中畢業的對吧……啊，抱歉，我叫妳表姊可以嗎？」

「叫我……」

「狸貓。」余佑寒打斷表姊的話，秋老師哈哈笑了幾聲。

「叫我表姊就好了。」表姊勉強笑了笑。「我畢業兩年了，今年大二。」

「那……」我瞄了一下秋老師，「你們是在交往，還是妳只是回來探望老師？」

「矮冬冬，看也知道是在交往，妳笨蛋喔。」余佑寒的表情放鬆了些，「你們什麼時候開始交往的？」

「畢業當天。」表姊害羞地說，「但我高二就喜歡上秋老師了。」

「到現在還叫我秋老師。」秋老師無奈地笑著。

「習慣了。」表姊也笑了笑。

我忍不住睜大眼睛，一臉陶醉地看著他們說：「這就是所謂的師生戀吧？哇！秋老師這麼帥、人又這麼好，和這樣的老師談戀愛多浪漫啊，好像漫畫中的劇情一樣，兩個人在學校裡偷偷傳紙條，假日約會還要小心翼翼不讓人看到，老師會開車一起到海邊兜風，結果因爲颱風風雨過大，無奈之餘兩人只好在附近的溫泉會館過夜，又好死不死的只剩下一間房間，哇！」

我一口氣講完這串妄想，表姊有些傻眼，秋老師忍不住噗嗤一笑。

「下次說故事比賽我派妳參加好了。」

「矮冬冬，妳蠢斃了，那是漫畫劇情吧。」余佑寒冷眼看我，不過在我的想法裡這可是一段充滿甜蜜的戀愛呢。

「我們沒有那麼浪漫。」表姊笑著對余佑寒說：「其實一開始只是我的單戀，中間發生了很多事情，直到我畢業那天，我們才在一起。之後我考上大學，正巧你也考上這所高中，所以就把那間套房讓給你住，並且跟二姑姑他們保證我會三不五時過來看看你。」

「我爸媽當時有點反對我來這裡念高中。」余佑寒對我解釋。

「因爲太遠？」我問。

余佑寒點頭。

「不過也因爲表姊的緣故，讓我父母知道這間學校眞的很不錯，不是浪得虛名，加上表姊說她也會在附近租屋，可以就近照顧我，我父母才勉強答應。」

「原來……」我的內心閃過一絲不安。

「只是我沒想到妳說在附近租屋，居然就在我家隔壁，那妳也很辛苦耶，有時候來我這邊做完晚餐，還得假裝離開這棟大樓，再偷偷摸摸回到隔壁嗎？」

表姊聳聳肩，笑容有些尷尬。

「她從以前就很會演戲了，樓下的警衛也很配合她。」秋老師的表情像是在回憶過往，帶有一絲溫柔的笑意。

「以前？以前你們就住在隔壁了嗎？」余佑寒提問。

「是啊，但這可不是刻意的，我也是過了很久才發現。」表姊微微笑著，我看見她右手無名指上戴著一枚閃亮亮的戒指。

「你們結婚了？」我忍不住大喊，余佑寒這時也才注意到她的戒指。

表姊雙頰緋紅，「這不是結婚的意思。」

「也算是呀。」沒想到秋老師迅速回道，我和余佑寒不禁驚呼，表姊則詫異地看著秋老師。

「不會吧？不然妳以爲那是什麼意思？」秋老師滿臉不可置信地對表姊說。

「我、我沒想太多。」表姊眼眶泛淚。

喔喔喔，這一幕多麼讓人感動啊！我也快要掉眼淚了。

「你們準備什麼時候告訴我爸媽和其他親戚呢？」沒情調的余佑寒出聲打斷這感動的氣氛。

表姊和秋老師互看一眼，秋老師坐正身體，「就是最近了，其實在小貓畢業那一年我就打算要說，但……」秋老師看了表姊一眼，等著她接話。

「我覺得如果那時候說了，說不定姑姑他們就會堅持要我搬回家住，可是有秋老師在的地方，才是我的家。」表姊解釋。

余佑寒難掩低落，「你們的歲數相差有一輪了吧？」

「十歲，但年齡不該是愛情的限制，」表姊露出一個非常幸福的溫暖微笑，她看著秋老師說：「我愛他，他也愛我，這才是最重要的。」

我深深被眼前的畫面所撼動，他們的愛情清晰到連我都能感受得到，原來愛情真的可以透過眼神無聲傳遞。相愛的兩個人，不需要在眾人面前刻意曬恩愛、不需要時時刻刻把愛掛在嘴上、不需要經由頻繁的肢體接觸來表示。

愛情，是純粹得可以用一個細微的眼神、一句不著痕跡的問候來傳達。

漫步在河堤邊，抬頭仰望天空，星光閃閃，我拉了拉一直陷在沉思裡的余佑寒，指著夜空說：「你不是觀星社的嗎？跟我介紹一下天上的星星吧。」

余佑寒正要開口，卻像是想到什麼似地愣了下，隨即又笑了起來。

「怎麼了？」我不解地問。

「我想到以前，表姊也很喜歡跟我聊起星星，就是因爲這樣我才對星星開始有了那麼點興趣，但現在才知道，她是受了秋老師的影響。」余佑寒回想。

「他們很相愛呢。」我說。

「我啊，一直覺得表姊像隻野貓。」余佑寒淡淡地說：「她輾轉寄住在不同的親戚家，雖然大家都把她當家人一樣看待，但她總是散發一種疏離感。」

我歪頭看著他，「但我覺得她看起來很親切呀。」

「也許她內心終究有一個空洞存在，那是我們無法填滿的，而秋老師卻正巧填滿了她的心。」余佑寒微笑，「還是有些不甘心呀，我們也很愛她，她卻說有秋老師的地方才有家的感覺。」

「表姊過得好，你不開心嗎？」

「當然開心，她找到能夠相伴一生的對象，我當然爲她開心。」余佑寒笑了。

我握住余佑寒的手，「我也找到能夠相伴一生的對象啦。」

他一愣，「這是求婚嗎？」

「反正我是鬼針草嘛！」我放開他的手，改勾住他的手臂。

「那就是我想的那樣囉。」他的聲音輕柔得化作一陣溫暖的晚風，吹拂在我的四周。

「你知道嗎？我在想，如果你父母當時非常反對你讀這間高中、如果表姊沒有把房子借你住，那我們就不會相遇了。」光是想像，我就覺得好可怕。

余佑寒停下腳步，捏了捏我的臉頰。

「好痛喔！」我拍開他的手，卻捕捉到在月光下閃閃發亮的他的眼神。

他彎下腰，寵愛地摸了摸我的頭，頓時我覺得好想哭，只要有一個契機不符合，那現在余佑寒就不會站在我面前。

我緊緊抱著他，感謝這不可思議的緣分。

這樣的心情是愛嗎？才十七歲的我們，眞的會懂什麼是愛嗎？

想要在一起、想爲對方付出、時時刻刻都想著他，這樣的心情就叫愛嗎？我不認爲愛是這麼簡單的感情。既然不明白愛的定義，那我也就不會輕易說愛，對現階段的我們來說，喜歡便已經足夠。

等到時間再久一點、等到我們年紀都大一點、等我有能力自己生活、等余佑寒和我見識過這個世界更多地方以後，若我們依然選擇牽起彼此的手，依然信任彼此的愛情，並為對方綻開一如當初的微笑，我想，這才是愛情。

到了那個時候，我也能像表姊一樣，抬頭挺胸無所畏懼地說：「我很愛他。」

第十二章

每一次喜歡上一個人都是新的開始。

隨著球技大賽的來到，我依然跟去年一樣直到當天才發覺自己選了排球這個項目，其實我根本不會打，李蔓蒂要我當候補，反正排球有她跟周芷蕎就夠了。

籃球比賽這次一樣靠著林叡進攻、余佑寒輔助的戰術拿到第二名，但中間發生了一個小插曲，就是在最後五分鐘時，林叡因爲腳抽筋無法上場，他氣惱地坐在體育場角落生悶氣。

我看著李蔓蒂和周芷蕎，用眼神暗示她們應該要有所動作，我一直認爲在愛情方面，李蔓蒂比周芷蕎更勇敢，因爲她都敢厚著臉皮調查帥哥們的基本資料了。

沒想到我卻失算了，當林叡獨自坐在體育館角落，顯得無比孤寂的時候，走向他的人不是李蔓蒂，而是周芷蕎。

周芷蕎遞給他一瓶水，林叡抬頭看了周芷蕎一眼，扯出一抹苦笑，接過水瓶，大口喝去一半，接著周芷蕎便坐到他旁邊。

李蔓蒂鏡片後的雙眼流露出哀傷，她轉過頭繼續看向籃球場，即便場上已經沒了她想看的身影。

我早已擺明立場要保持中立，所以沒有多說什麼，雖然看著他們三人的互動，有時心裡會冒出很多話想說，但我會忍住，我最討厭旁人亂出意見了！

但我實在是心癢難耐，好想問問她們的暗戀進行到什麼程度，每天都在天人交戰著要不要開口，直到某天，發生了一個重大轉折。

期中考過後，周芷蕎難得拿到不錯的成績，她開心地說她爸爸答應送她一個很棒的禮物。

「是什麼東西？」我問。

「遊戲機嗎？」余佑寒在一旁亂搭腔。

「不是遊戲機。」周芷蕎低著頭，「我今天回家帶出來給你們看，我們約在河堤碰面好不好？」

「我可以啊，基本上我也可以待在我的房間，然後你們在河堤展示給我看就好，反正我房間也看得到河堤。」余佑寒顯得意興闌珊。

「有誠意點！」我用手肘撞他肚子斥責道。

「好啦好啦，約在河堤，好痛喔，矮冬冬。」余佑寒揉著肚子。

「那……林叡你要不要回家帶QQ出來？順便可以散步。」周芷蕎提議。

「好主意。」林叡點頭。

李蔓蒂從頭到尾一句話也沒說。

放學後，周芷蕎和林叡先回家一趟，我和余佑寒、李蔓蒂三人直接往河堤走去。李蔓蒂一路上有些安靜，我努力講冷笑話逗她開心，但最後捧場大笑的只有余佑寒。

在河堤等了幾分鐘後，林叡帶著QQ來到河堤，牠烏溜溜的眼睛超級可愛，我二話不說抱緊處理，因為高一照顧過QQ兩次，所以牠還記得我，對我猛搖尾巴。

「可以放開QQ了吧！」林叡嫉妒我和QQ感情太好。

余佑寒也蹲下來撫摸QQ，只有李蔓蒂站在一旁沒有動作。我在心裡搖頭，主動開口說：「蔓蒂，要不要也過來摸摸？」

「我、我可以摸嗎？」李蔓蒂扭捏著。

「當然可以，過來吧。」林叡往旁邊挪了個空位，李蔓蒂終於笑開臉，也靠過來。

我對余佑寒使眼色，坐到一旁的長椅上，讓林叡和李蔓蒂兩人蹲在草地上和QQ玩耍。

「妳打什麼主意我很清楚，所以妳是幫李蔓蒂的？」余佑寒小聲說著。

「也沒有幫誰，兩個都是我的朋友，我保持中立。」還是要看她們自己的努力，雖然愛情不是努力就可以獲得，但不努力一定什麼也沒有。

過了十分鐘後，周芷蕎匆匆忙忙跑過來，懷中抱著一團黑色物體，直到她跑近，我才看清楚她懷中抱著的是一隻黑色貴賓狗。

「這就是我爸爸送我的禮物。」周芷蕎因爲奔跑而雙頰紅潤，蕩漾著笑意的臉非常可愛，她將懷中的黑色貴賓狗放到草地上。

「妳爸爸買一隻狗給妳？」我大驚，怎樣也沒想到禮物會是這個。

「這是領養來的，認識的人家裡生了小狗。」周芷蕎臉漲得通紅，「QQ也是貴賓。」

林叡蹲下來摸著周芷蕎的狗，QQ也靠過去聞聞黑貴賓的屁股，「很可愛啊，看來QQ也喜歡牠呢！QQ，要當人家的好朋友喔。」

「哇塞，林叡，你不想再隱瞞你是狗痴了嗎？」我故意吐槽，林叡狠瞪我，要我閉嘴。

我吐了吐舌頭，余佑寒則搖頭微笑。

「那個……因爲我是第一次養狗，所以如果有不懂的地方，可以問你嗎？」周芷蕎怯怯地說著。我這時候才發現，李蔓蒂不知道何時已經起身，站到一旁了。

「當然可以。」林叡依舊蹲在地上和兩隻狗玩。

「那……偶爾你要帶QQ散步的時候，也可以約我一起，對了，牠叫做端端。」

林叡大笑起來，「QQ和端端嗎？名字好像一對呢，都很有彈性的感覺。沒問題啊，下次就一起散步吧。」

周芷蕎成功約到了林叡，而李蔓蒂只是站在旁邊，一句話也沒說。

太陽西斜，林叡和周芷蕎抱著狗，兩人揮手跟我們說再見。

余佑寒看著我好一會兒，最後拍拍我的肩膀，要我加油，然後過了馬路逕自回家。

我則是跟在李蔓蒂身後走著，她的背影被橘紅的夕陽拉得好長，在一片廣大的草地中，彷彿世界只剩她一個人般孤獨。

每一段愛情裡難免會有人傷心，周芷蕎養狗的原因顯而易見，但不論她的動機是什麼，她的確也疼愛小狗。

「蔓蒂，妳就不會想要多跟林叡有交集嗎？」我輕聲問。

「我當然想，但我要怎麼做？」李蔓蒂轉過身來，緊咬下唇，「我在他面前連呼吸都很困難，每一次和他說話我都要擔心這一句說得好不好？我的話有不有趣？光想著這些就讓我無法好好跟他說話了。」

「但妳還是要努力啊，我不喜歡看見妳一個人站在旁邊，好像很可憐一樣，妳根本不需要退開，就繼續加入他們的話題不就好了嗎?爲什麼要隔開自己?」我希望她能夠更積極點。

「妳不懂!余佑寒一開始就喜歡妳，被喜歡的人幸福多了。」李蔓蒂掉下一滴眼淚。

「爲什麼妳要說得好像是我的錯一樣……先喜歡對方或是被喜歡上，這都不是我們能決定的啊，我們唯一能決定的，就是往前走不是嗎?」我扭著書包背帶，覺得很難過。

「我不是那個意思……」李蔓蒂拿下眼鏡，擦了擦眼淚後轉過身，「抱歉，我要先回家了。」

「蔓蒂。」我出聲喚她。

「我現在開口一定都是很惹人厭的話，眞的很抱歉。」說完她就往前跑去。

李蔓蒂才跑開一分鐘，我的手機就響了起來。

我揉揉含淚的雙眼，接起電話，余佑寒的聲音在話筒響起，我抬頭往他住的那棟大廈看去，果然看見他就在窗邊對我招手。

「不要在意，還有我在。」雖然余佑寒沒有聽到我剛剛和李蔓蒂的對話，但現下這句話就足夠了。

「我知道。」我給他一個微笑，雖然知道他看不清楚我的表情。

連續幾天下來，周芷蕎三不五時就會冒出一堆關於養狗的問題去請教林叡，狗痴林叡當然也樂於解答，放學後，他們也變得很常約在一起帶狗散步。

我並不覺得周芷蕎這樣子有錯，爲自己的愛情努力是理所當然的，如果連站上舞台與人競爭的勇氣都沒有，又怎麼能奢求冠軍獎杯落到自己手裡呢？

但是看著李蔓蒂一個人坐在座位上的孤單背影，我實在很難把她和高一那個帶著我穿越學姊人牆偷窺常大爲的女孩聯想在一起。

愛情果然會讓人變得軟弱，變得不像自己，變得沒有自信。

人家都說，要讓喜歡的人看見自己眞實的一面，問題是，如果我們連在對方面前好好講話都沒有辦法，又要怎麼讓對方看見自己的眞實面貌呢？

我瞥了余佑寒一眼，爲什麼我和他就進展得很順利，順利到不可思議？

難道眞的是因爲他先喜歡上我的關係？

還是就如同我最一開始的猜想，余佑寒根本沒有很喜歡我，所以他才能這麼自然？

可是……他的確很喜歡我啊，還是因爲余佑寒的神經細胞異於常人？

「我看妳的臉就知道妳又在亂想了。」余佑寒瞇著眼彈了我的額頭一記。

「唉唷，我只是在想，你是不是沒有很喜歡我？」我扁嘴問。

「啊？妳哪來這種幻想？」

「因爲，你看啊，蔓蒂明明原本很大方，連拍你的照片都一副很理所當然的樣子，可是一面對林叡卻什麼也不敢做。」我小聲說著。

「因爲她喜歡他啊。」余佑寒揚眉。

我彈了一記響指，「沒錯！可是你對我就從來不會這樣，你一直都表現得很從容不迫，所以你其實沒有很喜歡我對不對！」

「我眞是敗給妳了。」余佑寒拍了拍額頭，「妳有時間想那些有的沒的，不如想想期末考吧。」然後他又彈了我一記額頭。

「哼，反正你就是不喜歡我啦！」我略略提高音量。

「不是說過好多遍，我很喜歡妳啊。」余佑寒一點也不害臊。

「老師！有人公然放閃！」班上同學突然大叫。

「警察！警察！快把他們抓出去！」另外幾個人也起鬨。

「別鬧了，下節是體育課，先去操場吧。」余佑寒一聲吆喝，班上的男生也隨他起舞，一群人跑出教室。

周芷蕎拿起水壺，問了李蔓蒂和我，「那我們要不要也先去操場？」

「好啊，走吧。」我應聲，李蔓蒂也站起來。

我們還是三個人走在一起，李蔓蒂會說話、周芷蕎也會說話，只是她們兩個之間很少「對話」。

啊啊，眞是有點尷尬呢。

來到操場後，余佑寒他們已經在籃球場上跑跑跳跳，女孩們一如往常坐在旁邊聊天打混，少數幾個比較認眞的人才會練習其他球類。

以往打混的多半只有我一個，李蔓蒂和周芷蕎都會去打排球，她們兩個的默契非常好，沒想到默契好到喜歡上同一個人。

今天她們沒有一起打球，一個跑去玩女子籃球，一個則和別人組隊打羽球。

我走到籃球場旁邊看著余佑寒打籃球，雖然不太懂籃球規則，但從大家都會把球傳給余佑寒這點，就覺得他一定很厲害，我的男朋友是全世界最帥的！

噢，我剛剛的發言好像笨蛋情侶喔。

「林叡！接球！」忽然傳來一聲大吼，原本還在防守另一個人的林叡反應不及，伸出的手來不及擋住飛來的籃球，就這樣狠狠砸到他臉上。

林叡暫時沒辦法再上場打球，他坐在我身邊捏著鼻子以防鼻血再次流出。

「傷兵，上次球技大賽也受傷。」我忍不住調侃他。

「囉嗦。」他捏著鼻子的聲音有些滑稽。

我看著眼前活躍在球場上的余佑寒，又看了眼正在女子籃球場的李蔓蒂，她時不時就往這邊看來，而在另一邊打羽球的周芷蕎同樣也偶爾會與我對上眼。

「欸，林叡。」

「什麼？」

「我現在可沒力氣跟妳吵架。」他懶洋洋地擺擺手。

「我沒有要吵架，我想問你一個問題。」我正色道。

我們之間難得出現這種認真的對話，林叡稍稍坐正身體。

「你有沒有女朋友？不對，你一定沒有女朋友。」

「欸，這句話是什麼意思？」

「你有喜歡的人嗎？」

他聳聳肩，看樣子是沒有。

「那我問你喔，我假設而已，如果像是李蔓蒂和周芷蕎那樣的女生，你喜歡哪一種類型？」

「什麼？」林叡張大眼睛。

「我就問問而已。」我學他聳肩。

「矮冬冬，妳知道嗎，妳非常不適合打探別人的祕密。」林叡哼了聲。

「爲什麼？」有、有很明顯嗎？

「我沒有喜歡的人，李蔓蒂和周芷蕎對我來說都是朋友，就這樣。」一向不太正經的林叡，此時他的側臉卻難得流露出些許剛硬。

我有些喪氣，「那誰比較有機會一點？」

「關妳什麼事啊，幹麼管這些呢？」他好笑地看著我，「況且如果我眞的喜歡她們其中一個，也該讓對方第一個知道，而不是告訴妳這個旁觀者吧。」

「你講得沒錯，那不然你告訴我你喜歡的類型吧。」我側著頭。

「妳還眞是學不乖，到底有沒有聽懂我剛剛的意思？」林叡無奈地笑。

我用力點頭，「當然有，但我現在又不是問你喜歡誰，我是問你喜歡什麼類型，說出來讓我參考一下。」

林叡眼神游移了一陣，目光忽然落在我的臉上，伸出食指比著我。

我狐疑了一下，甚至還轉過頭看看是不是我身後站著誰，然後才發現林叡指的人眞的是我。

「我？」我大叫。

「妳可別亂想，我只是想說，比起李蔓蒂和周芷蕎那樣小心翼翼地和我相處，我更喜歡會和我吵架的女生。」林叡定定地盯著我。

「蔓蒂她們兩個也很會鬥嘴啊，那是因爲她們太喜歡你，所以才失去自我吧。」我替她們說話。

林叡對我略略翻了個白眼，「妳眞的是藏不住祕密，怎麼就把好朋友喜歡我的事情跟我說了呢？」

啊，聊得太順了，不自覺就說出來了。

「反正你也知道，不是嗎？」我故作鎮定。

我們兩個再一次陷入沉默，籃球場上傳來運球的聲響，林叡放開手，不再捏著鼻子，突然喚了我一聲。

「怎麼了？」

「告訴妳一件好事情吧。」

「好事情？」

「雖然我說喜歡妳這樣的類型，但我並沒有把妳當作戀愛對象，應該說，全班的男生都沒有把妳當作戀愛對象。」

「是喔！謝謝你喔！」這聽起來也太讓人生氣了吧，我到底是多沒有魅力啊。

林叡笑了起來，「不過，不是我們不把妳當作戀愛對象，而是我們『不能』把妳當作戀愛對象。」

「什麼意思？」爲什麼不能？

他故作神祕地用下巴往籃球場的方向指了指，余佑寒正看向我們這邊，不過下一秒又接過別人傳來的籃球，往籃框急馳而去。

「佑寒在高一剛開學時，他警告過我們班男生，要大家別對妳動歪腦筋。我那時候想，搞什麼啊，誰會喜歡那個矮冬瓜，不過……咳，我的意思就是，他私底下其實做了很多小動作，妳眞的以爲妳都沒男孩子緣嗎？其實是他擋掉了不少，這也就是爲什麼他樂於擔任班長的原因之一，這樣他才能更快掌握別班有沒有人對妳有意思。」

我簡直不敢相信自己的耳朵，那個看來游刃有餘的余佑寒，居然會爲我做這種小家子氣的事情？

「所以別再覺得他不夠喜歡妳了，那傢伙是眞的很喜歡妳，爲了在妳面前耍帥，他可是拚了命在裝酷，假裝從容不迫。」林叡又笑了幾聲。

「爲什麼要告訴我這些？」

「沒爲什麼。」林叡聳肩。

「好吧，林叡你眞是個好人，稍微可以理解爲什麼蔓蒂她們會喜歡你了。」我拍拍他的肩膀。

「還眞是謝謝妳的理解。」林叡站起身，往球場跑去。

李蔓蒂、周芷蕎和林叡的三角關係還懸而未決，寒假已先來到，我買了一大堆巧克力材料回家，準備在情人節那天親手做一個超級豪華的巧克力送給余佑寒。

當然我也打了電話邀請李蔓蒂和周芷蕎一起來我家製作巧克力，姑且不論她們尷尬不尷尬，喜歡一個人的心情總是難能可貴的。

好在我這兩位朋友都很理智，沒有說出什麼「她去我就不去」這種幼稚的言論。

「歡迎歡迎，太好了，終於不再是余佑寒了。」當爸爸看見她們兩個來家裡拜訪的時候，情不自禁說出自己的心聲。

「哼！爸爸，我今天就是要做巧克力給余佑寒的！」我把血淋淋的事實告訴他，爸爸一臉驚恐，手摀著心臟對我說：「那應該有爸爸的份吧？主要是做給爸爸的，余佑寒的只是順便做的對吧？」

我搖頭，「主要是要做給余佑寒，爸爸要吃的話我可以把失敗的給你。」

「什、什麼？媽媽啊，妳聽到了嗎？以前都說要嫁給爸爸，現在才幾歲就已經往別人那裡靠了！」爸爸又快要哭了。

「唉唷，爸爸，雖然我是你前世的情人，可是你也不能一直緊抓住我不放啊，我們都分手了，好聚好散。」說完我扭頭就往廚房走去，留爸爸一個人在客廳上演悲情戲碼。

看見我和爸爸這樣的互動，李蔓蒂和周芷蕎都笑了，她們模仿著我和爸爸的對話，笑得不亦樂乎。

我有些訝異地看著她們兩個，也許是我的神情讓她們意會到彼此居然又開始說話了，瞬間氣氛又變得有些尷尬。

李蔓蒂不自在地走到我旁邊，拿起鐵鍋裝了水放到電磁爐上。

周芷蕎則把頭髮綁起來，扯出一個微笑走到另一邊，將巧克力一塊塊切碎。

「反正做巧克力的時候也很無聊，我們聊聊天吧！」我決定直接把話挑明，「我問過林叡，他說妳們兩個他誰也不喜歡，與其小心翼翼地迎合他，他更喜歡我這種會跟他鬥嘴的女生。」

「什麼？他說他喜歡妳？」周芷蕎停下手邊的動作，神情激動。

「妳已經有余佑寒了！」李蔓蒂大喊。

「冷靜點OK？他是說，他喜歡會跟他吵架的女生，所以說妳們兩個在這邊尷尬也沒有用啊，與其讓我夾在中間也尷尬，不如大家一起加油，商量對策該怎麼攻陷林叡，對，我們應該先站在同一陣線，排除異己，等林叡身邊再也沒有人敢對他有興趣後，妳們兩個再來捉對廝殺，怎麼樣？」我提議。

「妳在講什麼啊？有什麼異己？」李蔓蒂皺起眉毛。

我把林叡之前告訴我，余佑寒為我向全班男生放話的事情講了一遍，當然我誇大了不少，把余佑寒講得沒我就會死一樣，但知道余佑寒曾經為我做出這樣幼稚的事情後，我就是很開心呀。

「看不出來班長會這樣。」周芷蕎嘖嘖稱奇。

「我倒覺得一點也不意外。」李蔓蒂說，「既然這樣，我想講一下自己的感覺。」

「妳說吧。」周芷蕎將切好的巧克力塊放到隔水加熱中的鍋裡融化。

「我討厭妳用狗來吸引林叡的注意，但同時我也羨慕妳找到和他的共同話題。我曾經覺得妳很卑鄙，但我也知道，這麼小氣的自己才是最卑鄙的，什麼也沒做的我，沒有資格去說妳。所以我現在決定，就算會害怕，也要努力勇往直前。」李蔓蒂一鼓作氣說完。

周芷蕎掛起笑容，「好呀！」

喔喔喔，我覺得好感動喔，這樣的場面讓我莫名熱血。

李蔓蒂也因為一吐為快，感覺輕鬆了不少，接著我們一邊聊天，手也沒有閒下來，融化了不少巧克力塊，那濃稠的液狀巧克力聞起來好香，我偷偷拿了爸爸的白蘭地加一點點進去，香氣更顯濃郁，順便再加了一點牛奶。

「我買了很多模組，還有禮物盒，妳們就盡量拿去用吧。」將一整排道具攤開，她們滿臉不可置信地看著我準備齊全的東西。

「材料費一起出啦。」李蔓蒂拿起一個紅色緞帶。

「沒關係呀，反正我都買了。」我擺擺手。

「我們要送給自己喜歡的人，當然要自己出錢。」周芷蕎拿了另一條紫色緞帶。

「說的也是，那到時候再來算，先說了，那像是星空的藍色包裝盒是我的喔。」我叮嚀。

「知道啦，沒人會跟妳搶。」李蔓蒂格格笑著。

「但我會跟妳搶喔。」周芷蕎看著李蔓蒂。

「嗯，好啊，那就看誰可以搶到。」李蔓蒂正面回應。

「這就對啦！誰說只有男人可以坐下來好好談，我們也可以呀，公平競爭聽起來多好啊。」我勾住她們兩個的手，眞是太好了，總算能讓我們不那麼尷尬了。

「不過妳們兩個眞的好好笑喔，決定權是在林叡身上，妳們兩個自己生氣有什麼用……」我邊說邊笑，卻接收到她們兩個投來的冰冷眼神。

「以爲自己先交了男朋友就可以對我們說教？」李蔓蒂撥掉我的手。

「也不想想相比之下，妳還是初戀，我們可都交過一兩個了……」周芷蕎也往前走一步，讓我的手滑下來。

「對啦對啦，交過一兩個了還那麼蠢蠢笨笨的，還不是緊張到連話都說不好。」我氣呼呼地回，我在幫妳們打氣耶，居然這樣對我！

「沒辦法呀，每一次喜歡上一個人都是新的開始。」李蔓蒂聳肩，她的鼻尖上沾了點巧克力。

「妳該不會要說什麼『每一段戀情都是初戀』這種話吧？」周芷蕎瞇起眼睛不懷好意。

「我才沒那樣說。」李蔓蒂反駁。

「不要再跟我提初戀了！這樣會讓我想到我不是余佑寒的初戀！」可惡，我又覺得生氣了！

「是不是初戀都沒有差別，少幼稚了。」周芷蕎對我嗤之以鼻。

「是啊，光是余佑寒喜歡妳這一點，妳就該感謝天感謝地感謝佛祖了。」李蔓蒂冷笑。

喂喂喂，講得我好像很差一樣，不過換個角度想，要是今天我是她們其中一個，然後喜歡上不喜歡自己的人，那該怎麼辦？

吼唷，光是想像就覺得心刺痛了起來，在此我衷心佩服世界上每一個爲了愛情勇往直前的女人們。

我們總共做了好幾種不同口味的巧克力，有的裡面放夏威夷豆，有的加了白蘭地，有的則放了一些杏仁果，我自認做得不比店家差。

將巧克力放進冰箱讓它凝固後，我們開始準備包裝，雖然我們每個人的巧克力材料相同，不過做出來的形狀卻不一樣。

我弄了一個超大愛心形狀的巧克力，裡面加了白蘭地，大小剛好可以放進我準備的藍色盒子裡，空隙處還塞了幾顆放有夏威夷豆的圓形巧克力，最後再蓋上盒子，綁上緞帶。

李蔓蒂做的幾乎都是方形巧克力，上面灑滿杏仁果，她把巧克力整齊地裝在紫色禮物盒裡。周芷薔則是做了一堆愛心形狀小巧的巧克力，用紅色禮物盒包裝，我笑她說那是一堆火熱的紅心。

情人節那天學校還在放寒假，以前我總覺得這樣實在是太無趣了，沒辦法在學校看見女生送男生巧克力的害羞模樣，現在我卻好感謝在情人節那天放假，不然要是看到有人送巧克力給余佑寒，我一定會氣死。

我和余佑寒約了情人節當天見面，李蔓蒂她們兩個要自己去約林叡，我故意說了別想在情人節當天搞什麼大家一起見面、一起送巧克力，別將我和余佑寒也拖下水。

「怎麼這樣！」李蔓蒂馬上扁嘴，看樣子她原本還眞打算在情人節當天用朋友聚會的名義把大家約出來。

我看周芷薔沒有說話，所以頂了李蔓蒂一把，「妳看，芷薔應該是打算自己約林叡，妳要加油啦。」

「我會約他喔。」周芷薔看著手中的禮物盒，眼睛閃閃發光，「說不定我還會向他告白。」

李蔓蒂倒抽一口氣，「妳打算偷跑？」

「這哪是偷跑，我已經先講了。」周芷薔將巧克力放進包包裡，「而且妳剛也說了要努力，如果我不加油，那林叡可能就會喜歡上別人啊。」

李蔓蒂咬著下唇，握緊雙拳後說：「我知道了，我也會約他。」

周芷蕎點點頭，「那我要先回家了，今天眞的很謝謝妳，矮冬冬。」

她離開以後，爸爸進來要了兩塊巧克力吃，我請爸爸順便幫我收拾一下廚房，然後推著李蔓蒂來到我房間，她看起來鬱鬱寡歡，但明明已經決定要努力，怎麼又這麼頹靡？

我問了她原因，一開始李蔓蒂不肯說，但我威脅要是她不說，巧克力就不讓她帶回去。

「我不想說這樣的話，會讓我覺得自己很沒用。」李蔓蒂悶悶地說。

「妳悶在心裡事情也不會解決。」我催促她，「反正妳自己也想不出解決的方法，不如說出來我們一起討論。」

李蔓蒂抿抿唇，拿下眼鏡看向我，這是我第一次這麼仔細看她的五官，雖然是單眼皮，但是她的眼睛不算小，除了淡淡的黑眼圈以外，她的皮膚其實很好。

「周芷蕎很漂亮對吧。」她低聲說道。

我一愣，馬上意會到李蔓蒂在意些什麼。

周芷蕎長得像洋娃娃一樣，精緻的五官，白皙的肌膚，明亮的大眼睛，要是這樣的女生喜歡上余佑寒，我一定也會吐血身亡吧。

「可是外表又不代表什麼……」這句話我自己講得都心虛了，畢竟我們兩個曾經是花痴，還想創立常大爲粉絲俱樂部，由這樣的我來講這句話也太沒說服力。

李蔓蒂苦笑一下，我的話根本無法安慰到她。

我呼了口長長的氣，李蔓蒂這樣的女生，安慰她根本沒用，她需要的是被實話狠狠打醒。

「妳一直想著跟芷蕎比外表，根本就是自找麻煩，而且妳覺得林叡眞的會這麼膚淺，會因為外表而喜歡上對方嗎？」我捏了捏李蔓蒂的臉，「那如果今天芷蕎真的和林叡在一起，難道全都歸功於她的外表而不是因為她的努力？也許外表確實會在一開始博得眾人的注意，可是那又不是一切，如果真的外表至上，那妳為什麼不去喜歡帥哥大全裡的其他人，而偏偏要去喜歡林叡？」

「林叡也很帥呀。」李蔓蒂插話，我擺擺手，那是因為妳喜歡他啊！

「總之，不如去想想妳有什麼吸引人的特質，然後展現出來給林叡看。」我用力拍拍李蔓蒂的肩膀，要她加油。

「呵呵。」

忽然響起一陣女人的笑聲，我和李蔓蒂嚇了一大跳，房間裡就我和她兩個人啊，哪來的女人笑聲？

下一秒，虛掩的房門忽然被推開，媽媽臉上掛著微笑，手裡端著兩杯柳橙汁。

「這是我現榨的果汁，剛剛我不是故意偷聽，是不小心聽到的。」笑臉迎人的媽媽把飲料放到小桌子上，坐在一旁看著李蔓蒂。

「阿姨好。」李蔓蒂有些尷尬地戴上眼鏡。

「呃……那個，媽媽，可以囉，我們現在正在討論少女話題，出去以後順便幫我把門關上。」我比了比門口，但媽媽完全不理會我，依舊看著李蔓蒂。

「妳叫蔓蒂是吧？我覺得妳長得很漂亮，先別急著否定我的話，或是否定妳自己。」媽媽溫柔的聲音像是撫平了李蔓蒂的不安，「大家對美的定義都不同，如果執著在『她比我漂亮』這種事情上，就太無聊了。」

我用力點頭表示同意。

「如果妳現在對於自己的外表感到自卑，那就是在自信上輸了。其實，有自信、有笑容、心地善良的女人才是最美的，十年過後，當妳忽然回想起十七歲的自己，一定會覺得自己很傻，只懂得用外表去評斷一切，卻忘記帶著笑容去接近自己喜歡的對象。」媽媽語調溫柔。

喔，媽媽，妳這樣也是打到我的臉耶，我也一直很喜歡帥哥。

不過我依然頻頻點頭表示贊同，帥哥固然重要，但是那一份喜歡的心情，還有對方的人品更是比帥不帥重要好幾千倍。

「青春帶著遺憾雖然很美，這些遺憾的確也可以爲我們帶來人生的經驗，讓我們以後不再畏懼、勇往直前，不過我還是希望妳們的青春不要留下遺憾。」

今天的媽媽講話好有智慧，我很少會認眞跟媽媽談論這樣的事情，聽完這些話，李蔓蒂一邊流下眼淚，一邊點頭跟媽媽說謝謝。

這種感覺好奇怪唷，我的媽媽變得好像張老師，搞得我也有點尷尬。

總之結果皆大歡喜就好，媽媽不愧是媽媽，三言兩語就讓李蔓蒂決定勇敢一點。

第十三章

前女友真是世界上最討厭的物種！

情人節當天，余佑寒和我約好一起去看電影、喝咖啡，我看了雜誌上的介紹，建議女生第一次約會要穿裙子，可是當我穿上輕飄飄的森林系風格裙裝後，卻又看到另一本雜誌說第一次約會要穿褲子比較安全，我還在猶豫到底該相信哪一本雜誌時，忽然驚覺到一件非常重要的事情。

我和余佑寒交往到現在也快一年了，這居然是我們第一次約會！

雖然我們不是沒有在假日一起出去過，可是那都不能算是約會，有時候在河堤邊發呆，有時候去他家發呆，有時候在我家發呆，奇怪了我們怎麼一直在發呆？

應該要說，我認定的約會就像是漫畫、偶像劇一樣，會去遊樂園、看電影、水族館、兩天一夜小旅行等，我和余佑寒那種只是在家裡附近逛逛走走的，能稱得上是約會嗎？

我反覆思考這個問題，走向公車站牌時，又想到另一個問題：余佑寒和前女友以前都會去哪裡約會呢？

要是我們去的地方是他和前女友去過的，那我不就會氣死？

越想越生氣，前女友真是世界上最討厭的物種！

我們約在某捷運站二號出口碰面，余佑寒站在閘門邊，他上半身倚靠著牆壁，手裡玩著手機，穿著黑色長褲與鐵灰色軍靴，上衣則是簡單的襯衫，頭髮似乎還稍微抓過，看起來亂帥一把的。

余佑寒笑起來很好看，不笑的時候也很好看，是兩種不同的感覺。

我這個女朋友居然站在手扶梯這邊看他看傻了，真是蠢死了。正當我邁步準備前去和他會合時，有兩個打扮時髦還踩著高跟鞋的女生居然朝他走過去！

我內心的警報立刻響起，穿成這樣的人絕對不可能是去問路的，而且現在手機這麼方便，查手機就好了還問什麼路？這兩個狐狸精鐵定是要去搭訕的！

就在她們正要向余佑寒搭話的瞬間，我立刻飛也似地宛如瞬間移動般，快速站到她們和余佑寒中間。

「呃……」她們嚇了一跳，我則瞪著她們。

「矮冬冬，妳來啦。」余佑寒不知道是真的沒發現那兩個女生要向他搭訕，還是故意假裝沒發現，總之他自然而然地把手搭在我肩上，「妳再慢個五分鐘就遲到了。」

「哼，我算得剛剛好。」我又瞪了那兩個女生一眼，才和余佑寒一起走出閘門。

要是我再晚一點點到，余佑寒就會被剛才那兩個女生搭訕了，有沒有搞錯啊！居然想搭訕我的男朋友！

這一刻，我還真希望余佑寒是個醜八怪，這樣子就不會有莫名其妙的女人來倒貼他了！

走著走著，余佑寒忽然笑了起來，我問他幹什麼，他滿面春風地說：「我只是覺得妳很可愛，大老遠就氣得牙癢癢地衝過來。」

我先是一愣，才打他一記，「所以你有發現那兩個女生要跟你搭訕？」

他一臉理所當然，「在妳來之前已經有兩組跟我搭過話了。」

蝦米啊！還以爲阻止了狐狸精，沒想到還有九尾狐！

我用力捏了他一下，但因爲冬天衣服穿得多，所以其實並沒有捏到他的肉，但余佑寒還是很配合地哀叫了兩聲。

「被搭訕又不是我的錯！」他笑著。

「就是你的錯！長得那麼招搖！你以後都要把臉蒙起來才行！」我眞是快氣死了。

「這是我的問題嗎？」余佑寒好笑地看著我。

我才不理會他呢，反正就是他的錯。

余佑寒路上一面繼續哄我，一面問著今天有沒有巧克力可以拿。我白他一眼，才不跟他說呢。

「中午要吃什麼？」我問他，希望可以去個有情調的餐廳之類，義大利麵好了，我記得小公園附近有間義大利麵餐廳在網路上評價很好。

沒想到余佑寒卻一臉狐疑地看著我說：「妳沒有準備便當嗎？」

便當？我有聽錯嗎？這下換我一臉狐疑了。

余佑寒瞇起眼睛，「妳不是很喜歡什麼事情都比照漫畫辦理嗎？那漫畫裡男女主角出去約會時，女生都會做便當呀，妳怎麼沒有準備呢？」

我張大嘴，啞口無言，可惡！我完全沒有想到，但就算想到了，我也不會做便當，我根本不太會做料理呀！

見我完全說不出話的蠢樣，余佑寒放聲大笑，拍拍我的頭說：「我跟妳開玩笑的，我早就訂好餐廳了。」

討厭！一點也不好笑，反而讓我萌生「女主角失格」的感覺。

我沮喪的表情太過明顯，余佑寒安慰我，「不要這樣啦，不管妳有沒有做便當或送我巧克力，不管妳多任性，我都最喜歡妳。」

「眞的？」我開心地說。

「當然是眞的。」余佑寒答。

「就算我做不好女朋友該做的事情？」

余佑寒皺起眉頭，兩手在我頭上胡亂摸著，弄亂我的頭髮。

「你幹麼啦！」我推開他的手。

「矮冬冬，什麼是女朋友該做的事情呢？」他問我。

我思索一下，細數那些在漫畫或是偶像劇裡常看到的情節，「像是你打球時我要在旁邊遞毛巾和水，還有你難過時我要讓你振作起來，成爲你的依靠，或是大家都不相信你但我一定會相信你，還有我要跟你培養一樣的興趣……」

「停停停！」余佑寒舉起一隻手打斷我。

「我還沒說完。」我扁嘴。

「不用說了，那些都不需要。」余佑寒再度打斷我。

「不需要？」我訝異，「那我該做些什麼？」

余佑寒笑著朝我伸出手，「沒有什麼事情是妳該做的，只要每次我朝妳伸出手的時候，妳都會牽起來就可以了。」

我微微張嘴，臉迅速紅了起來，把自己的手放到他的手中，余佑寒滿意地握緊，並且抓著我的手前後搖晃。

「我跟你說，只要握緊你的手，我就不會輕易放開了。」我先看著交疊的手，再抬起頭看著他。「我一輩子都不會放開了。」

余佑寒格格笑著，「這是求婚嗎？」

「就說了我是鬼針草。」這樣的問答已經重複好幾次了。

「我的矮冬冬眞的是超級可愛，大膽又積極，交往也是妳開口，現在連求婚都是妳呢。」

他的笑容甜得讓我都要融化了，我的心臟快要無法負荷，「我才沒有跟你求婚！」

「眞的沒有嗎？所以妳說一輩子是假的囉？那怎麼辦，我也沒打算放手呢。」他裝可憐。

算了算了，我認了！反正這個混蛋就是想使計讓我說出口，無所謂，只要能讓他待在我身邊，那要我先說出口也沒關係。

「我才不是跟你求婚！」我投進他的懷裡，「……的相反啦！」

余佑寒大笑，緊緊抱住我，「妳眞的好可愛。」

我們現在的模樣一定蠢斃了，在大街上摟摟抱抱的樣子就像一對笨蛋情侶，可是我覺得好開心，此刻我的心中全被他所塡滿，原來世界眞的會因爲一個人而變得不一樣。

「走吧，我帶妳去吃義大利麵。」余佑寒手搭在我肩膀上。

「你怎麼知道我想吃義大利麵？」我驚訝不已，「不會還是小公園附近那一間吧？」

余佑寒意味深長地笑，「看樣子我們很有默契唷。」

哇！這眞是太神奇了！

來到義大利麵店，余佑寒說了訂位名字，服務人員帶領我們來到窗邊的小桌位，紅黃相間的桌布上躺著一株小花，仔細一看，那不就是鬼針草嗎！

義大利麵店怎麼會放鬼針草？我狐疑地看著余佑寒，卻見他一臉笑意，我皺起眉頭問：「這該不會是你安排的吧？」

「我很有心吧，放上專屬妳的花。」余佑寒溫柔地看著我。

「如果我的花是百合或是玫瑰，我會更高興。」我噘起嘴。

「百合代表高雅、玫瑰代表熱情，這兩種都不適合妳。」

李蔓蒂她們也說過類似的話。

「單純的像個孩子，自然的如此率眞，鬼針草才是適合妳的花。」余佑寒的眼睛濃情似水，就算他現在說我像隻豬，我大概也會點頭承認。

而且，我的確更像鬼針草——我是指黏住他的模樣。

餐點送上桌後，嚐了第一口就不禁驚歎連連，正想向余佑寒大讚美味時⋯⋯

「還是跟以前一樣好吃。」余佑寒說，我聽了心底卻升起一抹怪異感，忽然覺得不太舒坦，不僅食不知味，甚至舌尖還嚐到些許苦澀。

一直到最後的附餐飲料送上，我都還是悶悶不樂，余佑寒才問我怎麼了。

「你以前來過這裡嗎？」我故作漫不經心地問。

余佑寒點頭，而我覺得呼吸有些困難。

「該不會是和前女友……」

他先是一愣，然後點點頭，「對呀，我和以前的女友一起來過。」

我不敢置信，居然帶我來他跟前女友一起來過的地方！怎麼可以這樣不尊重我！

「我騙妳的。」

「騙我？到底是怎樣？你跟我說實話，我不會生氣的！」我抓住他的手。

「矮冬冬，我不會帶妳去和前女友去過的地方，再說我國中的生活圈也不在這邊，我和妳去的地方全都是我第一次來的，頂多和我表姊一起來過，像這間店也是我表姊帶我來的。」

不是跟前女友來過的就好。

可是如果只要是他和前女友去過的地方，他都不帶我去，那是不是表示那些地方很特別？不想和前女友的回憶被我取代？那些地方永遠是只屬於他和前女友之間的寶貴祕密基地，是不是這樣？

我咬著下唇，明明剛剛還那麼甜蜜，爲什麼現在我卻覺得好難受？

談戀愛眞的像是犯了神經病，情緒都被他所牽扯，可是我眞的很討厭大吃飛醋的自己，我也討厭受異性歡迎的余佑寒。

「矮冬冬，妳又在亂想什麼了對吧？」

我沒應聲。

「是不是不管聽到什麼樣的答案，妳都會胡思亂想呢？」余佑寒雙手手肘抵在桌上，無奈地看著我，「無上限地吃前女友的醋一開始很可愛，可是久了就會有點煩喔。」

「你、你覺得我煩？」我不敢相信！

「我現在很喜歡妳，最喜歡妳了，為什麼妳就不相信這一點呢？」余佑寒定睛望著我。

「我、我沒有不相信啊。」我小聲地說：「但我就是無法控制自己不去在意你的前女友，如果今天我也有前男友，你不會在意嗎？」

余佑寒思索了一下，「沒發生的事情我不能給妳肯定的答案，但是如果我吃醋也一定不會讓妳知道，以免妳太得意。」

「哼！」我就是想看你吃醋。

「矮冬冬，台灣就這麼一點大，很多熱門景點我都有可能和前女友去過，所以與其一直在意過去，為什麼不專心看著現在就在妳眼前的我呢？」余佑寒有些哀怨。

我思考了好久，直到飲料都快要見底，我才吐出一大口氣說：「抱歉。」

「我不是要妳道歉……」余佑寒制止我，但我也伸出一隻手制止他。

「我是說真的，我一直很在意你的前女友們。老實說，誰不會在意啊，我在意你以前和她們去過哪裡、做過什麼事情、進展到什麼程度、你有多喜歡她們、分手的理由是什麼、現在還有聯絡嗎……我全在意得不得了。我當然知道自己很無聊，也知道在意這些沒有意義，可是我就是在意啊！我太喜歡你了。」一口氣說完後，余佑寒微微張大了嘴巴，餐廳裡的其他人也帶著笑意看向我們，我都忘記這裡是公共場合了！

天呀！我到底又在幹麼了，真想挖個地洞躲起來！

余佑寒低聲竊笑，我咬著下唇憤憤地看著他，他怎麼老是讓我脫序演出。

「矮冬冬……」

「你又要說我眞的好可愛了，對不對？」我說。

「對，妳好可愛，我眞的很喜歡妳。」忽然他的臉頰也微微泛起紅暈，其他人雖然還是看著我們偷笑，但此刻我更在乎余佑寒難得的害羞模樣。

我傻笑了一下，覺得怪不好意思的。

「然後，我要告訴妳一件事，其實我一直都不想講，但到了這時候，還是告訴妳好了，以免妳東想西想自己鬧彆扭。」

很難得余佑寒講話講了這麼一大串都還沒講到重點，我不禁好奇他到底要說什麼這麼難以啓齒，還不自覺地交纏著手指。

「我啊，雖然交過女朋友，雖然沒有要比較的意思，每次談戀愛我都是眞心誠意，每次分手也各有原因，但我要說的是，妳是我第一個主動告白的對象。」余佑寒有點難爲情。

聽到這裡，我開心到差點飛起來，有這句話就夠了。雖然我還是很好奇他和前女友的種種過去，不過算了，沒關係，光這句話就夠了。

我一直想著要和他的前女友們比較，的確很沒有意義，只要現在我看著余佑寒，他的眼睛也倒映出我的身影，那就夠了。

我頓時感到滿心歡喜，所有的不快都消失了，於是我從包包裡拿出精心包裝的巧克力禮盒，有些害羞地看著余佑寒。

「這個，情人節快樂。我先說，這是我第一次做巧克力，但我試吃過，所以不用擔心味道不好，一定要吃完喔。」

當我將巧克力遞到余佑寒面前，不安地抬頭看向他時，卻發現他有些不敢相信地盯著巧克力禮盒看。

「這是什麼?」他問。

「我剛不是說了嗎?巧克力。」剛剛不是還跟我要巧克力嗎?

余佑寒又看了幾眼,甚至揉揉眼睛再次確認自己沒有眼花,才小心翼翼地拿起那個巧克力禮盒,「我可以打開嗎?」

「當然啦,送你的。」

余佑寒慢慢拉開藍色緞帶,拆開包裝紙,看著裡頭的大愛心巧克力,臉上湧起一片燥紅,「妳怎麼做成愛心的形狀?」

「一定要愛心的啊。」我噘嘴,「你在害羞?」

「誰、誰害羞。」他發紅的臉完全出賣了他,我像是發現新大陸一樣,開心不已。

「你臉超級紅!」我樂不可支。

「囉嗦!」他遮住臉,掰下一塊巧克力塞到嘴裡,「有加酒?」

「加了一點點白蘭地。」我對他眨眼。

「嗯,很好吃。」他說,「我沒想到真的會收到巧克力。」

「莫非是第一次收到?」我非常驚訝,而余佑寒點點頭。「真的假的?」

「當然是眞的,我眞的沒想到。」他羞紅著臉,珍惜地看著那盒巧克力,「謝謝妳,我很高興。」

我的媽呀!余佑寒這個表情一定只有我見過,我的嘴咧得越來越開,這麼幸福到底可以不可以啦!

自己幸福，也會希望別人能得到幸福。

現在我身邊最需要幸福的就是李蔓蒂和周芷蕎了，所以我分別問了她們兩個情人節過得怎麼樣，兩個人都輕描淡寫地說：「有送出巧克力。」

我覺得事情不太單純，一定發生了什麼事，可是她們卻不肯說。

一直等到開學一個禮拜過後，我依然問不出個所以然，便決定來次大會談，特地約了她們兩個到對面教學大樓的空中花園吃中飯，想說在吃飯時間交流一定更能敞開心胸。

當我們三個來到空中花園時，竟然碰上了好久不見的夏恒生，他升高三後，就沒再去過美髮社了，我原本想要過去和他打招呼，卻發現他和校花單獨在那裡吃午餐，雖然校花依舊面無表情，夏恒生卻一臉幸福，我左看右看，沒有看見樂宇禾的身影，看樣子最後是夏恒生贏得校花的芳心了。

我本來想過去說聲恭喜，卻又覺得這樣不太好，加上我現在也有重要的事要處理，所以只好等下次遇見他再說了。

我們來到空中花園另一處，找了地方坐下後，便開始吃起便當，我先說了自己和余佑寒共度情人節的經過，順便誇飾一下余佑寒有多喜歡我，接著將話題轉到她們身上，再次追問她們兩人的情人節過得如何。

「妳還眞是不死心呢，是吧？」周芷蕎放下便當，眼睛看著李蔓蒂。

「如果不說，想必她還會一直問，好吧，我也想知道妳的情況。」李蔓蒂回答。

耶，太好了，她們終於要說了！

事情是這樣的，周芷蕎當天依然用小狗當藉口，約林叡一起散步，狗痴如他當然不會拒絕，便帶著QQ來到河堤。

周芷蕎提著裝有巧克力的袋子，一面和林叡聊天，一面等待時機送出巧克力，順利的話，還希望可以一起去哪裡吃個東西之類的。

但林叡卻時不時注意時間，頻頻看手錶的舉動讓周芷蕎感覺很難過，在林叡第十次看向手錶時，他開口說了：「我和李蔓蒂還有約，今天就先散步到這邊吧。」

周芷蕎忍不住暗罵自己笨，應該要約晚一點，才能順理成章地開口約林叡一起吃飯。所以周芷蕎停下腳步，從紙袋拿出綁著紅色緞帶的巧克力禮盒，一臉認眞地交給林叡。

「說眞的，他的表情並沒有多訝異，也許在他答應情人節當天和我一起出來遛狗時，他心裡就已經有底了。」周芷蕎淡淡地說：「然後我跟他告白了，說我喜歡他。」

「他怎麼回答？」我的反應比李蔓蒂還大。

「在他開口前，我就先跑了。」周芷蕎聳聳肩。

「幹麼不聽他回答啊！」我扼腕。

「因爲他一定會拒絕，我爲什麼要聽？只要他拒絕了，不就一點可能都沒有了嗎？」周芷蕎說。

「嗯……這樣說也沒錯。」畢竟我的戀情順利，還是別多說什麼比較好，「那蔓蒂，妳呢？」

李蔓蒂細嚼慢嚥地吃了口飯，看得我都著急起來，催促她快點吞下去。

「因爲妳的告白，所以林叡若有所思地來到和我約定的地點，我光是看著他，就怎麼都無法表現自然，更別說要和他去哪裡走走什麼的，所以我快速把巧克力交給他，跟妳說的一樣，他並沒有多訝異，只是安靜地看著巧克力，我隨即鼓起勇氣，告訴他『我喜歡你，但不要告訴我你的答案』，然後我跟妳一樣，話一說完轉身就跑。」李蔓蒂看著周芷蕎，兩個女孩除了面露苦笑，都沒再多說什麼。

我內心多少有些同情林叡，在同一天接連被兩個女生告白，而且都是同班同學，想必他心臟應該要爆炸了。

好啦，這下子，雖然兩個人都告白了，卻都不願聽林叡的回答，那是怎樣？

後來周芷蕎說她還有其他事，所以先行離開空中花園，剩下我和李蔓蒂兩個人。

「我剛有件事情沒說。」李蔓蒂忽然開口：「林叡……他應該有喜歡的女生。」

「有嗎？他什麼也沒跟我說啊。」我張大嘴巴。

「妳嘴巴這麼大，他應該不會告訴妳。」可惡，都這種時候了還不忘損我。

「為什麼妳會覺得他有喜歡的女生？他跟妳說的？」林叡都沒和我說，真不夠意思！

李蔓蒂搖頭，「我剛說了，他若有所思地來到跟我約好的地方。」

「但那不是因為芷蕎剛剛才跟他告白嗎？」

「我覺得還有其他原因，因為當他接過我的巧克力時，我聽到他說『真羨慕妳們』。」

「羨慕什麼？」我偏頭思索。

「一開始我也一頭霧水，但他又嘀咕了幾句『很有勇氣』。」李蔓蒂說。

「什麼啊，林叡是被妳們兩個嚇傻了吧。」接連被兩個人告白不嚇到才怪吧？

李蔓蒂擠出一個勉強的微笑，「不是，因為他還說『妳們都還有表達的機會』，他的眼神讓我覺得他雖然人在這裡，心思卻在別的地方。」

這麼撲朔迷離？

「所以我才會說不要聽他的回答，我不是怕他拒絕，比起被拒絕，我更怕聽到他說他有喜歡的人。」李蔓蒂望向遠方。

雖然李蔓蒂說得言之鑿鑿，但我還是覺得很不可思議，那個看起來神經超大條的林叡居然有默默暗戀的對象？

第十四章

你是我一個人的，你的世界只能有我。

三年級的畢業典禮讓我非常期待，因爲那天晚上會施放華麗盛大的煙火。

以前對煙火沒什麼興趣，來這間學校的目的只是想要找帥哥當男朋友，但現在不一樣了，有什麼比跟男朋友一起看煙火還要浪漫的事呢？

看煙火根本已經成爲交往必備行程之一了，不過余佑寒還是說我被漫畫影響太深。

總之，去年沒去看學校的煙火大典，所以今年一定不能錯過，加上三年級一堆帥哥都要畢業了，更是非參加不可。

我告訴余佑寒，要他一起參加三年級畢業典禮，然後晚上一起看煙火，不想人擠人的余佑寒發話，「在我房間不是就能看到煙火了嗎？」

「不一樣啦！」我抓著他的手搖晃，「拜託跟我看拜託拜託我要看煙火我要來學校我要送帥哥學長們離開……」啊！我趕緊住嘴。

余佑寒挑眉，「我就知道你想去看那些學長。」

我嘿嘿笑了兩聲，反正余佑寒一定會答應我。

果不期然，當天余佑寒準時在學校門口等我，三年級的畢業生都在中庭合照，我看見常大爲和秋老師在說話，向春日則是被一群女生包圍合照，但我想找的人是夏恒生，那句恭喜一直還沒跟他說呢。

「妳在找誰？」余佑寒瞇起眼睛，故意這麼問。

「我在找夏恒生，畢竟他是我唯一認識的學長，跟他說聲鵬程萬里不過分吧？」

余佑寒依舊用懷疑的眼神瞅著我，我牽起他的手向他保證，「我最喜歡你了，你乖。」

「還需要妳哄我啊。」余佑寒笑了聲，拍拍我的頭，「跟妳開玩笑的，妳去找他吧，我也去和其他學長姊道別。」

我男朋友真是太大方了！

我在人群裡來回穿梭許久，還沒看到夏恒生的身影，倒是先看到了蕭如筠和張珈瑩。

「學姊！」我對她們揮手。

「送行沒帶花？」沒想到兩個學姊一臉不悅地這麼說，我乾笑兩聲。

「抱歉啦。」只好裝可愛。

「無法原諒。」張珈瑩故意繃著一張臉。

「沒錯，除非……」蕭如筠賊笑，「等我們以後需要髮型模特兒的時候，妳不得拒絕。」

「我盡量，好嗎？」先答應再說，等我高中一畢業就去把頭髮剪短，這樣就用不到我了，哈哈。「兩位漂亮學姊，有看見夏恒生學長嗎？」

「幹麼？妳不會要對他畢業告白吧？」蕭如筠挑眉。

「才不是呢，人家有男朋友了。」我炫耀地指了指不遠處的余佑寒。

「有沒有搞錯，憑妳也可以釣到那種可口的菜？」張珈瑩不敢置信。

學姊！這樣很沒禮貌欸！不過沒關係，妳們就嫉妒我吧，誰叫我是女主角。

「隨便啦，我剛才看見夏恒生在附近，妳繞繞就會找到他了。」蕭如箏揮揮手。

祝兩個學姊畢業快樂後，我繼續找尋夏恒生，終於在某個角落找到他的身影，我剛想上前叫住他，卻發現他表情凝重地正在跟樂宇禾說話。

出於好奇和八卦心態作祟，我躲到一旁偷聽。

「……什麼意思？」樂宇禾神情有些茫然。

「我是說，她喜歡你。」夏恒生的聲音聽起來很陌生，像是壓抑、像是生氣，又像是難過。

「不可能。」樂宇禾回道。

「爲什麼不可能？」夏恒生嘖了聲。

「因爲她喜歡你。」

「你哪裡有問題？哪裡讓你認爲她喜歡我？」夏恒生的笑容很淒楚，「我眞的受夠這一切，你們兩個明明彼此……你陪伴她這麼多年，爲什麼從不跟她表白？就算她喜歡我，你也沒想過要搶過去？」

「她一直都說當朋友就好。」樂宇禾別過頭，「現在說這些也來不及了。」

「爲什麼來不及？因爲要畢業了？因爲你有女朋友了？因爲你和女友要去念同一所大學？樂宇禾，對你來講，眞的是來不及嗎？還是你在怕？」夏恒生越說越激動。

樂宇禾沒有回話，而我消化著這些談話內容，也就是說，夏恒生依然在單戀校花？

我有些慶幸自己有先聽到這場對話，不然要是白目地去送上祝福，不就等於在夏恒生的傷口上灑鹽！

想起他在空中花園流露出那樣幸福的神情，我沒想到他居然還是在單戀，也許對夏恒生來說，只要能坐在她身邊就很幸福了，這樣不求回報的愛情忽然讓我覺得很難過。

「樂宇禾，你還是怕自己會動搖對吧？高嶺畢竟是特別的存在。」

因爲沒聽到樂宇禾的回答，所以我偷偷探頭窺視。

如果說，秋老師和表姊讓我體認到戀人間交換一個眼神就能無言傳遞愛情，那麼樂宇禾的表情，便是無言傳遞哀傷了。

從那樣的表情，我就能體會這一切對樂宇禾來說有多不容易。

夏恒生依然怒氣沖沖，「所以現在這樣眞的就是你要的嗎？」

「如果早一些……」樂宇禾的聲音淹沒在後頭畢業生傳來的歡呼聲中。

待樂宇禾離開後，我多次深呼吸，打算走出去假裝和夏恒生來個巧遇，但沒想到錯過了時機，夏恒生一看見校花站在前方，他立刻走上前，我只能趕緊又跟在他身後。

如果說剛才的夏恒生已經讓我感到陌生，那麼現在和校花說話的夏恒生看起來則是讓我感到可怕。

「說了妳早該說出口，卻沒說出口的實話。」他不帶感情地說著，校花瞪大眼睛，這是我第一次看見面無表情的她臉上出現波瀾，「因爲我被妳傷得遍體鱗傷，所以也想要把你們都傷得體無完膚。」

校花哭了，夏恒生率先轉身離開，我多看了校花幾眼，原來他們三人之間的關係不如我想像中的美好，也許任何關係一旦滲入愛情就會變質。我想起了李曼蒂和周芷蕎，最後她們會不會也走到這一步？

我立刻搖頭，至少她們告白了，這是不一樣的。

東張西望了一陣，總算看見夏恒生垂頭喪氣地坐在花圃邊，他身上的沮喪能量讓旁人都不敢主動搭話，不過我是他學妹，而且就因為是不熟的學妹，所以他才不會對我擺臉色。人都是對陌生人溫柔，對親密的人不耐。

「學長。」我輕聲開口。

他抬起頭，擠出一個不像是微笑的微笑，「學妹。」

「恭喜你畢業。」我頓了下，「我應該要帶花過來給你對吧？」

他笑了笑，身體往後仰，「這樣就好，反正多餘的東西，最後也是要丟掉。」

「多餘的東西？」

「不屬於自己的東西，終究都會離開。」他看著遠方，我知道他說的是另一件事，或者應該說另一個人。

「不過學長，有些東西是需要爭取，才有可能變成自己的。」像是林叡、像是那個校花。

他嘆了一口氣，看著我說：「但我不想搶。」

「不是搶，是爭取。」我更正他的話，「像我以前也覺得學長很帥，想跟學長之間的感情變得更好，我以為那就叫做喜歡，但直到我現在交往的男朋友出現，才教會了我什麼是喜歡。我的意思是說，如果我男朋友沒有死皮賴臉地纏著我，那我也不會喜歡他。」

夏恒生先是愣了愣，接著莞爾一笑，我還想開口說些什麼，前方忽然傳來喧鬧的聲音。

我們同時看過去，校門口的方向聚集了一大群人，人群中間站著向春日，他正抱著一個女生，彷彿像是在告白，但最後那個女生騎著他的腳踏車離開，好像是要去追另一個人。

「哇，好像偶像劇。」我不由得又羨慕起那個被校園王子擁抱的女生，然後靈機一動說：「你看，連向春日那樣的帥哥都要這麼拚命去挽留一個女生，又何況是你呢？」

「什麼？意思是說我比他還不如了？」夏恒生裝出生氣的模樣，他終於恢復一些精神了，「沒想到我還需要一個學妹來安慰。」

我聳聳肩，給了他一個微笑，忽然發現余佑寒就站在不遠處，但距離並不足以近到讓他聽見我和夏恒生的談話，他只是靜靜地站在那裡等著我。

夏恒生瞥了眼余佑寒，淺淺一笑，「學妹，喜歡的人也喜歡自己，是個奇蹟。」

我似懂非懂地點點頭，我認爲兩個人相互喜歡這件事，沒有到「奇蹟」這麼誇張，而是相隔了十萬八千里卻來到同一個班級的緣分，才是奇蹟，就像我跟余佑寒一樣。但也許對於夏恒生來說，兩情相悅這件事情就是個奇蹟吧。

「學長，恭喜你畢業，希望你一切順利。」我送上眞誠的祝福。

他輕輕頷首，揮手跟我道別，他的背影散發出一股難以忽視的孤寂感。

我在心裡祈求神明，希望祂賜給夏恒生一個他想要的奇蹟。

希望他喜歡的人在往後會喜歡上他，希望夏恒生不再感到寂寞。

我和余佑寒留在學校等待煙火施放，雖然照理來說，煙火大會並不對校外人士開放，不過大家都穿著便服，所以這個規定形同虛設，還是有很多校外人士會混進學校近距離欣賞煙火。

在煙火施放前半小時，我原本想要上去天台，但樓梯間的鐵門都拉下來了，於是我們只能坐在中庭的樓梯聊天。

本來還叫上了林叡三角戀組合，但三個人都很有默契地拒絕了。說到這個，我想起李蔓蒂那天說的話，所以順便跟余佑寒打聽林叡是不是真的有喜歡的人。

「應該沒有吧。」余佑寒對這話題沒興趣。

「蔓蒂說有。」我看著前方來來往往的人群，有幾個穿著短褲的女生不時往這邊看過來，一定又是想搭訕的狐狸精，有沒有搞錯呀，我這個女朋友坐在旁邊耶！

「我沒跟林叡討論過這些話題。」余佑寒淡淡地回。

「是喔。」我心不在焉地看著那些女生，她們甚至伸手指向余佑寒，太誇張了！

一個綁著馬尾的長腿女孩直直往我們走了過來，真的要來搭訕？

「我是不建議這樣過度干涉。」余佑寒根本沒發現，而我內心警鈴大作，立刻準備迎敵。

「小寒？」沒想到長腿女孩走到我們面前卻喚了一聲，余佑寒一愣，抬頭對上那個女孩的視線。

「真的是你，我知道你念這所學校，但沒想到真的會遇見你，去年就沒見到你呀！」那個女孩的笑容很燦爛，但看在我眼裡很刺眼，她的話也讓我覺得刺耳。

「妳怎麼會在這裡？」余佑寒站起來，我也跟著站起來。

「來看煙火呀。」那女孩甜甜一笑，指向後面那群女生，「我們一起過來的。」

余佑寒看過去，那群女生滿臉曖昧地對余佑寒點頭，余佑寒也舉手向她們打招呼。

這氣氛太不對勁了，出於女性的本能，我立刻牽起余佑寒的手，余佑寒也自然而然地握緊我的手，而那個女孩則低頭看了眼。

「你女朋友嗎？」那個女孩問。

余佑寒點點頭。

對對對，女朋友！他已經有女朋友了，這位太太請退到黃線後方，不要踰越！

「那我回去朋友那邊了，下次再聊。」那個女孩眼裡閃過一抹失落。

哪還有下次，想得美！

「嗯，下次聊。」余佑寒的回答讓我瞪大眼睛！

那個女孩再次露出笑容，一直笑是怎樣啦！

當她回到朋友身邊，她們一群人開始起鬨，而我內心非常不爽，也十分不安，這種情況簡直就是……

我立刻打了余佑寒的背一下，他嚇了一跳，「幹麼啦。」

「還幹麼！人家都走了，你還一直看是怎樣？」我氣著說。

「我沒有一直看啊。」睜眼說瞎話！

「那是誰？」我又捏了他一下。

「國中同學。」

講的這麼含糊一定有鬼。

我惡狠狠地瞪著余佑寒，忽然覺得好委屈。

「怎麼又淚汪汪了？」余佑寒伸手想哄我，但我這次不給他哄，用力拍掉他的手，往後退了一步。

「那是誰？」我又問一次。

「國中同學。」余佑寒也重複同樣的答案，但他頓了一下，又加上一句，「也是前女友。」

彷彿內心深處最不安的預感成眞一樣，我覺得眼前一片黑暗，差點站不住腳。

怎麼這麼老套啊，雖然我很喜歡漫畫劇情，可是前女友出現這種戲碼完全不需要啊！

我氣得流下眼淚，這時天空忽然閃過一片光亮，煙火開始施放了，我卻無心觀看。

「不要哭了，我之前都說過了，前女友都是過去的事了。」

余佑寒的聲音清晰地傳進我的耳中，我也記得那時我告訴過自己，過去的事情不用在意，重要的是現在與未來。

可是我當然也記得，余佑寒說他與每一任女友交往時，都是很喜歡對方的。

我當時可以理解，但親眼所見的衝擊卻比想像中還要大很多，像是空氣中的氧氣一點一點被抽離掉一樣，呼吸越來越困難。

曾經和余佑寒互相喜歡的女孩出現在面前，而且我知道她對他還餘情未斷。

余佑寒走到我面前想牽起我的手，但我再次往後退。

「矮冬冬……」

「你爲什麼要回答下次聊？」我好難過。

「那只是客套話，正常都會那樣回應吧？」余佑寒一臉無辜。

但是我在場啊！你怎麼可以那樣回應！

「你們是不是一直有保持聯絡？」我不禁疑神疑鬼。

「沒有，畢業以後就沒再見過了。」他的語氣無奈。

但是她知道你念這間學校，她特意過來看煙火，不只今年，去年她也來了，就是爲了見你。

早知道就不要約余佑寒來看煙火，早知道參加完畢業典禮就離開，早知道就依余佑寒的提議，去他家看煙火就好。

「我要你以後都不准跟她見面、也不准聯絡！」我又氣又惱。

余佑寒嘆了口長長的氣，從他看著我的眼神裡，我知道他的耐性正一點一滴流失。

「不要任性了。」

「我任性？這樣是我任性？」我咬著下唇，「你倒好，我沒有前男友可以讓你吃醋，所以你才能這麼瀟灑！」

「我故意利用前女友讓妳吃醋？妳是這樣想的？」余佑寒帶點微慍的聲音，在這充滿吵雜煙火的背景聲裡聽來竟格外清晰。

「你就不能說些我想聽的話嗎？說你只喜歡我，說不會再跟前女友聯絡，也不會再跟她見面。」哄哄我就這麼難嗎？

「如果她眞的跟我聯絡，我不可能不理會她。」

「爲什麼——」我好不甘心。

「我可以跟妳保證我不會主動聯絡對方，但如果對方找我，我不會不理她，我尊重妳，但也尊重她們，我不會跟妳保證不可能的事情。」他打斷我。

這是第一次余佑寒沒有帶著笑意哄我，也沒有那些甜言蜜語。

「我不要！你是我一個人的，你的世界只能有我，其他人都不能在，我不要你和她聯絡！」我大吼大叫。

這一次余佑寒沒有回答，也沒有嘆氣，就只是看著我。帶著失望的眼神。

那天晚上的天空綻放了無數美麗的煙火，什麼顏色都有，像是流星一樣從夜空灑落，彷彿伸手就能觸及，最後壓軸演出的煙火是無數顆紅點在夜空排成愛心圖案。

但我們誰也沒看到。

❄

我和李蔓蒂在美髮社整理假人頭，她說她最近和林叡相處終於能自然些了，而對於告白的事情，林叡的態度就好像一切都沒發生過一樣。

「照理來說，他這樣我應該會感到很生氣，可是我卻鬆了一口氣，與其讓我們之間陷入尷尬，那不如維持朋友的關係。」看來李蔓蒂已經漸漸可以用平常心面對了。

「嗯。」我還是一直想著煙火大會那天發生的事。

「……妳怎麼了？」李蔓蒂轉頭問我。

「嗯。」我心不在焉地應聲。

「方芮冬，妳幹麼啊？陰陽怪氣的。」她忍不住拍了拍我。

「我和余佑寒吵架了。」我難過地說。

「一點也不意外呀。」李蔓蒂走到天台邊往下面看，「不過余佑寒倒是沒妳低落呢。」

我看了眼正在球場上奔跑的余佑寒和林叡，忽然淚眼汪汪地把事情經過全告訴李蔓蒂，她手裡繼續整理假人頭，似乎有些漫不經心，我問：「這樣是我的錯嗎？」

「眞羨慕妳還可以跟喜歡的人吵架啊……」李蔓蒂低語。

「李蔓蒂！我很認眞！」我氣惱地說。

李蔓蒂覺得我這是奢侈的煩惱，她認為我在意太多。

「情侶相處本來就需要磨合，這是無可避免的，我明白妳的想法，但也明白余佑寒的無奈。」李蔓蒂停下手邊的動作。

「因爲很喜歡所以才會在意，如果今天不是他，我才不管那麼多！」我回嘴。

「這是當然的，只是，妳在意這些就像余佑寒說的一樣，沒有意義，初戀就是這一點麻煩。」李蔓蒂擺擺手，「如果今天妳也交過男朋友，就會明白了。」

「很抱歉！本姑娘今天就是沒交過男朋友！」怎麼，沒交過男朋友是我的錯？

「男女交往最重要的除了信任外，就是尊重。」李蔓蒂伸出食指晃了晃。

「所以他應該要尊重我呀！」我氣得爲自己發聲。

「很多事情不是理所當然的。」李蔓蒂這麼回我，我完全聽不進去，氣得東西也不收了，直接離開天台。

我以爲李蔓蒂會幫我說話、會站在我的角度想，本來女孩子就是要幫助女孩子啊！

下樓梯時，恰巧遇見周芷蕎，她拿著一瓶礦泉水也正要下樓。

「妳幹麼？」周芷蕎看著我的表情皺起眉頭。

「沒什麼。」我吸吸鼻子，「妳要去球場？」

她的臉蛋微微泛紅，「嗯，拿水給林叡。」

「妳還眞積極。」我盯著她看，她害羞地笑了笑。

「戀愛本來就要積極，不能老是處於被動。」周芷蕎意有所指，「但很難拿捏，又不能嚇到對方。」

「嚇到對方？」

「如果太積極，也許林叡會退縮。」

她知道林叡也許已經有喜歡的人這件事嗎？

不過這只是李蔓蒂的猜測，所以我並沒有說出來。

我們兩個一起往球場走去，我卻猶豫地停下腳步，周芷蕎又看了我一眼，「妳又爲了什麼無聊的事情不高興了？」

聽都還沒聽，就說我無聊？

我再次把事情經過告訴周芷蕎，她思索了一下，「總結來說，妳希望班長不理會前女友，眼裡只有妳是嗎？」

「對！」這很合理吧。

周芷蕎笑了一聲，拍拍我的肩膀，「我也曾經這樣想過，但後來我才知道不可能。」

「爲什麼？」我喊道。

「因爲自己都做不到的事情，怎麼能夠要求別人？」周芷蕎冷靜地說。

我不懂這句話的意思。

「如果今天我和林叡在一起了，前男友在路上跟我打招呼，我也一樣會回應。」周芷蕎看著我，露出好像歷經過風霜的成熟笑容，「以後妳會明白的。」

「我認爲現在比過去重要多了！」所以余佑寒應該要在乎我，而不是前女友。

「那就對了，現在比過去重要，妳自己也知道。」她笑吟吟地說。

「我不是那個意思。」我開口反駁。

「矮冬冬，如果今天班長完全無視前女友的存在，我想妳也不會喜歡的。」

「才不會！」我就是希望余佑寒眼中只有我呀！

「曾經彼此喜歡過的人，也共同度過一段開心的時光，這是無法抹滅的。當然我不是說這樣就可以一直和前女友聯絡，但我覺得如果妳執著在班長『當下』不該跟前女友說話這一點，那就是妳的不對了。」周芷蕎語氣嚴肅。

「我的不對？」我大爲錯愕。

「班長和前女友打招呼，沒有不對。但如果班長私下和前女友出去或是頻繁聯繫，就是他不對。這兩者之間的差別妳應該明白吧。」這樣講是沒錯啦⋯⋯

「可是、可是爲什麼要這樣比較？難道他不能只看著我就好了嗎？」我結結巴巴。

「妳還是聽不懂啊，他已經很重視妳了。」周芷蕎搖頭，「說實話，妳初戀就能遇到他，是件很幸運的事。」說完她就往球場走去。

我停在原地，覺得好委屈，爲什麼大家都不能體諒我？第一次戀愛又不是我的錯，我會在意這些也是情有可原吧！

「妳在這裡幹麼？」林叡滿頭大汗地走過來。

我趕緊偷偷擦掉眼淚，要是被他看見我在哭，又不知道他會怎麼嘲笑我了。

「你才又在這裡幹麼？不是在打球嗎？」我別過頭去，怕被他發現我在哭。

「太渴了，過來喝水。」他走到飲水機旁邊瞥了我一眼，「妳聲音怎麼有點奇怪？」

「哪有！」爲了轉移他的注意，我指著前方，「芷蕎才剛拿著水往球場去，你們錯過了。」

林叡聳聳肩，喝了幾口水，用手腕擦擦嘴，走到我身邊問，「妳幹麼？」

「我沒有幹麼，你走開啦。」我撇過頭，讓頭髮半遮住自己的臉。

「怎麼不去球場？佑寒在那邊。」林叡又問。

「我知道，我要去社團整理東西，再見。」爲了掩飾自己發紅的眼睛，我趕緊轉身往樓梯間跑去，林叡又喊了幾聲，但我只是快步往樓梯上跑。

最後我沒有去天台，也沒有回教室，而是往空中花園的方向去。

覺得胸口悶悶的，現在這種感覺，眞是令我難受。

放學的時候，我故意慢呑呑地收拾書包等著余佑寒，他一邊和林叡聊天一邊收拾東西，看起來輕鬆自在，反而是林叡時不時偷瞄我。

「明天見。」余佑寒和林叡說了再見，而周芷蕎則去約林叡放學一起溜狗，林叡一面盯著我一面心不在焉地回應她。

看樣子連神經大條的林叡都發現我和余佑寒之間的怪異了。

「回家吧。」余佑寒跟我說。

我不敢看他的臉，嗯了聲，背起書包，和李蔓蒂說再見，但她正張大耳朵專注地偷聽周芷蕎和林叡的談話，所以只跟我隨便揮了揮手。

余佑寒和我併肩走在河堤邊，一路無語，我扭著書包背帶，站在公車站牌時，我實在受不了這樣的氣氛，但我又不想先說話，這樣我就輸了。

雖然我知道這種事情沒有什麼輸贏，但是，我就是不想先低頭。

接著我聽見余佑寒的嘆息聲，我抬起頭，以為會看見他跟往常一樣笑著看我，但他只是凝視著前方。

忽然他的手機響了，我忍住想湊過去看看是誰打來的衝動，豎起耳朵聽著電話那頭的聲音。

「好久不見，都畢業兩年了啊。」余佑寒熱絡地說，笑著的側臉有些陌生。

幾分鐘後，他掛掉電話，我也忍住不去問，反正從他的回應也知道了大概，他們要開國中同學會。

「暑假我要去參加國中同學會。」上了公車後，余佑寒終於開口和我說了第一句話。

「嗯。」我小聲回應。

這禮拜五上完課就開始放暑假，他就會離開這裡，同學會的地點在哪裡？剛剛余佑寒只有回了句「那個地方我知道」，他知道我不知道呀。

但為了無聊的自尊與矜持，我不會主動問他。

「暑假期間我也會回家，暫時見不到面。」余佑寒又說，我頓時瞪大眼睛。

我們現在這麼尷尬，放了暑假該怎麼辦？

分隔兩地不能見面，感情不就越來越淡，怎麼能在這個節骨眼放假啦！

而且、而且他還要開同學會，那表示前女友也會出席，既然同個國中，學區一定也在附近，該不會到時候他和前女友見面的次數比我還多吧！

大概是太多思緒在腦袋裡亂竄，導致我的表情有些滑稽，眼神中的擔憂也全被余佑寒看在眼裡，他終於對我露出一個微笑。

「我會盡快回來，也會每天與妳視訊，求妳別再胡思亂想了，好嗎？」

我咬著下唇，「我不能保證。」

他輕笑幾聲，「我希望不會再有上次那樣的事情發生。」

我想反駁，卻忽然想起李蔓蒂和周芷蕎早上說過的話。

「很多事情不是理所當然的。」

「他已經很重視妳了。」

雖然內心還是很不爽，可是我不想我們再繼續這樣尷尬下去，就要放假了，我不想用這樣的心情跟他說再見。所以我只能點點頭，然後也扯出一個笑容。

余佑寒先是一愣，對於我難得沒吵沒鬧有些驚訝，接著他牽起我的手，沒再多說什麼，我卻可以感受到我們之間那股尷尬的氣氛終於散去了些。

由衷鬆了一口氣，看樣子退一步也沒什麼不好。

「每天都要跟我視訊喔。」我提醒他。

「好。」余佑寒忽然皺眉，「可是妳知道嗎？視訊也不太好。」

我也跟著緊張起來，「難道你家電腦放在客廳嗎？」

余佑寒搖頭，壓低聲音說：「要是我在和妳視訊時，看見妳背後有人走來走去，妳卻說妳家沒人在，那那個到底是……」

「哇！你好討厭！幹麼講鬼故事啦！」我嚇得推他一把，他笑了起來。

雖然我還是很在意他的前女友，也很在乎他們之間發生過什麼，但我拚命壓抑自己的嫉妒心。

我不想要再次看見他用失望的眼神看我，我也不想再經歷一次那天的吵架。

比起過去，現在更重要。

比起看見余佑寒生氣的臉，我更想看見他笑著的臉。

對於我們和好的事，李蔓蒂和周芷蕎都沒多大反應，但她們不約而同都說了一定是余佑寒主動退讓。

「才不是呢，這次是我退讓。」在她們眼中我難道真的這麼任性？

她們一開始不相信，我只好把事情始末告訴她們，她們才驚訝地看著我說：「看樣子妳也長大了。」真是沒禮貌！

結業式過後，我待在天台發呆，等著被秋老師叫去幫忙的余佑寒一起放學。

想到接下來會有將近一個多月的時間見不到他，心裡就一陣陣難受。

「妳怎麼在這裡？」吃著冰棒的林叡從樓梯口出現。

「你怎麼有冰棒吃？」害我突然也想吃冰。

「合作社阿姨給我的。」林叡賊賊一笑，「妳沒事了？」

「我沒事啊。」我淡淡地回應。

「我是說妳跟佑寒……算了，沒事就好。」林叡坐上我們美髮社擺放在天台上的其中一張椅子，「妳們社團不收椅子？」

「等等一年級的學妹會過來收。」

「現在是學姊了，雜事就交給學妹是嗎？」林叡失笑。

「那當然。」我抬起下巴。

「所以是什麼事情？」他舔了舔冰棒。

「什麼什麼事情？」我不解。

「妳這次又是為了什麼無聊的事情生氣？」林叡吃完最後一口冰棒，把垃圾丟進旁邊的垃圾桶。

「你話題也跳太快了吧，而且你們很奇怪，為什麼都先入為主地認為我是為了無聊的理由吵架！」我氣得跺腳，林叡卻笑了起來。

這好像是我第一次看見林叡的笑容，應該說，對著我的笑容。

「妳就是那樣啊，老是為了一些很無聊的事氣得跳腳。」他笑得瞇起眼睛。

「哪有。」我不甘心地駁斥。

「就有啊。」林叡定定凝視著我，現在的他和平常很不一樣。「說說看吧。」

聽聽男生的意見也好，所以我一股腦地把所有事情都告訴他，包括平常余佑寒站在路邊就有人想跟他搭訕，還有煙火那天遇見前女友的事情。

林叡只是安靜聽著，一直到最後什麼也沒說，不知道爲什麼我忽然覺得氣氛有些奇怪，乾笑了幾聲，臉都有些僵了。

「你今天怪怪的，都沒跟我吵架。」難得我們可以和平共處這麼久。

林叡聳聳肩，「都要放暑假了，吵什麼。」他隨即站起身來，又看了我好一會，「暑假妳也別再跟佑寒吵架了。」

「林叡！」見他要走，我下意識喊住他。

「怎麼了？」他回頭。

「你也覺得我很任性嗎？」我認眞地問。

「女生多少都有些任性，我想佑寒也知道這一點，才對妳百般容忍。」

「什麼百般容忍！好像我很糟糕一樣！」我又氣得跳腳，這次林叡哈哈大笑，態度終於恢復正常。

「相愛容易相處難。」最後他這麼說，再次對我微笑，「暑假期間看要不要找時間大家一起念書吧，就要升高三了。」

「喔，聽到最不想聽的話了。」怎麼一晃眼就要高三了，時間過得眞快。「不過余佑寒應該沒有空，不如你找蔓蒂跟芷蓄一起念就好了吧。」

對於我的故意調侃，林叡只是搖頭，「三個人太尷尬了。」

我和林叡同班兩年，從開學第一天就一直吵吵鬧鬧，然而仔細一想，我好像沒有很了解他，例如現在，我還是第一次知道林叡也會覺得尷尬。

「問認眞的……」我忍不住開口。

「噓！」他舉起一隻手制止我。

「都還沒問勒！」噓你個頭！

「不外乎就是她們兩個你比較喜歡誰之類的蠢問題，怎麼除了她們兩個，我就沒其他人選了嗎？」林叡有些生氣。

「你還挑呀，她們兩個哪裡不好？」我還眞是想不透。

「不是不好，但……唉，算了。」他擺擺手想要離開，我卻想起李蔓蒂所說的。

「難道你有喜歡的人了？」我揚聲問。

林叡一愣，眼神頓時有些閃爍，「啊？誰告訴妳的？」

「眞的有？」李蔓蒂眞的猜中了？

「沒有。」林叡回答。

雖然我剛剛還覺得自己不了解林叡，但是光看他現在的表情，就知道他一定在說謊。

我的天呀，所以李蔓蒂的猜測是眞的，林叡果然有喜歡的人。

「是誰？我認識嗎？還是別班的？」我趕緊上前抓住想逃開的林叡。

「放開啦！妳好奇個屁！」林叡掙扎。

「快告訴我，這可是攸關我兩個朋友的幸福啊！」我死命拉住他。

「妳眞的很煩，那我的幸福就不重要喔！」林叡反駁，這下換我一愣。

「啊……你的幸福也很重要啦，只是說，如果你有喜歡的人就要早點讓她們兩個有心理準備。」我鬆開林叡。

「老實說我不知道現在該怎麼辦。」林叡嘆氣，「也許我跟佑寒一樣，也是拚了命在裝酷吧。」

我指了指椅子的方向，打算和他坐下來談，林叡倒也挺給面子，眞的走到椅子那裡坐下。

李蔓蒂、周芷蕎，等我，身爲妳們的好朋友我會盡量套話的！

「所以你有告白嗎？」我追問。

林叡咳了聲，「一坐下就問這麼直接？」

「不然我先從你期末考考得怎麼樣問起好了。」

「應該也是第一名。」林叡居然還認眞回答。

「可惡，閉嘴！」我打他，林叡笑得開懷。「說認眞的啦！」

「妳不要在我這邊打聽完又跑去跟別人說。」林叡看穿我的意圖，而我打哈哈保證自己絕對不會，雖然我知道他才不會相信。

「我斟酌啦，拜託你，求求你，這種事情你不可能跟蔓蒂她們說，我想你也不會跟余佑寒討論，所以說除了我，你沒有其他對象可以分享了呀！」

「妳哪來的自信，我還有QQ可以說。」

「天呀，狗痴！」說出這句話的下場就是換來林叡的一記鐵砂掌，他每次打我都沒有在手下留情的。

「我不會告白。」林叡突然說道。
「爲什麼？」我不禁好奇。
「因爲什麼也無法改變，說了只會增加不必要的麻煩。」他皺眉。
「你又沒試過怎麼知道。」我也皺起眉頭，這種消極的態度我不喜歡。
「有些事情連試都不用試就知道結果。」林叡若有所思。
林叡這樣一說還眞是讓我火大，我氣得捏了他的手臂，他哇哇大叫，手掌來回搓著被我捏紅的地方。
「哪有什麼事情是連試都不試就知道結果的！」我大聲斥責。
「有啊，例如吸毒、搶劫、殺人等，試都不用試就會知道結果了。」他還在嘻皮笑臉！
「你不要找這種極端的例子啦！」眞是逼得我忍不住又打了他一下。「爲什麼不用試就知道結果？」
他吹起口哨，看起來不打算回答。
「那你會放棄嗎？」我又問。
「我不知道，妳幹麼這樣看我，我怎麼會知道啊，也許幾天後我就改變心意了，也許我幾個月後還是喜歡對方，總之我不能給出肯定的答案。」
「那就去告白啊，要死就死乾脆一點，這樣一直懸著算什麼。」我調侃他。
「這樣不就回到一開始了，我不是說了，那沒有必要嘛！」林叡提高了音量。
「那你告訴我理由啊。」我逼他。
「因爲她有男朋友了。」他盯著我。

這下換我一愣，林叡似笑非笑地看著我，好像在嘲弄我剛剛說得那麼理直氣壯，這下子全都被他堵住了一樣，但我隨即瞇起眼睛，「那又怎樣？」

「什麼？」林叡詫異。

「只是有男朋友了，又不是結婚。」有什麼關係？

聽到我這樣說，林叡忽然大笑。

「妳剛才才在說那些女生不顧余佑寒身邊已經有了妳，還過去向他搭訕，妳現在卻叫我去跟有男友的女生告白。」

呃，還眞是自打臉。

「不一樣啦！」我又打了他一下。

林叡又笑了幾聲，「沒有不一樣，反正一樣都會被拒絕，那我爲什麼要說出口。」

看著林叡嘴角微勾的側臉，感覺得出來他有些強顏歡笑，他應該也是很想說出口的吧，所以才會跟李蔓蒂說了那些話。

「妳們都還有表達的機會。」

所以我決定狠下心來，反正林叡都說了自己會被拒絕，我鼓勵他告白就是要他被拒絕，然後他才能眞正死心，才會去注意身邊的人。

所以李蔓蒂、周芷蕎，請原諒我接下來要說的話。

「別在這邊自怨自艾，是個男人就去告白，然後把她搶過來吧！」我對他眨眨眼睛。

見狀，林叡先是愣了一會，又開始放聲大笑，「矮冬冬，妳眞的很有趣。」

「我是說認眞的呀！」我可是爲了我的好朋友著想耶。

「我知道，但我也是說認眞的，我不會告白。」他的眼神越過我的肩膀，看向樓梯間，

我順著他的視線回過頭，看見余佑寒站在那裡。「快回去吧。」

「一起走吧。」余佑寒朝林叡喊，但他擺擺手，說了不當電燈泡。

離開前，我又回頭看了林叡一眼，他對我微微扯動嘴角，一副雲淡風輕的模樣。

第十五章

有些事情，也許一輩子都不要有答案比較好。

升高三的暑假，余佑寒回到他那離學校有段距離的家，而我們住在學校附近的幾個人，時不時就會聚在一起開個讀書會，大家都認爲這樣比參加學校的輔導課還有效率。

秋老師對於我們班一半以上不參加暑期輔導沒什麼意見，他不像其他老師那樣會爲了這件事對我們說教。

「這是個人意願嘛！」秋老師瀟灑地表示。

我沒有將那天的事告訴李蔓蒂和周芷蕎，明明當時打聽消息是爲了她們，但也許是因爲我離開空中花園前，看見了林叡落寞的神情，那讓我想起了夏恒生。

喜歡上一個心裡有人的人，到底是幸還是不幸？

也許每個人的感情路程都有自己的步調，我唯一能做的就是閉上嘴巴，靜觀其變。

「我們明天又要開讀書會了。」我對著余佑寒說。

「又要開了？妳眞的有這麼認眞？」電腦螢幕那頭的余佑寒笑得燦爛。

「當然有！林叡的教法很好懂！」我扁嘴。

「畢竟是第一名啊，那爲什麼以前我教妳妳都一臉呆滯？」他挑挑眉。

「因爲你比較不會教啊！」我故意這麼說，余佑寒作勢要打我，但是隔著螢幕，我不僅不用閃躲，還賊賊地笑了起來。

「你同學會開得怎麼樣了？」我問。

「兩年不見，大家好像變了不少，女生比較誇張，來了好幾個我根本不認識的，簡直女大十八變呀。」前兩天余佑寒參加了國中同學會，地點就在他們的母校，余佑寒那天很晚才回家，但依舊有和我視訊報平安。

我明白，他想盡量讓我放心，所以我也很體貼地沒去問他前女友的事。

我以為他會主動提起，但是我沒問他也沒再多講，於是我按捺了兩天，決定今天要「不經意」地提起。

「那……有沒有什麼特別懷念，或是特別充滿回憶的人事物呀？」我意有所指，但語氣裝得若無其事。

但這點小把戲怎麼瞞得過余佑寒，螢幕裡的他不懷好意地笑著，「直說吧，妳想問什麼？」

既然你都丟球了，那我不接也不好意思。

「前女友有想幹麼嗎？」我開門見山。

「沒幹麼，就是大家一起寒暄聊天什麼的。」

「那你們有單獨相處嗎？」

「沒辦法單獨相處吧，我們是同學會耶。」

「意思是說，如果有機會，你們就會單獨相處？」

「哈哈，矮冬冬，妳看看自己現在的表情。」他笑出聲音，我從一旁的鏡子裡看見自己的表情，有些面目猙獰。

原來嫉妒的臉這麼醜，我趕緊用雙手搓揉臉頰，緩和自己的表情。

「矮冬冬，多相信我一些好嗎。」余佑寒的呢喃從喇叭傳出，帶點無奈與哀傷。

也許我的咄咄逼人，確實也傷害過他。

我點點頭，明白偶爾吃醋是可愛，有益身心健康，但嫉妒卻會使人變得醜陋。

當我察覺這點後，暗暗下定決心，就算以後我嫉妒到要發狂，也絕對不能在余佑寒面前表現出來。

這下子我才知道，談戀愛原來不只是你喜歡我、我喜歡你這麼簡單而已。

「我知道了，我會相信你的。」我點了點頭。

「這麼乾脆，有點可疑。」余佑寒揚起眉毛。

「奇怪欸，那你要我怎樣嘛！」我開始惱羞成怒。

「好啦，不鬧妳了。」螢幕上的余佑寒又笑，「我們是國二分手的，她提的，因爲她喜歡上我們班另一個人，而且他們現在還在一起，所以妳根本不需要擔心一堆有的沒的。」

余佑寒輕描淡寫地帶過，我不由得睜大眼睛。

「你是說她劈腿了？」我震驚地大喊。

「人與人之間的感情就是這樣，好像很堅固，但其實很脆弱。」余佑寒聳聳肩，動了動身子，這時我眞是恨透了只能透過螢幕跟他說話，他可以輕易隱瞞他的情緒，讓我看不清他的細微表情。

「但我們的感情會很堅固的！會很歷久彌新的！」我大聲保證。

余佑寒先是一愣，隨即笑了。

他的笑容跟以往不同，像是敷衍我一樣，我知道他不相信我的話，他不相信世界上有永恆不變的事情。

「我眞的……」

「好了，矮冬冬，該睡了，明天加油。」余佑寒打斷我，先一步關掉了視訊螢幕。

他總是笑著面對我，好像沒有煩惱一樣，也總是說著喜歡我，讓我相信了那份喜歡。

他是說著讓我相信，還是讓他自己相信？相信有份喜歡可以持續很久，不因任何事物而改變？

也許前女友的劈腿，在無形之中，讓他不相信了愛情。

林叡家的和室裡，原子筆在白紙上滑動的聲音不斷響起，伴隨著翻動課本、參考書的紙張摩擦聲響，使這裡充滿了書卷味。

「我終於搞懂這題了。」我呈現快虛脫的狀態。

林叡瞥了一眼，「那題我大概高一就會了。」

於是我從桌下踢了他的膝蓋，林叡瞪我。

「別吵了，這題呢？怎麼算？」周芷蕎當然是問功課最好的林叡，李蔓蒂則始終默不吭聲，自己念自己的。

「我看看……」林叡湊過去。

還眞有點無法將那天空中花園裡的林叡和眼前的他聯想在一起，同樣的我也想像不出現場這兩個女生都跟他告白過。

「余佑寒有說什麼時候回來嗎？開學前？」李蔓蒂問。

「今天晚上吧。」我竊笑著。

「滿面春風呀。」李蔓蒂用手肘頂了我一下。

「幾點？」林叡一邊在白紙上寫下算式遞給周芷蕎，一邊問我。

「大概下午四點多吧。」看了牆上的時鐘，還有一個小時。

「那不就快了，叫他過來一起念書，在我家吃飯吧。」林叡提議。

「他們當然想獨處啦！」周芷蕎說得很理所當然。

「也是，畢竟很久沒見了。」林叡聳聳肩。「不然過幾天再約吧。」

我傻笑著同意。

於是時間接近四點時，我們在林叡家解散，我傳訊息問余佑寒還有多久會到，他說現在在等車了，我想給他一個驚喜，於是告訴他我已經回到家，事實上卻是在他家附近等他回來。

原本估計他大概兩個小時後會回到這邊，所以先去附近的書局逛逛，還順便去花之冰吃些東西。

但是過了四點，余佑寒遲遲沒有出現，我以爲錯過了，還跑去問警衛伯伯，才知道原來他的確還沒回來。

我漫步到河堤邊，找了張長椅坐下，因爲是夏夜，所以天色還沒完全暗下，河堤邊也有許多人在活動，我傳了訊息過去，問余佑寒現在人在哪裡。

他沒有讀取訊息，在等待的時間裡，我登入社群網站隨意瀏覽朋友的近況，卻看見不常使用社群網站的余佑寒被標記在好幾張照片中。

那些是他國中同學會的照片，我一張張點進去看，照片裡的他笑得很開心。

那是我不知道的余佑寒，他有著我不熟悉的過去。

然後，我看見一張他和前女友自拍的照片，兩個人的距離並不近，也有其他人一同入鏡，我知道這不代表什麼，但我就是覺得難過，同時也萌生一股不安。

我再次傳了訊息，余佑寒依舊沒有讀取，最後我直接撥了電話，余佑寒過了許久才接起來。

「你怎麼沒有看訊息？」我劈頭就問。

「抱歉，我關靜音沒注意到。」

「你在哪裡？還沒回家嗎？」

「搭車前發生了一些事情，我現在還在我家附近的公園。」他說完，隱隱約約我聽見話筒裡傳來女生說話的聲音。

「那是誰？」那份不安越來越大。

「她跟男朋友吵架，好像有點嚴重，不過不是只有我過來，其他人也都在。」

「那、那關你什麼事？其他人都在，你有必要過去嗎？」我不敢置信。

「因爲這件事……有點麻煩，幾乎我們班一半的同學都來了。」我知道余佑寒沒有說謊，因爲話筒裡的確夾雜了很多人的聲音，他們不知道在爭執什麼，從聲音判斷起來場面相當混亂。

可是對我來說，他卻是爲了前女友而留下。

我在這裡等他，他卻爲了前女友留在那裡！

「我不管，你現在回來，我要你現在就回來！」我才告訴自己不可以這樣，但還是重蹈覆轍，又任性了。

「……矮冬冬，她男朋友劈腿了，對象還是她的好朋友，都是我們班的人，這件事情又重演了，所以……」

「我不管是什麼理由，都不關你的事，我在這邊等你！快點回來！」我忍不住大吼。

「妳在河堤等我？」余佑寒很驚訝，「我今天應該回不去了，妳乖，先回家好嗎？」

「我不要，我就在河堤等你，等到你回來爲止！」我態度強硬。

「……矮冬冬，我拜託妳，不要在這時候吵好嗎？我們之前不是說好了？」余佑寒又再次冷著聲音，我想起煙火大會那天我們吵架時，他無奈的表情。

但此刻我看不見他的臉，所以我更加無理取鬧。

我只是希望在這種時候，他會選擇我而不是前女友。

「她被劈腿也是活該，反正她以前也對你劈腿過啊！她就是壞女人，這是她的報應，你爲什麼還要理她呢？」我開始口不擇言。

「不要這樣說話，妳根本不知道我們之間發生過什麼事。」余佑寒微慍。

我瞪大眼睛，吼得更大聲，「所以你現在是爲了她在跟我吵？你根本沒跟我說過細節，我怎麼會知道！」

「那妳就不要自以爲很懂！」余佑寒也跟著大吼，「妳到底有什麼問題？我們到底還要為這種事吵幾次？」

我的眼淚奪眶而出，脫口喊道：「好啊，受不了的話就分手啊！」

電話那頭的余佑寒安靜了很久才出聲，「這句話能隨便說的嗎？」

然後，他掛上電話。

我後悔莫及，放聲大哭，這怎麼會是我的錯？

就算我的要求很任性，但也不是做不到，怎麼能不跟我說清楚你的過去，卻又要我不去在意？

我的心胸沒那麼寬大，我也沒有成熟到可以站在你的角度設想。

原來太喜歡一個人是幸福，也是不幸。

我沒有聽余佑寒的話回家，他也沒有聽我的話回來。

坐在河堤邊斷斷續續地哭著，一開始還會擦眼淚，後來索性也不擦了，任憑淚水肆意滑落。

天色已經完全暗下來，天上的星星閃爍可見，黏膩的晚風將我的髮絲吹上臉頰，沾染了淚水，就黏在了那裡。

偶爾有一、兩個路人走過，看了我幾眼低聲說：「她在哭。」然後迅速離開。

不知道過了多久，我聽見一個帶著喘氣的跑步聲音由遠而近傳來，抬頭一看，黑暗中一雙明亮的眼睛從前方草地露了出來，接著下一秒，一隻像是絨毛娃娃般的小狗跳到我面前。

「QQ！」我還沒喊出來，遠方已經先傳來林叡的聲音，「跑那麼快，等一下不見⋯⋯

矮冬冬？」

他訝異地看著我，這次我連眼淚也來不及擦，就被林叡看見了。他沉著臉走近我身旁，我以爲他會問我怎麼了？爲什麼哭？怎麼這麼晚還在這裡？

但他一句話也沒問，只是拿出面紙給我，接著抱起QQ，不發一語地坐在我旁邊。

在這個瞬間我忽然理解了爲什麼李蔓蒂和周芷蕎會喜歡他，這種微小的體貼，正是這時候的我所需要的。

我努力想止住眼淚，卻還是用光了一整包面紙，林叡一邊撫摸著快睡著的QQ，一面不經心地問：「還需要嗎？」

「不，不用了。」我用力吸了鼻涕，搖搖頭。

「那要送妳回家了嗎？」他問。

我回頭看向余佑寒住著的那棟大廈，他家的窗戶還是一片漆黑，「我自己回去就可以了。」

「本來就不會事事順心。」林叡忽地開口，他看著我的眼神格外清明。

「你又不知道發生什麼事。」我生氣地說，不需要連你都來指責我。

「不，我是說我。」林叡卻這麼說。

我看著他，而林叡望向前方漆黑的河面，「假設我看見我喜歡的女生跟妳一樣，一個人在哭，妳覺得我該怎麼做？」

「也許你該安慰她或是抱住她什麼的，這種時候問我這問題幹什麼，我……」話語未完，林叡忽然拉起我的手腕，比起甩開他的念頭，我感到更多的是震驚。

河堤邊的路燈豎立在他身後，他的側臉因逆光而看不清楚，但我感受得到他手裡的力道與緊張。

「林、林叡……」

「那妳覺得，我該問她爲什麼哭嗎？」

「問啊，你先放開我的手……」

「妳爲什麼哭？」

我感到呼吸困難，腦中一個可怕的想法逐漸成形，「我是因爲余佑寒他不回來……」

「他爲什麼不回來？」他轉向我，這一次我看清楚他的臉了。

林叡凌亂的頭髮被風吹得更亂，他緊盯著我的雙眼異常認眞，臉頰泛紅。

「因爲、因爲他前女友和男友吵架，他們國中班上一半的同學都去調解，所以遲了……」我試著抽回自己的手。

「這樣不是很爛嗎？在妳和前女友之間選擇前女友。」林叡將我的手腕抓得更緊。

「不是，國中同學很多人都有去……」我解釋。

「不管是不是很多人一起，他依舊沒有回來找妳，你們這麼久沒見了，難道他一點也不想妳？」林叡鬆開我的手，我立即往回一縮，但林叡馬上又緊握住我的手，「如果是我，我永遠都會優先選擇妳。」

我瞪大眼睛，看著林叡通紅的臉，意識到我們之間的距離太過靠近，我立刻站起來，但因爲他握著我的手，讓我腳下一個踉蹌，他稍微一拉，我便整個人往前傾，而林叡就這樣抱住了我。

「林、林叡！」我掙扎地想推開他，QQ跳到椅子邊，搖著尾巴一臉好奇地看著我們。

「如果是我……就絕對不會讓妳哭。」

他在我耳邊低喃，我感受到的卻只有恐懼，腦中瞬間閃過李蔓蒂和周芷蕎的臉，我更是想要用力推開他。

「林叡，放開我！」我大喊，想起余佑寒，只有余佑寒可以這樣靠近我……只有他可以……

林叡終於放開了我，QQ跳回他的腿上，他垂下眼睛，下一秒又抬起頭，露出微笑說：

「只有佑寒可以碰妳，對吧？」

我咬著下唇，往後退一些。

「剛才我說他壞話的時候，妳也亟欲幫他解釋對吧？」他摸著QQ的頭。「如果還會為他的舉動生氣，那代表還很喜歡他不是嗎？那又為什麼要一個人哭？」

「你剛才是故意的嗎？為了讓我別再生余佑寒的氣。」

他輕笑一聲，聳聳肩，沒有答覆。

「林叡，你剛才是故意的嗎？」我又問了一次。

風在空曠的河堤呼呼吹著，讓我們兩個的頭髮都亂了，夏日晚風依然悶熱，我卻在風裡微微顫抖。

「這個很重要嗎？」他悠悠地說。

「很重要，為了蔓蒂和芷蕎，這很重要。」我握緊拳頭。

「那為了佑寒，我會說我是故意的。」他自嘲地笑了笑。

「林叡。」我腦中一片混亂。

他抬頭對上我的眼神，抱起QQ站了起來，朝我伸出手，而我又往後退了一些，他搖頭苦笑，「方芮冬，妳現在知道了吧，有些事情說出口只會增加不必要的麻煩。」

「那你就不該說，也不該表現出來。」

「當初又是誰要我去把喜歡的人搶過來？」林叡又笑了，帶著苦澀。

我知道我傷害了他，可是我怕李蔓蒂和周芷蕎受傷，我更怕我和余佑寒之間的關係受傷。

所以，我寧願他受傷。

「矮冬冬。」一個聲音從河堤上方傳來，我以為我聽錯了，卻見黑暗中一個人影喘著大氣走下斜坡，那人走了幾步，我才發現原來是余佑寒，他擦著額上的汗，眼神在我和林叡身上來回打轉。

我不敢相信他真的回來了，一時半刻沒有反應過來，而林叡也因為余佑寒的突然出現而僵立在原地，直到QQ汪汪叫了兩聲，我們才像是從靜止的時間裡回過神來。

「你回來就好，矮冬冬剛才一個人在這邊哭，一定嚇到不少路人，真是吵死了。」林叡率先恢復他一貫的不正經態度，還不忘嘲笑我。

余佑寒狐疑的眼神還盯著林叡不放，沒有答腔。林叡扯了嘴角一笑，「我先回去了，QQ，回家囉。」然後頭也不回地離開。

我咬著下唇，不知道該說些什麼，偷瞥了眼余佑寒的臉，發現他的視線落向我放在長椅上那一大團擦過眼淚、鼻涕的面紙，趕緊過去把那團面紙丟進垃圾桶裡。

「現在已經八點多了。」我面對著垃圾桶，聽見余佑寒的聲音在背後響起。

「所以我要回家了。」我慌張地想要逃離。

「我等會送妳回家，現在先跟我聊一下好嗎？」余佑寒的聲音聽起來很虛弱。

如果他要跟我分手怎麼辦？我好怕，我害怕聽到他接下來要說的話，這些日子以來我們不斷吵架，一次比一次嚴重，如果他真的放棄我了怎麼辦？

我鼻頭一酸，我不敢聽，「我沒有話想要說。」

「但是我有。」他不知道什麼時候走近我背後，忽然抱住我，我嚇了一跳，下意識想要掙脫。

「不要離開。」他將頭埋在我的肩頸之間，「我不會跟妳分手，所以妳也別想分手。」

「咦？」我側過頭，對上了余佑寒的視線。

接著他的臉朝我越靠越近，我忍不住閉上眼睛，彷彿停止了呼吸般，全身的感官神經都集中在嘴唇上，當余佑寒的唇覆上來的時候，就好像是觸電似的，我的後頸緊張地僵直，全身起了雞皮疙瘩，好像有股電流滑過我的肌膚。

原來接吻是這種感覺，原來和喜歡的人親密接觸會這麼開心，好像世界都在旋轉一樣；但同時我也感到很悲傷，不想承認是為了什麼。

當他的唇離開我時，我才敢呼吸，睜開眼睛，眼淚又掉了下來。

「我很抱歉。」余佑寒緊緊擁我入懷。

回到余佑寒家裡後，我打電話回家說要晚點回去，爸爸不是很高興，說了他半小時後會從家裡出發過來這邊接我。

余佑寒一直沉著臉，我屏息等待他要跟我說些什麼。

我幻想過無數次自己的初吻，卻沒想過會是在這樣的情況下發生，也沒想過接吻的時候內心會有那麼多雜念。

「很抱歉讓妳哭了。」余佑寒終於開口，「我並不是在妳和前女友之間選擇了她……的確過去發生一些事情，而我從沒清楚告訴過妳，我只是不想讓妳知道那些事。」

「為什麼不想讓我知道？」我感到胸口一陣酸。

他沉思半天，忽然垂下頭，手扶在後頸，「因為有些丟臉，而且有些難堪。」

「什麼意思？」我問。

「我啊……那時對前女友可能不夠好，總喜歡往球場跑，也喜歡交朋友，我想我沒給她太多安全感，每次有什麼事，我都會請我那時的死黨去幫她，所以久了他們之間產生了其他感情，我也是間接的推手。」他的音調有些不穩。

「你是說……她劈腿的對象是你的死黨？」這太出乎我意料了！

「對，所以我覺得有一半是我自作自受，然而這件事情的確讓我們之間產生疙瘩，上次同學會她男朋友也因為顧忌我而缺席，其實我已經不在意了。」余佑寒抬起頭，臉色泛紅，「所以現在我才會一直告訴妳我喜歡妳，想讓妳知道我是真的喜歡妳，我不想讓妳沒安全感，但也許我做得還是不夠。」

我立刻搖頭，用力搖頭。

「你做得夠多了。」就跟周芷蕎她們說的一樣，他很重視我。

他微微一笑，「我在等車的時候，接到其他同學通知，說她鬧得很凶，感覺不太妙，所以我們才會這麼多人一起過去要她冷靜下來。去找她的途中，有朋友對我說了相同的話，『這是她當初劈腿的報應。』我茫然想著，眞的是這樣嗎？當我見到她的時候，當她哭著跟我說當時對不起我的時候，我確信自己並不想要她有報應，也已經不需要她的道歉。」

「我……」

「一段感情的結束，雙方都有責任，但都是過去的事了，我不想再追究，畢竟也曾經有過一段快樂的日子。」

我想起李蔓蒂說過，如果今天余佑寒是個希望前女友有報應的人、是個會記恨的人、是個對前女友冷漠相待的人，那這樣的余佑寒還是我喜歡的那個余佑寒嗎？

那個會爲人著想、溫柔卻又堅定的余佑寒，才是我眞正喜歡的人，不是嗎？

「那她還好嗎？」

我嚥了口唾沫，不敢相信自己居然會問出這樣的話；余佑寒的表情也一樣訝異，但接著他欣慰一笑。

「還好只是一場誤會，他們還是很喜歡彼此。」余佑寒停頓了一下，嘆氣說：「之前我一直覺得自己已經不在意她和我的好朋友在一起，也許我只是在逞強，但就在剛才看見他們攜手同行時，我發現自己是眞的不在意了，他們兩個過得開心是我最樂見的結果。」

我們終於可以心平氣和地坐下來，討論這件事。

原來一直以來不是余佑寒不說，而是因爲我排斥，所以他才不說。

余佑寒直勾勾地盯著我，「但不可否認，這件事的確讓我有些……忌諱。」

「忌諱？」我疑惑不解。

「我會……不太希望妳和我的朋友走得太近，我知道這點很幼稚，也知道妳和她不一樣，但我就是……」他近乎尷尬地苦笑，「剛才在河堤，林叡跟妳說了什麼？」

我一愣，努力想掩飾自己的驚訝。

就算他現在對於前女友的事已經釋懷了，但在他心裡還是留下了陰影，他能諒解自己的好朋友和前女友走在一起，卻因此產生了不信任的心理。

仔細一想，自從和他交往後，他從來沒有讓我和林叡有機會單獨相處過，就算有，他也會很快出現，總是有意無意地問起林叡和我在聊什麼。

所以我選擇說出口的回答是：「他要我別任性，訓了我一頓。」

余佑寒總算放心地笑了，他走到我身邊坐下，握起我的手，十指交扣，「妳有時候是有點任性，但我並不討厭。」

我皺起鼻子捏了他一下，余佑寒瞇起眼睛溫柔地笑著。

「我有很多事情需要跟你說抱歉。」我低下頭，覺得自己眞的太不懂事。

余佑寒牽動嘴角，手掌覆上我微顫的雙手，「那就誰都別說抱歉，這件事就到這邊，可以嗎？」

我和他靠得好近，我想起剛才的吻，瞬間臉蛋漲紅，不知所措地低下頭。

「剛才有些混亂……」他的聲音近在我耳邊，「我們再來一次好嗎？」

我全身僵硬，搖了搖頭，這實在是太害羞了。

「頭抬起來。」他說，而我的頭搖得更用力了。

余佑寒的手抵住我的下巴，輕輕將我的臉往上一提，我原本還想掙扎，但是在瞥見他柔情似水的眼波後，再也無法抗拒。

他越靠越近，他的氣息近在眼前，我緩緩閉上眼睛。

在閉上眼睛的那一瞬間，我想起在昏暗的河堤邊，林叡的神情。

「方芮冬，妳現在知道了吧，有些事情說出口只會增加不必要的麻煩。」

我想，世界上有些事情，也許一輩子都不要有答案比較好。

我們都害怕那眞相，寧願維持表面的假象。

也許維繫感情與友情，除了誠實外，有時還需要一些謊言。

第十六章

鬼針草，就是要黏著不放咩！

余佑寒從家裡回來後，我們依舊選在林叡家開讀書會，一開始我有些擔心，怕見面會尷尬，但林叡的態度遠比我想像中自然。

這讓我體悟到，林叡處事的圓融能力比我想像得還要高，就像之前即便李蔓蒂和周芷蕎當面向他告白，他也可以當作沒事一樣。

這樣的人，內心到底背負了多少祕密？

但我告訴自己不要去在意，這不該是我要擔心的，那是他的朋友、他未來的女友要去擔心的。

偶爾念書念到一個段落後，大家便會帶著QQ和端端到河堤散步，然後再各自回家，有意無意地，我和林叡彼此都保持著距離。

我不知道余佑寒有沒有察覺這一點小變化，我也不敢問，但每當我多看林叡幾眼時，余佑寒便會牽起我的手，露出溫暖的微笑。

那個時候，我的內心就會湧生一點點罪惡感，忍不住想把林叡的事一股腦說出來，可是下一秒，我又會看見李蔓蒂害羞地偷看林叡的神情，以及周芷蕎積極想要找尋話題的模樣，還有，林叡努力維持的友情。

於是，我只能將到嘴邊的話再硬生生吞回去。

余佑寒依然會送我回到家，爸媽通常都會請他來屋裡坐坐，更多時候甚至會留他下來吃晚餐。

開學後，我們每兩個禮拜還是會舉辦一次讀書會，但是地點改到學校圖書館，而讀書會的成效順利在期中考發酵。

林叡這傢伙依然是班上第一名，但是他的校排名進步了整整十名，而余佑寒校排名也進步了六名，我和李蔓蒂小幅進步，收穫最大的就是周芷蕎了，她怔怔地看著成績單訝異不已，眼眶溼潤。

「這麼感動？」林叡好笑地看著周芷蕎。

「我眞的好高興，謝謝你。」周芷蕎的臉頰因爲激動而微微泛紅。

「只感謝林叡呀？」余佑寒故意調侃。

「當然也感謝你們呀。」周芷蕎臉更紅了，林叡在一旁笑著，和我對上視線的瞬間，我立刻轉過頭。

「對呀，要好好感謝我們，哈哈哈。」我乾笑兩聲，抓了兩下頭髮，撇下一句，「我要去廁所！」說完我就一溜煙逃掉。

唉唷唉唷，我到底在幹什麼？要和林叡彆扭到什麼時候？

爲什麼他要講那些話？爲什麼要讓我知道？如果他要壓抑，就全埋在心裡不就好了？

我用冷水潑臉，想讓自己別再那麼煩燥，但好像沒有什麼用。

垂頭喪氣地走出廁所，卻見余佑寒趴在欄杆邊等我，我默默朝他走近，余佑寒牽起我的手，陽光灑落在他俊俏的側臉，我忽然覺得好想哭。

但他只是緊緊握著我的手，什麼也沒說。

這件事情就這麼不了了之，我極力避免和林叡私下相處，而我感覺得出來林叡同樣也刻意迴避著我，但當我們五個人聚在一起時，我和林叡又會如往常般鬥嘴。

這樣也好，就這樣放在心底，誰也別碰觸，誰也別提起。

秋天進入尾聲時，發生了一件大事。

那天早上，我趴在教室桌上補眠，余佑寒帶著牛奶到空中花園去餵貓，但回來的時候他卻臉色凝重。

「怎麼了？」我問他。

「我覺得那隻貓有點奇怪。」

「怎麼個奇怪法？」我不解。

「不知道該怎麼說，妳去看看就知道了。」他停頓一下，「我想最好跟表姊說一聲。」於是他傳了訊息給表姊。

第一堂課下課時，我跟著余佑寒來到空中花園，那隻貓趴在長椅上睡覺，我鬆了一口氣，對余佑寒說：「哪裡奇怪了，牠在睡覺呀。」

但余佑寒依舊沉著臉，邁步朝那隻貓走近，這時我才發現有異。以前有人朝牠走近時，牠一定都會動動耳朵、甩甩尾巴，或是抬起頭看看，但現在牠完全沒有任何反應，不可能睡這麼熟。

我跟著走上前，待看清牠後，整個人瞬間呆住。

我不知道貓的臉上也會出現疲憊的神情，牠看起來好累好累。

「余佑寒……」一開口我才發現自己的聲音有些顫抖。

「秋老師說過這隻貓保守估計也有十三歲左右，以貓來說年紀很大了。」余佑寒說。

「表姊說了什麼嗎？」

「她說她馬上過來。」

我們在空中花園陪伴著那隻貓，即便我伸手撫摸牠，牠也只是微微張開眼睛，彷彿連撐起眼皮都是件很累的事。

直到上課鐘響起，我才百般不捨地離開空中花園，一整堂課坐立難安，台上老師口沫橫飛地說起即將來到的大學考試，我突然閃過一個念頭，好像沒和余佑寒討論過想念什麼科系或是哪一間大學，不過我現在沒有心情細想，那隻貓的事更讓我掛心。

對了，林叡和周芷蕎都有養狗，他們對動物會不會比較了解？

可是現在是上課時間，用功的周芷蕎不會收紙條也不會看手機，於是我傳訊息給余佑寒，要他問問林叡，可是余佑寒卻沒注意到手機有新訊息，

我實在急得沒辦法，只好自己傳訊息給林叡。

林叡從口袋掏出手機，微微一愣，幾乎就要側過頭看我，但他沒有，他滑開訊息，低頭在手機上寫了一陣，又裝作若無其事地把手機收回口袋裡。

而他的回覆，卻讓我的心像是被什麼狠狠揪住一樣，透不過氣。

下課鐘聲一響起，老師都還沒宣布下課，我和余佑寒就立刻從座位上跳起來往外跑。

「我表姊穿著高中制服溜進學校，現在在空中花園。」

「秋老師呢？」我問，卻正巧看見秋老師憂心忡忡地從會議室跑出來。

隱約有種令人不安的預感。

當我們三個來到空中花園時，只見表姊蹲在那隻貓身邊，臉上掛著兩行淚水。

「小貓……」當秋老師這麼呼喚時，表姊和貓都抬起頭來。

喵——

那聲音微弱得像是隨時會飄散在空氣裡。

秋老師舉步艱難地走近那隻貓，小心翼翼地抱起牠坐在長椅上；而表姊也坐到一旁，伸手輕輕撫摸著牠。

余佑寒握住我的手，我才發現自己也哭了。

誰也沒有出聲，那隻貓在秋老師懷中閉起眼睛，似乎正在享受著秋老師的撫摸，還伸出舌頭舔了表姊的手。

過了十分鐘，上課鐘響起，牠頓時睜開雙眼，那雙色澤如楓葉般的雙眼清明，牠從秋老師的膝上跳下來，喵喵叫了兩聲，並在他和表姊的腳邊來回磨蹭了兩次，最後跳上一旁的矮牆。

「小秋貓……」表姊的聲音很沙啞，秋老師握住表姊的手，他的眼神盛滿複雜的情緒，那些難受，連我都感覺得到。

喵——

那隻貓扭頭對我和余佑寒叫了兩聲，牠的表情像是在笑一樣，我明白了這是告別。

牠往旁邊一跳，轉眼消失在我們的視線裡。

「我聽說過，具有靈性的動物在知道自己大限將至時，會與牠掛念的人們告別，接著會去到一個隱密的地方，永遠長眠。」

林叡回覆的訊息內容是這樣寫的。

「嗚嗚……」表姊哭得泣不成聲，與秋老師一同望著貓咪離去的方向。

我也哭得難以呼吸，我和那隻貓相處不到三年都這麼難過了，何況是相處五年的表姊和相處十幾年的秋老師呢？

「萬物總有離去之時。」余佑寒壓抑著情緒說。

我看向他的側臉。

他是不是依然擔心，有一天我也會離他而去？

握緊他的手，年紀尚輕的我們剎那間明白了失去的可怕。

如果可以，我希望我們永遠不會變，我希望我們之間的感情不只曾經擁有過，更可以天長地久。

那隻貓離開後，表姊便不再穿著高中校服偷溜回學校，我想，也許當初她會留著那件校服就是爲了能偶爾回來看看牠。

聽余佑寒說，表姊帶著秋老師一起去見他的父母了。

「眞的假的，提親嗎？」我吃著從便利商店買來的零食，驚訝地問。

「沒那麼快啦，不過也差不多是那個意思，那隻貓對他們來說似乎不只是一隻貓，好像還代表了什麼意義，不過我沒多問，總之，牠的離去，似乎也讓他們對過去的什麼告別了一樣。」余佑寒打開他房裡的窗戶，初冬的風帶著寒意，卻也帶著一股凜冽的清新。

「那你爸媽有說些什麼嗎？」

「他們當然很訝異，但同時也很高興，」余佑寒笑了幾聲，「說不定我表姊還沒大學畢業就會結婚了。」

「可是他們都同居了，也不用急著結婚吧，如果表姊現在就結婚，那可拿不到多少紅包啊。」

余佑寒挑眉，「妳還眞會精打細算。」

「那當然。」我嘟嘴。

「看樣子以後妳會很勤儉持家囉？」他別有深意地看著我，我的臉紅了起來。

「哼，我手上什麼東西都還沒有，就想叫我以後勤儉持家。」我故意搖晃著空蕩蕩的右手。

「是妳跟我求婚的啊，所以應該是妳要準備戒指吧？」余佑寒故意大聲說，我趕緊關上窗戶瞪向他。

「你不要亂講話！」哪有女生準備戒指的道理！

「放心，我們家族有很多親戚要一一拜訪，所以他們都不在家。」難怪他會打開窗戶。

「哼。」我不理他，一口氣把餅乾全部吃完，不留他的份。

「矮冬冬，妳對大學有什麼想法？」余佑寒突然問。

喔，對，一直沒和他討論這件事。

「我沒什麼特別的興趣，但對什麼都不排斥，你呢？」我答。

「我跟妳一樣，但前陣子那隻貓的離去，讓我有了另一個想法。」余佑寒表情認真，「我想當獸醫。」

「獸醫嗎？」天呀，我怎麼可能考得上！

「我們不一定要念同一個科系，其實就算我們念不同大學也沒關係，什麼也不會改變。」他彷彿讀出我心裡的想法。

但這句話有多麼天眞，我們都知道。

我握緊他的手，微笑著說：「我不要我們什麼也不變，但我希望，我們在改變了以後還是會在一起。」

余佑寒有些詫異地看著我，欣慰一笑，用另一隻手摸摸我的頭，像是我終於長大一樣。

「我們來約定一件事情吧。」我提議，「今年有部小說改編的三部曲系列電影，年底上映，到時候我們去看。」

他點頭，「這有什麼問題？」

「然後明年推出第二集時，我們再去看？」

「好啊。」余佑寒兩隻手分別上下包夾住我的右手。

「後年第三集上映，我們也要去看。」

余佑寒點頭。

「然後，我們再約定去看下一部系列電影，看完一部，就迎接下一部，如何？」

他笑了起來，「系列電影的約定是很殘忍的現實。」

「所以敢跟我約定嗎？」我比出約定的手勢，歪頭對他微笑。

「有什麼不敢的。」他勾住我的小指，用力一拉，將我拉入懷中，在我抗議之前，他的脣已經貼上了我，來來回回地沿著我嘴脣的輪廓親吻。

「唔……」我呼吸不過來，心跳得飛快。余佑寒鬆開我，噙著壞笑。

「換妳了。」

「換我？」我喘著氣不理解他的意思。

他卻比了比自己的嘴脣，下一秒居然閉上眼睛，微微噘起。

我、的、天、呀！

這會不會太可愛了！

可是可是，人家是淑女，怎麼可以主動親男朋友，要矜持呀！

「幹麼？還害羞嗎？」余佑寒睜開一隻眼看我，噘起嘴催促我快點。

實在是太可愛了，所以我只考慮了○．一秒，就把什麼女人的矜持拋諸腦後，伸長脖子，輕輕在他脣上落下一吻。

余佑寒滿意地勾起嘴角，睜開眼睛。

「我喜歡你。」我認真地說。

他一愣，皺起眉毛，似乎有點不敢相信。

仔細想想，我好像都還沒跟他說過「喜歡」這兩個字。

「我說，我很喜歡你，所以你也不用擔心我。」我咬著下唇。

雖然我隱瞞林叡的事情，但這不會影響到我們。說了，才眞的會造成影響。

林叡對我的感情會隨著我和余佑寒的穩定交往而日趨轉淡，但說出口的話不管時間過了多久，都會在心上留下淡淡的痕跡。

我再次主動吻了他一下，我敢發誓，我絕對沒有要誘惑他的意思，親完之後我還傻傻地笑了笑，可是這個沒克制力的男人忽然將他的唇貼上我的，不同於剛剛只是輕輕碰觸，這次他用舌尖撬開我的嘴，我嚇了好大一跳，這種大人的吻對當時的我來說衝擊很大。

身體產生了奇怪的變化，總覺得好熱、好想扭動，我半推半就去碰觸余佑寒的身體，他的雙眼變得迷離，正當他將手伸進我的裙子裡時，我的手機在桌上發出鈴響與震動——

我們兩個嚇得趕緊分開，我立刻接起電話。

「喂，我是方芮冬！」我強作鎮定。

「芮冬呀，我是爸爸啊，妳在哪邊，我去接妳。」爸爸的聲音讓我瞬間清醒。

「我在余佑寒家裡，那你到了再跟我說！」說完我就掛上電話。

房間一片靜默，我簡直聽得見自己的心跳和血液流動的聲音。

媽呀，我們剛剛到底在幹什麼啦！

看著自己百褶裙下露出的白皙大腿，我立刻用手遮住，一旁的余佑寒輕咳了幾聲。

我偷看他，發現他一手遮著嘴，連耳根都紅了。

「學到了吧？以後不要隨便誘惑我。」余佑寒壓低略微沙啞的聲音。什麼呀！幹麼把錯都怪到我身上，沒把持住是你的錯！

這件事讓我們兩個人有段時間都有些尷尬，林叡以爲我們吵架了，還問了幾句，當然那是在我們五個人都在場的時候，雖然我想打哈哈應付過去，不過泛紅的雙頰出賣了我，周芷蕎和李蔓蒂只是曖昧地笑了笑，說這是可愛的青澀初戀過渡期。

林叡似懂非懂，但也沒再多問。

隨著學測日子越來越近，我也開始思考未來，余佑寒說過他想當獸醫，像他這樣的好男人，如果眞的成爲動物醫生，一定會有更多花痴喜歡他、黏著他、追著他，我絕對不可以把這樣的好男人放到外頭讓那些女花痴吃掉！

所以我誓死也要跟他考上同一所大學，就近管理。

我開始認眞念書，認眞到爸媽都會主動叫我休息一下，他們大概想不到這一輩子竟然有機會要女兒別那麼認眞念書吧。

而也因爲這樣，讓爸媽對余佑寒的評價又更高了。

我本來很好奇反對我十八歲以前交男朋友的爸爸，爲什麼會這麼欣賞余佑寒（雖然他一直不承認自己欣賞他），直到現在我才明白爲什麼。

父母或是朋友會喜歡妳的另一半，其實並不眞的是因爲對方多優秀、對妳多好、多聽妳的話，這些都不會是父母或朋友喜歡妳男朋友的原因。

關鍵在於妳的行爲。

如果交了男朋友以後，妳的成績變差、容易蹺課、晚睡晚起、花錢花得很凶，那父母又怎麼會喜歡他呢？

相反的，如果交了男朋友以後，妳的個性更加開朗、成績進步，也懂得珍惜身邊的人事物，那麼父母又怎麼不會喜歡讓妳變得更好的那個男生？

所以爸爸喜歡余佑寒，是因為余佑寒改變了我，他讓我變得更好。

一想到這一點，我更下定決心要巴著他不放，這輩子我絕對吃定他了。

鬼針草，就是要黏著不放咩。

❄

某天，我和余佑寒約好要去林叡家開讀書會，我在河堤等他的時候，卻瞥見一個熟悉的身影。

對方一臉驚訝地對我揮手，「學妹。」

是夏恒生。

「學長，好久不見！你剪頭髮了？」他原本長及肩膀的頭髮削短了，換了個清爽的短髮造型。

「是啊，諸多原因。」他笑著搔搔後腦，「妳怎麼在這裡？」

「我們要去開讀書會，我在等我男朋友。」我指了指後面那棟大廈。

「還是同一個嗎？」夏恒生故意這麼問，「學測辛苦了，好好加油，大學很好玩的。」

「眞的嗎？有多好玩？有我們學校好玩嗎？」我滿懷期待。

「完全不一樣，是妳想像不到的。」夏恒生轉頭看向位在河岸對面的學校，「但我還是很懷念高中，那裡有我的青春歲月。」

我頓了頓，想起去年畢業典禮上，夏恒生那雙落寞的眼睛。

「你和校花學姊有進展嗎？」

他聳聳肩，是什麼意思我也不知道。

但他都畢業一年了，也有可能已經忘記校花，遇見其他女孩了。

所以我改口問：「你當時說過『喜歡的人也喜歡自己是個奇蹟』，現在呢？遇到奇蹟了嗎？」

「學妹，一年不見，打破砂鍋問到底這一招越來越厲害啦。」他笑了起來。

「學長也變得越來越會打太極了。」我瞇起眼睛，下一秒我們相視而笑。

看著閃閃發光的河面，我忽然皺眉，「學長，在你畢業那天，我跟你說過，有些東西是需要爭取，才有可能變成自己的。」

「嗯，我記得。」夏恒生點點頭。

「現在想想，也許那句話不一定是對的，有時候，不要爭取比較好。」我想起林叡。

在那個時候，我希望夏恒生爭取，是因爲林叡。

現在卻覺得有些事不要爭取，也是因爲林叡。

「怎麼啦？學妹，現在妳正在享受青春嗎？」我側頭看向笑得燦爛的夏恒生，他還是跟過去一樣帥氣，只是多了份成熟。

「學長也很青春呀。」我笑笑。

他挑了下眉毛，「不爭取，在我那時候是最好的方式。但也許對現在的我而言，爭取才是最好的。」

「所以學長現在……」我正要說話，卻瞥見校花站在河堤上方。

「夏生。」她依然那麼漂亮，神態雖然不再像高中時那樣冰冷，但臉上依舊沒什麼表情，而且她也剪短了頭髮。

夏恒生回頭對她揮了下手，從他溫柔的眼神，我明白他還是喜歡她。

接著他的眼神往校花後方移去，看向正拿著提袋走過來的余佑寒。

「學妹，現在我依然認爲互相喜歡是個奇蹟，但因爲妳，也讓我開始認爲，要努力爭取才有可能發生奇蹟。」他露出眞摯的微笑，「好好珍惜那雙手。」

我知道他指的是余佑寒，於是我揚起微笑，「那當然。」

他對我說了再見，往校花的方向跑去，最後兩人的身影消失在河堤邊。

我想我永遠不會忘記夏恒生這個學長，他讓我明白不是每段感情都能得到回報，不是每顆眞心都能換到眞心。但同時也讓我了解，互相喜歡是個奇蹟，我會記得他用眞摯的笑容要我好好珍惜余佑寒。

握住了的手，就不要輕易放開；得到的感情，就不要輕易放棄。

即便多麼生氣，也不要把分手掛在嘴上。

我牽起余佑寒的手，忽然更深刻感受到了林叡求而不得的壓抑，以及夏恒生求而不得的酸楚。

我第一次覺得這段戀情多麼得來不易，為此我感動地偷偷流下眼淚，但我絕對不會告訴余佑寒。

幾個月後，在考完學測的那個下午，終於可以把腦袋裡的課業統統丟掉，好好放鬆了。天氣很熱，汗水把制服弄得溼溼黏黏的，我們決定買冰去余佑寒家裡一邊吃一邊吹冷氣。吃完冰後，那股黏膩感依然揮之不去，余佑寒說他受不了了，要去洗澡，當場就把襯衫脫了，露出結實的身材。

「去吧。」要是以前我一定又會紅著臉，但我已經看透余佑寒總是愛捉弄我，所以我必須保持淡定。

屋內的冷氣舒適得令我有些昏昏欲睡，身上的黏膩感也逐漸消失，余佑寒擦著頭髮從浴室走出來，拿了瓶飲料坐在我旁邊。

「幹麼不去穿上衣？」我眼睛簡直不知道該往哪裡看。

「熱呀。」他朝我淘氣一笑，接著朝我靠近了些。「妳怎麼有點臭臭的？」

「怎麼可能！」我立刻聞了自己身上的味道，沒有呀！

「臭的人都不知道自己身上臭，都是汗臭味呀。」他一臉嫌棄，我是女生耶！怎麼這樣！

「可惡，我去洗澡！」我氣沖沖地搶過他的毛巾，往浴室走去。

是的，一直到這裡，我都沒有發現自己正一步步掉進余佑寒的陷阱。

當我洗完澡出來後，余佑寒還是沒穿上他那該死的上衣，只壞笑著對我招手，就當作是洗澡水太熱讓我暈頭轉向好了，總之後來發生的事就是十八禁了，就略過不提了，但反正我也已經滿十八歲了，所以也不眞的算是十八禁。

一回到我家，因爲我身上散發出沐浴乳的味道，導致余佑寒被爸爸質問許久，媽媽也一直瞇著眼睛在旁邊打量我。

老實說我的確有點罪惡感，我朝余佑寒的側臉看了一眼，他回我一個溫暖的微笑。

爸爸，反正余佑寒會娶我的，我會用盡全力，一輩子只對他發花痴，黏得沒有女生敢靠近他！

尾聲

初戀非常重要，所以一定要設下篩選對象的條件。

我的初戀條件只有十項，非常容易達成。

雖然已經和初戀男友交往四年，但我還是想來檢視一下他有沒有符合我的條件。

第一，身高一八〇以上。

這點已經不可能達到了，余佑寒身高一七八，我想他應該不可能再長高了，不過我身高也只有一五〇而已，就不奢求了。

第二，必須紅著臉跟我說：「我喜歡妳，請和我交往。」

天呀，這就別提了。雖然他偶爾也會臉紅，但那機率比看見幽浮還低，就連交往也都是被他設計得像是我主動表示要和他交往一樣。

第三，他一定要是初戀。

講到這個我就有氣，他居然交過女朋友，但這點我現在已經不太在意了。

以前的我會衷心希望他所有的前女友都消失在世界上，但現在我會感謝那些前女友，謝謝她們和余佑寒分手，謝謝她們傷害過余佑寒，謝謝她們讓余佑寒成長為更好的人。

謝謝她們，讓他可以來到我身邊。

不過我還是衷心希望這輩子都不會再見到他的前女友們。

第四，會跟我鬥嘴，但都吵不贏我。

這一點我已經放棄，永遠、永遠都是我輸！

第五，除了我，他對其他女生都不理不睬。

他對其他女孩子都很溫柔，尤其是他獸醫系的女同學，真是氣死我了。然而只要我一出現，他馬上就會恢復本性，本來我對這件事感到很生氣，但沒想到這反而讓那些女生認為我對余佑寒來說是很特別的存在。

好吧，這樣也好！噢，我怎麼覺得自己越來越M了……

第六，人緣好、功課佳、體育棒。

這項總算是有符合了，余佑寒的確算得上十全十美，可是我希望他不要這麼完美，不然圍在他身邊的花痴好多，真討厭那些喜歡余佑寒的女人！

第七，約會從不讓我出錢。

以前約會的花費都是一人一半。

「我們都是還在花父母錢的學生，又沒有打工，當然各出各的。」他這樣回我。

可是漫畫裡不管男女主角是不是學生，約會都是男生出錢啊！

當我這樣堅持，余佑寒卻說：「所以那才叫『漫畫』。」

我氣得不想說話，余佑寒摟住我的肩膀，在我耳邊低語：「以後等我開始賺錢，保證不讓妳出任何一毛。」

好吧，他升上大學開始打工後，也算是有慢慢兌現他的承諾。

第八，每天都要誇獎我。

得了吧！他一天別罵我就阿彌陀佛了。

第九，不可以對我有所隱瞞。

余佑寒雖然不會主動報備，但有問必答，這點算是勉強及格啦。

第十，天大地大我最大，千錯萬錯都他錯。

我覺得像是反過來了啊！天大地大余佑寒最大，千錯萬錯他絕對沒有錯。

回想起我曾經羅列的初戀條件，不免有些唏噓，但是望著一旁呼呼大睡的余佑寒，他很久以前說過的那句話，忽然浮現在我的腦海裡。

「妳不覺得如果有一個人和自己的理想對象條件完全相反，但妳還是情不自禁地喜歡上對方，這才叫做喜歡嗎？」

即便預設了一堆關於理想對象的條件，最後仍想要和理想相差甚遠的對象在一起，這才是喜歡。

手機螢幕亮了起來，李蔓蒂傳來訊息。

「白痴情侶人在哪了？」

「要出發了。」我回。

「別遲到呀。」周芷蕎也回應。

林叡搭腔，「每次聚會遲到就你們兩個。」

「囉嗦！要出門了啦！」

我回完訊息，連忙加快化妝速度。

差點就忘記報告他們這組三角關係的發展。

林叡依舊沒和誰交往，他好像兩個都不討厭，對她們的好感又似乎還不到想要交往的程度。

所以周芷蕎和李蔓蒂同意遵行以前我們一起做情人節巧克力時，我提出的方案——與其讓林叡被其他女人搶走，不如她們先排除異己，最後再來兩人廝殺。

於是她們一起追著林叡去同一所大學，分工合作抵擋了眾多想篡位的女人，導致現在林叡身邊除了她們兩個，根本沒有其他女生朋友。

所以說，女人何苦爲難女人呀？女人就是要彼此幫忙、互相合作，讓這個男人逃不了才行。

至於林叡對我的感情……我很感謝他隱瞞得夠好。

高中畢業典禮那天，我們難得有了短暫的獨處時間，本來我尷尬得想要找機會開溜，林叡卻笑了，指著某個角落說，當年他還把QQ帶進學校兩次。

「我偶爾，應該是說，我時常在想，如果那個時候，在妳和佑寒在一起之前我就跟妳……那事情會不會不一樣。」

「林叡，我不想討論這個話題。」我往後退幾步。

「今天是畢業典禮，我會把一切都留在這裡。」林叡側過頭，勾起一個有些感傷的笑容。

我看見正站在前方人群中和其他同學合照留念的余佑寒，他也正巧看了過來，他對我微笑，也對林叡微笑。

我想，也許余佑寒早就知道了。

「妳和佑寒的感情一定要永遠永遠像現在一樣好，絕對絕對不要讓我覺得自己有機會。」說完，林叡頭也不回地離開。

我咬著下唇，覺得有些想哭。明明他什麼也沒說，我卻覺得難過。

「林叡剛才和妳說什麼？」出現在我身後的是當時還沒聯手排除異已的李蔓蒂和周芷蕎。

她們兩個當然沒聽清楚林叡說了什麼，但我可是嚇出一身冷汗。

李蔓蒂開玩笑，「該不會跟妳告白吧？」

「如果是那我就恨死妳了。」周芷蕎也開玩笑地這麼說。

開玩笑大概有一半是認真的，而我永遠也不想知道，她們知情後會如何反應。

總之，林叡果真如他所說，將那段感情留在高中裡了。我也不想探究真偽，大家的相處都還是跟以前一樣就好。

嘴角掛起微笑，我看著眼前那個呼呼大睡的男人，我和他之間雖然經歷了不少事，但感情還是一如當初。

我搓動雙手，接著用力打了余佑寒的背。

「幹麼啦？」他不悅地半睜眼，翻過身又繼續睡。

「快點起床，跟林叡他們約定的時間快到了！」我推著余佑寒。

他擺擺手，「再讓我睡十分鐘。」

唉……漫畫裡的男主角，不是應該我一說話，就要立正站好說「Yes Sir」嗎？

不過算了，這才是現實不是嗎？

「你再不起來，我就要跟我爸爸說，當年我還沒畢業，有個人就強迫我……」

余佑寒聽我這麼說立刻跳起來，滿面驚恐，「別亂講啊，明明是你情我願。」

我學他露出賊笑，「我說你強迫我，你覺得我爸會相信你還是相信我？你爸媽又會相信你還是相信我？」

余佑寒吃驚的表情實在太經典，看著他一邊碎念一邊起來穿衣服的模樣，我不由得笑彎了腰。

看來，我也掌握了一些牽制他的方法。

「外面很冷，妳多穿點。」拿起機車鑰匙的余佑寒皺眉看向我的熱褲加絲襪。

我投入他穿著羽絨外套的懷抱裡，抬頭看著他說：「有你我就不冷了啊。」

余佑寒笑著彈了我的額頭一記，「這麼噁心的話到底從哪裡學的？」

還不就是你，你從十六歲就一直噁心到現在了。

不過，喜歡本來就要大聲說出來，沒有誰是誰肚子裡的蛔蟲，不把話說出口，誰會知道對方心裡在想什麼呢？

我在後座環抱住他的腰，余佑寒回頭說「要出發了」，我喊了聲「GO」，車庫的門一打開，冷風迎面而來。

「好冷呀！」我緊緊抱住他。

「那就躲在我身後吧。抱好喔，出發！」他催動油門，機車奔馳在河堤邊的道路上。

看著河面上波光粼粼，再看看眼前爲我擋風的男孩，我勾起嘴角，漾起幸福的微笑。

他叫余佑寒，我叫方芮冬，我們兩個加起來是「寒冬」，本該是酷寒無比，可是他卻是我心中最溫暖的存在。

因爲，這個寒冬不下雪。

全文完

番外
對冬的迷戀

果然每個人在愛情中都是卑微的。

「我終於來到這所高中了！」

新生入學當天，我踏進這所堪稱夢幻高中的學校，內心充滿興奮。

這所高中師資優異、升學率佳、社團多元等種種出色之處自然不在話下，最重要的是，從這裡畢業的學生百分之八十都會成爲社會上所認可的「成功」人士，如果能好好把握，應該可以提早累積人脈。

國中三年，我每天拚命念書，終於得以來到這裡。

我壓抑著滿腔激動走到布告欄前，掏出手機掃過QR Code查詢自己的班級——A班。

隨著引導人員的指示來到A班，未來三年都會待在同一個班級。那時的我心中滿懷期待，期待未來三年會發生什麼好玩的事？會結交到什麼樣的朋友？會遇見什麼樣的女生？

我所期待的一切，最後幾乎都如願實現了。高中三年發生了許多有趣的事，我身邊有了值得深交的死黨，也遇見了喜歡的女生。

但也許當初入學時不夠貪心，祈求得不夠多。我應該要更明確地祈求，希望我喜歡的女生也喜歡我。

或者是，希望我不要喜歡上死黨的女朋友。

我第一眼看見她的時候，並不覺得她有什麼特別，甚至認爲這個女生既嬌氣又沒有禮貌，一進教室就吵吵鬧鬧，還像花痴一樣和別人討論哪些男生有多帥。

完全是我不想碰的類型。簡單來說，就是一個讓人感到很麻煩的女生。

當我被班長余佑寒指派擔任學藝時，我忽然對未來感到一片黑暗，這個班級和我想像的不一樣，就連班導也很不一樣。

爲此我感到有些憤憤不平，所以就在那個嬌氣的女生向我搭話的時候，我故意稱呼她剛被班長取的綽號——矮冬冬。

她張大眼睛努起嘴，生氣的模樣就像是某種小動物，看起來像是在裝可愛，實際上又好像眞有那麼一點可愛。

然而才開學第一天就發生出乎意料之外的事，被秋老師強迫擔任班長的佑寒，居然跟矮冬冬說出「我喜歡妳」這種噁心的話，而且還是當著全班面前。我倒不這麼認爲他的態度有多認眞，好像比較像是在耍著她玩。

但我不由得多看了矮冬冬兩眼，這樣一個花痴到底有什麼特別的，怎麼會讓看起來聰明理智的佑寒說出這種話。

不過也因爲這段插曲，讓男生們多了一個聊天話題，在全班都還來不及認識其他人時，就先記住了佑寒和矮冬冬，大家有說有笑地熱烈討論，瞬間拉近彼此的距離。

放學後，在離家只差幾步路的巷口，QQ從家門前奔跑而來。朝著我猛搖尾巴的模樣可愛極了，我立刻蹲下，張開雙手迎接牠飛撲進我的懷抱。

我一面摸著QQ鬆軟的毛，一面想像明天學校又會發生什麼有趣的事。

「有件很重要的事要和大家宣布。」

因爲要測量身高體重，並進行基本健康檢查，男生和女生被安排在不同教室。所有男生留在原本的教室裡，佑寒這時突然一臉嚴肅地走上講台。

「先聲明，雖然這種事不是先講先贏，但我相信男生們之間的義氣，會因爲我先說了而多少有些管用。」佑寒咳了幾聲，才繼續往下說：「開學那天我對方芮冬的告白是認眞的，所以麻煩對她有興趣的人請高抬貴手，我會感激你們。」

大家先是一愣，接著哄堂大笑，包括我在內，每個人笑得都快要斷氣。

「我們對小女孩沒興趣！」

「她看起來比我妹年紀還要小欸！」

「誰會喜歡上她啊！」

聽大家這麼你一言我一語，佑寒露出滿意的神色。

有人故意說：「幫助你有什麼好處？」

佑寒不以爲意地答，「頂多你上課遲到，我會睜一隻眼閉一隻眼。」

「這也太寒酸了吧！居然只有這樣的報酬！不過好吧，這對我們很重要。」

於是就在這樣亂七八糟的情況下，全班男生好像有了一種共識——矮冬冬是佑寒的。

我覺得佑寒的擔心實在太過多餘，我站在矮冬冬面前就能直接看到她頭頂，這種像小動物一樣的女生是能有什麼吸引力？

像佑寯那樣的男生根本不需要爲她先發聲明稿，從同爲男生的我眼裡看來，只要佑寯認眞起來，別說矮冬冬，任何一個難搞的女生遲早都會點頭同意和他交往，只是時間早晚罷了。矮冬冬注定是他的囊中物。

尤其是這蠢女人當著全班的面叫我Q毛頭之後，我更覺得和她不對盤。看著笑得開心的佑寯，我眞想問他，怎麼會眼光獨特到喜歡上她！

就連矮冬冬揭曉她那蠢得要命的初戀十大條件後，佑寯都還可以帶著笑容開她玩笑。看樣子他的確很有自信。

話說回來，那十大條件還眞不是普通的蠢，矮冬冬是膚淺的女生無誤。這是我對她的第二個印象。

「林叡，可以請你幫我們設計海報嗎？」

當我坐在座位上看漫畫的時候，一個女生不知何時站在我旁邊問。我抬起頭，是個戴眼鏡的長髮女生。啊！對了，她常和矮冬冬一起發花痴，每節下課都跑出去看帥哥學長。

她叫什麼名字來著？我在腦中反覆思考，這才發現除了矮冬冬，我幾乎沒記住班上其他女生的名字。我的媽啊，這樣子行嗎？完全沒在積極認識異性啊。

「我是李蔓蒂。」這個女生似乎看出我內心的疑問，主動自我介紹。對此我有些不好意思，開學至今已經將近一個月，還不知道班上同學的名字實在有些說不過去，這樣沒禮貌的行爲居然會出現在我身上。

所以我闔上漫畫，咳了幾聲後說：「什麼海報？」

她拿出一張畫有草圖的圖畫紙遞過來，「就是這個！」

我接過一看，眼珠差點沒掉出來，這什麼？上頭寫著「常大爲粉絲俱樂部」。

「不會是哪個男生的後援會吧？」我不可置信地看著她，她卻理所當然地點點頭。

完了完了，這個女生外表看起來很正常，而且還一副文靜的模樣，我以爲她只是被矮冬冬到處拉著走，沒想到也是正統花痴一枚，看樣子很多事情都不是表面看起來那麼簡單。

我露出微笑，禮貌地婉拒，掰出一個理由，說我手痛。

她雖然面露懷疑之色，卻也沒再勉強說服我。

我忍不住又說：「這不是喜歡吧，如果是眞的喜歡，應該不會做這樣的事情。」

李蔓蒂漲紅了臉，卻沒有出聲反駁，只是咬著下唇轉身走開。我抓了抓後腦，看樣子說錯話了。

過了幾堂課，換矮冬冬興高采烈地跑來，手裡拿了張圖畫紙劈頭就說：「Q毛，幫我畫海報！」

我瞪她一眼，「妳叫誰Q毛？」

「誰搭腔我就叫誰囉！」她裝俏皮學著電影裡的台詞。

我瞄了眼她手上的那張圖畫紙，我的老天爺，一樣又是「常大爲粉絲俱樂部」。

矮冬冬和李蔓蒂可就不一樣了，完全不需要對她好聲好氣。於是我對她翻了個大白眼，用超級鄙視的目光盯著她，嘴裡還不屑地冷笑著。矮冬冬見我這樣的態度也很不爽，哼了聲，「我祝你的Q毛頭離子燙也不會直！」

對於她這種蠻橫的女生，我實在敬謝不敏，但礙於她是女生，我也不好說出太過分的話，導致每次和她鬥嘴都是我落了下風。

佑寒臉上掛著看好戲的笑容，目送矮冬冬踩著重重的腳步離開，那張愚蠢得要命的海報最後當然由她自己完成。

「喂，你都覺得沒關係嗎？」

「什麼沒關係？」佑寒一邊運球，一邊反問我，「話說球技大賽你會選籃球組吧？我們是不是也該準備問問大家的參賽意願，搶先開始練習了？」

雖然學校還沒公布球技大賽的消息，但這是每年固定舉辦的校園盛事之一，有些班級的學生甚至已經著手調查班上同學的參賽意願。

「差不多了，聽說第一名的獎品還不錯，有合作社招待券。」我接過他傳來的球，又繞回原本的話題，「就是矮冬冬啊，她跟花痴一樣追著那些帥哥學長，還四處發放那種愚蠢的海報，你看了都不會生氣？」

佑寒笑了笑，「生氣？我幹麼生氣？」

「你不是要追她？」

「但我又不是她男朋友，爲了這種事情生氣也太沒肚量了吧。」

「還真是老神在在。」不過他說的也沒錯，他的確沒有立場生氣，該說是他有自信嗎？我忍不住補了一句，「但也太從容了吧。」

「我一點也不從容啊。」佑寒低聲說：「不然，就不會先發警告給你們了。」

我一愣，仔細回想，開學第一天他就搶先在全班面前昭告他喜歡矮冬冬，後來我好幾次聽到班上女生有意無意地常會對矮冬冬提起佑寒，而班上男生剛開始雖然對這件事半信半疑，但健康檢查時，佑寒又特地再次向我們表明自己的態度，換句話說……

「你其實也挺有心機的嘛。」

佑寒只是哈哈大笑，並沒有否認。

這個話題結束之後，我們來回傳了幾次球，班上其他男生也加入戰局，瞬間演變成一場小型籃球賽。

中場休息時間，佑寒一邊擦汗，視線落向另一頭，隨著他的目光看去，只見矮冬冬和李蔓蒂正偷偷摸摸地朝著其他班級東張西望。

想也知道，她們又在偷看哪個學長了。

某天上午，佑寒拍拍我的肩膀，要我和他去走廊吹風。

「幹麼啦，吹什麼風，有時間吹風不如快找人練習籃球。」

「我有在準備，就陪我聊兩句吧。」佑寒往導師室的方向瞄了一眼。

「下午有小考，我想翻一下書。」

「看什麼書啊，你周芷蕎喔？」

我們忍不住大笑，那個老愛抱著書本猛啃的女生成爲我們開玩笑的話題。佑寒接著說：

「我請你喝飲料，你陪我在這裡聊聊。」

結果買完飲料後，他又叫住正要走回教室的我，要我站在走廊上陪他吹風。他到底是怎麼了，有問題啊？

直到我看見矮冬冬和李蔓蒂垂頭喪氣地從導師室走出來，手裡還拿著她們在學校發放的愚蠢海報和社團申請表，我瞬間明白了佑寒的怪異舉止。

「被退貨了對吧？」佑寒貌似漫不經心地向矮冬冬搭話。

「老師說我們這是變相的霸凌。」矮冬冬超失望。

「哈哈哈哈，是眞的啊！」佑寒倒是笑得很開心，看樣子他果然還是會擔心，嘴上說「老師才不會核准那種社團」，還是找藉口拉我出來站在走廊上陪他吹風，只爲了要確認矮冬冬她們有沒有申請成功。

佑寒的確沒有很從容，相反地還有些笨拙。

雖然他一直說自己對矮冬冬是認眞的，不過直到我親眼目睹他做出如此愚蠢的事情之後，才眞切感受到，他是眞的喜歡矮冬冬。

後來我也損了矮冬冬兩句，她就像隻小吉娃娃一樣對我吠個不停。我伸手一把抓住她的頭頂，想像自己是在抓一顆籃球。

「會、痛、啦！」矮冬冬大喊，猛力掙扎。

糟糕，佑寒喜歡矮冬冬，我卻毫不顧忌地隨意欺負她，這下子不知道他會不會生氣。

我偷瞄他一眼，但他依然只是帶著笑容袖手旁觀。矮冬冬向他求救，「班長，救命啊，副班長正被學藝欺壓！」

我以爲佑寒會把握這次機會來個英雄救美，但他只是舉起手機拍下矮冬冬哭喊的畫面。

我還眞是搞不懂他，這種態度哪個女生會相信你是眞的喜歡她啊？

就在我腦袋思考這些亂七八糟的事情時，矮冬冬趁我不注意忽然捏了我的手臂，那力道一點也不留情，好像要將我手臂的肉扯下來一樣，痛得我立刻鬆開手，還咒罵她幾句。

矮冬冬立刻轉身溜回教室。佑寒臉上的笑意絲毫未減，我看向他的目光帶著困惑，他卻反問我怎麼了。

「你真……算了，沒事。」

佑寒笑著拍拍我的肩膀，我們一起回到教室裡，只見矮冬冬一臉做賊心虛，不禁懷疑她是不是又做了什麼好事，我連忙看了看自己的座位，卻沒有發現任何異狀。

「當然如果是像蔓蒂這樣清純可愛的女生注意我，我會很開心，但如果是像旁邊那個沒女人味的矮冬冬……哎呀，那還寧願不要呢。」佑寒又說出這種違心之論，我還真是搞不懂他。

「哼！不知道是誰向那個沒女人味的矮冬冬告白的？」被逼急的矮冬冬大聲脫口而出。

全班倏地安靜下來，佑寒微微勾起嘴角。啊啊，他就是想要製造這種局面，故意逼矮冬冬說出這種話，讓她正視自己的確被他告白過的事實。

「矮冬冬，沒想到妳還記得我的告白啊？」果然沒錯，佑寒抓住機會對她施加壓力。

所有人都在看好戲，我也不例外，矮冬冬手忙腳亂的模樣真的很有趣。這讓我想起QQ，有時候要求牠做一些新動作時，牠也會歪頭困惑地看著我，如果我假裝生氣，牠就會在原地慌張地轉圈，就跟矮冬冬一樣。

「你、你那哪是告白？」矮冬冬大叫。

佑寒上半身往前傾向矮冬冬，從我這個角度看來簡直就像是要撲倒她一樣，全班發出驚叫聲，連我都想出聲提醒他這裡可是教室，要克制點。

接著他逼問矮冬冬對於告白的回覆，我可以想像矮冬冬此刻的表情有多驚恐。

後來她居然直接抬腳踹了佑寒，這舉動實在太不女生，難看死了，尤其她還穿著裙子。

「都看到內褲了。」我故意這麼說，沒想到矮冬冬竟然拿橡皮擦往我身上扔，我氣得立刻丟了回去，然而一出手我就發現糟了，我沒有控制好力道與方向，眼看橡皮擦就要砸到她臉上——

幸好佑寒反應很快，迅速伸手穩穩地接住橡皮擦，他的手就停在矮冬冬眼前不到十公分的距離，班上響起一片熱烈掌聲。

「別對女生動手啊。」他對我說。

「她先……好，算了，不計較這些。」雖然佑寒臉上仍有笑容，但我看得出來他有些不爽，反正是我錯在先……不，是矮冬冬先惹我的，但對女生動手就是不對。

也不知是怎麼著，佑寒這時居然掀起襯衫，露出腹肌，引起班上一陣騷動，連我都想問問他是怎麼練的，矮冬冬看得目不轉睛。我還是認爲她遲早會和佑寒交往的。

下午考試的時候，不知怎麼地，我找不到自己的橡皮擦，害我把考卷塗得亂七八糟。

最近和佑寒走在走廊上，看向我們竊竊私語的女生變多了，她們的目光很明顯地都在追隨著佑寒。

「你是做了什麼事嗎？人氣怎麼忽然大增？」

佑寒聳聳肩，走到一群女生面前，一把抽走她們手上的某樣東西遞給我，那群女生驚呼連連、滿臉通紅，好像想要跑開又捨不得錯過近在眼前的佑寒。

「這是什麼？」伸手接過來一看，居然是佑寒的照片，而且還是他之前在教室露出腹肌的那張。「這是哪來的？」

「那、那個……」兩個女生支支吾吾。

「李蔓蒂那個生意人賣的。喂，一張賣多少？」佑寒將照片還給她們。

「一……一百。」兩個女生害羞地回答完，就趕緊轉身跑開。

「居然有女生願意花一百塊買你的照片，果然女人的錢最好賺。」我不禁感嘆，也許未來我應該去從事這方面的工作。

「所以百貨公司週年慶業績最好的櫃位永遠是化妝品。」佑寒皺起眉頭，一臉認眞地思考，「我是不是應該跟李蔓蒂抽成？」

想起那個看似文靜的女生，我再次覺得她人不可貌相。

音樂課必須換教室，由於沒有指定座位，每次一下課大家都會立刻直奔音樂教室搶著占位子，我和佑寒跑到音樂教室後，我才發現自己忘了帶課本，只能再跑回教室拿。

教室裡空蕩蕩的，只有周芷蕎一個人坐在位子上。

她長得非常漂亮，老實說，比起矮冬冬，我認爲她和佑寒站在一起更爲相稱。

雖然沒有跟她說過話，但畢竟是同班同學，加上教室裡只有我跟她兩個人，不搭話也很怪，所以我隨口問：「妳還不去音樂教室？不怕沒好位子？」

埋首書本中的她像是被嚇了一跳，猛地抬起頭，「啊……我有請矮冬冬她們幫我占位子，等一下再過去。」

「噗！」聽到她的話，我忍不住嗤笑出聲，她疑惑地望著我，我才說：「妳們也叫她矮冬冬？」

「因爲全班都這麼叫了。」她答得很理所當然。

「哇靠，矮冬冬沒說什麼？」

「她當然有抗議，但我們還是都這麼叫。」

「也是，從來沒人理會她的抗議。」想起矮冬冬生氣的模樣，我又笑了兩聲。

走回自己的座位拿了音樂課本後，見周芷蕎還沒有要走的打算，於是好奇走近她座位旁邊，想看看她到底在看什麼這麼入迷，結果竟是數學課本。

「妳在看數學？」

「咦？」她再次嚇了一跳，雙手趕緊遮住課本，「我以爲你走了。」

「都快要上課了，一起過去吧，今天有要考數學嗎？」

「沒有，我只是複習一下。」她將數學課本收進抽屜，找出音樂課本，我們一起並肩往音樂教室走去。

「妳眞的很認眞，我看妳每次下課時間都在念書。」我不由得打了個冷顫，原來眞的有這種認眞魔人，永遠都在念書。

她沒有應聲。我繼續說：「不過很怪，妳數學怎麼是光用看的？」

「咦？不然要怎樣？」她的語氣透著驚訝。

「數學應該要用算的吧，拿出紙筆在一旁計算。」

「是、是這樣嗎？」她瞪大眼睛，而我無語。

好吧，有些天才的確只需要用「看」的，就能自動在腦中演示算式、得到解答。

原本想損周芷蕎幾句，但見她那副若有所思的模樣，覺得她是認真型的女生，和矮冬冬那粗神經大不相同，所以想了想還是作罷。

過了幾天，我不經意瞥向依舊坐在座位上看書的周芷蕎，意外發現她拿出紙筆在演算數學題目，忍不住脫口而出，「哇靠，這麼聽話？」

「誰聽話？」佑寒叼著吸管問。

「沒什麼。」我又多看周芷蕎兩眼，如果她在腦內就可以演算數學，又何必仰賴紙筆的輔助，但我沒有再多說什麼，也許她只是想體驗一般人念書的方式。

❄

每天早上上學前，我會固定帶ＱＱ到河堤散步，狗需要的運動量很大，而且也要時常帶牠出外轉轉，否則老是待在家裡，我怕牠悶壞。

但這一天我不小心睡過頭，沒有時間帶牠出去散步，急急忙忙就要趕去學校，可是ＱＱ並不理解，還興奮地在玄關處繞著我打轉。

「我快要遲到了，今天不能帶你去散步，等我放學回家後再帶你去。」我跟ＱＱ解釋，但牠依然搖著尾巴不肯離開，我把牠抱起來往客廳放，沒想到我才一打開家門，牠就從客廳衝出來一溜煙地跑出門外。

「喂！ＱＱ！」我立刻大喊並追上去。

好在巷子裡的車輛並不多，我看著ＱＱ往前奔馳的小小身影，只得拔腿追上。

見我追著牠，ＱＱ更開心了，以爲我在跟牠玩，跑得更是飛快，一下子就消失在轉角。

這下我急了，出了巷口就快到校門附近，那裡可是條大馬路啊！

當我一跑出巷口，卻見一對同校的男女學生站在馬路邊，而那個女生正蹲在地上和ＱＱ玩。還好，牠還沒衝到馬路上。

「ＱＱ！」我喘著氣大喊，跑過去才發現，那個女生竟是矮冬冬。

「林叡？」矮冬冬一臉驚訝，站了起來。

「矮冬冬？」我抱起ＱＱ，看向她旁邊的男生，從制服上的學號判斷，應該是二年級的學長，個子很高。她怎麼這個時間會和學長走在一起？「妳怎麼在這？」

「我怎麼在這？要去上課啊，不然散步喔。」矮冬冬沒意會到我問題的意思，但她瞄了那學長一眼，忽然換了噁心的語氣說：「是林叡同學你家的狗嗎？眞的好可愛喔。」

我明白她的用意了，就是想在男生面前裝可愛啊，「妳幹麼裝模作……痛！」

而且還裝得很不徹底，居然敢偷捏我！

我把這件事情告訴佑寒，他卻皺起眉頭說：「身材高大的學長？她不是在注意二年級那個轉學生嗎？」

「看樣子換了另一個對象吧，啊，就是那個男的。」我指向正巧出現在對面大樓走廊的那位高個子學長。

佑寒看了幾眼，鬆了一口氣，「不用擔心，那種等級的人根本不會看上矮冬冬。」

哇靠，你真的喜歡她嗎？誰會這樣說自己喜歡的人啊。

「要這麼說的話，你不也一樣？」

「什麼？」

「你這種等級，要多少女生有多少，怎麼會看上矮冬冬呢？」

佑寒有些訝異地看著我，接著笑了起來。

「怎樣？」

「不是，我只是覺得，這種話還眞不像你會說的。」他越笑越開心。

「那我收回那些話。」兩個男生討論這種話題還眞彆扭，而且我這樣好像是在說矮冬冬的壞話，感覺很不好。

「這樣也好，知道她特別之處的人，只要有我就夠了。」佑寒說完就走回教室。

這個疑問一直到我們班教室布置活動接近尾聲的時候，才揭開謎底。

那天放學後，我們正在教室裡如火如荼地剪貼紙張時，佑寒提議去買些飲料給大家喝，當然是由班費裡支出，他說這是參與教室布置者該有的福利，於是我也點頭同意，我們兩個便負責到校外的便利商店買飲料。

「我還是覺得奇怪，矮冬冬眼中並沒有你，只有一堆帥哥學長，我也找不出她的魅力之處，你到底是喜歡上她哪一點啊？」回程路上，我忍不住又提起這個話題。

「林叡，沒想到你會好奇這種事。」

我聳聳肩，「一般來說，我對這種事確實不感興趣，但矮冬冬實在太缺乏女性魅力，她老是讓我想起鄉下的表妹，一臉欠扁。」

聽到我惡毒的比喻，佑寒失聲大笑，「你當初得知自己考上這所學校後，有先來學校看過嗎？」

「我家就住在附近，雖然很想念這所學校沒錯，但既然已經考上了，也不用特意再提前過來看。」

「我家倒是住得離這裡很遠，以前表姊念這所學校的時候，我就一直想過來參觀，所以在國三大考前，我曾經站在河堤那邊，遠遠眺望著這所學校。」

喔？還眞看不出來佑寒會這樣，是想來看看心儀的學校，然後激勵自己一定要考上嗎？

「那個時候，我看見一個很矮的女生在河堤奔跑，她一邊哭一邊跑，因爲哭得很大聲，我還以爲發生了什麼事，忍不住多看她兩眼。她跑到一半跌倒又爬起來，往河堤的樓梯上走去。也許是我眞的太好奇，所以也跟著爬上樓梯，過了橋後，我站在不遠處觀察她，只見她虔誠地雙手合十，接著大喊『請保佑我九月一定要再次站在這裡』。」

「那就是矮冬冬？」

佑寒點頭，「很可愛吧，念書念得壓力太大，所以先來學校激勵自己。」

這樣的行爲的確是滿可愛，但……我眞的不懂，「這樣就能成爲喜歡她的理由？」

「應該是後來發生的那件事吧。她在公車站牌等了很久，嘴裡碎碎念說車再不來她念書的時間就沒了，好不容易，公車終於來了，這時有一個老人要過馬路，她看了看公車又轉頭看向老人，等到號誌燈轉爲紅燈時，老人還在馬路中央步履蹣跚，我正想上前幫忙，矮冬冬卻搶先衝到老人身邊，舉手要來車讓讓，扶著老人過完馬路才走回公車站牌，公車當然不會等她，於是她哭喪著臉又開始碎碎念。」

「就因為這樣？」

「對我來說這樣就夠了，我喜歡善良的人。」佑寒的微笑很溫柔。

我仔細觀察了矮冬冬好一陣子，發覺她雖然平時很吵鬧，可是一旦她安靜下來，不得不說她那五官看起來的確很可愛。但我很快又會在心裡駁斥這個想法，沒有氣質的女生算什麼女生！對我來說，像李蔓蒂或是周芷蕎那樣的女生，才叫做女生。

某天，當我帶著QQ在河堤散步的時候，因為太專注於想著一些無聊的瑣事，便下意識地蹲下撫摸QQ蓬鬆的毛，不但緊緊抱住牠，甚至還忘情地親親牠的臉，通常我只要人在外面就絕對不會這麼做。

愛狗這件事沒什麼，但我一個大男生這樣猛親著狗的臉頰，畫面實在太過可笑，如果被同學看到，我一定會羞愧得想死。

然而就是這麼巧，一個熟悉的聲音從頭頂傳來。

「Q毛，你要遲到了！」

抬頭一看，原來是矮冬冬站在橋上，她不知正在對我說些什麼，因為距離太遠，我聽得不是很清楚，她的臉因為背光而一片黑，刺眼的陽光讓我幾乎張不開眼睛。

「已經二十六，夭壽，二十七分了啦，如果你害我遲到就完蛋了！」她大吼，然後轉身跑開，我低頭看了看錶，發現手錶不知什麼時候停了，趕緊找出手機，一看之下，嚇得我趕緊抱起QQ，想都沒想就往學校跑去。

等我來到校門口時，鐵門已經拉起來，還有一個老師等在那裡要登記遲到的學生。

懷裡還抱著QQ，無法從大門進去，於是我靈機一動，往學校後面的圍牆走去。圍牆雖然不低，但我還可以翻得過去，而且前幾天我發現牆底有個小洞，QQ能從這個小洞進到校園裡，所以先將QQ安置好後，我才縱身一跳翻牆而過。

這裡雖然雜草叢生，但好在QQ有戴防蚤項圈，倒不用太擔心。

再三叮嚀QQ絕對要留在原地後，我趕忙往教室跑去，頭上還沾了幾片樹葉。

喘著大氣進到教室，和台上的佑寒打聲招呼，表示自己沒有被登記遲到，他大概也猜得到我是翻牆進來學校的。

我走向矮冬冬，對她說：「剛才謝謝妳了。」

「不客氣。」她掛起驕傲的微笑，好像自己做了什麼超值得感謝的事，雖然很欠扁，但那沾沾自喜的模樣，還真有那麼點可愛。

第一堂課上到一半，我才猛然想到，早上自己在河堤跟QQ親密玩樂的愚蠢德性不知道有沒有被矮冬冬看見，必須先堵住她的嘴才行。好不容易等到下課鐘響起，正準備去找她，佑寒卻集合了所有男生，說從今天起，要開始為球技大賽做準備，每堂下課都要把握時間練習籃球。

啊，這樣QQ怎麼辦？我立刻傳訊息要老媽來學校把QQ帶回家，但老媽剛好沒空。

……只剩下矮冬冬可以拜託了，於是我連忙上前打斷她和朋友的聊天，什麼也沒來得及解釋，就叫她跟我去找QQ。

矮冬冬一路上話多又自high，實在很怕她會洩漏QQ的行蹤，當我們來到草叢時，我一蹲下來，QQ立刻衝出來舔我的臉，我趕緊抱住牠，眞是太對不起牠了，因為我的疏失讓牠得孤零零地躲在這裡，「你一個人在這邊一定很害怕吧？」

「那你怎麼進校門的？學校不能帶狗進來吧！」矮冬冬問。

「我塞在懷裡用跑的，校門口的老師來不及看清楚。」隨便編一個理由騙她，怎麼可能老實跟她說我是翻牆進來的。

「你該不會是要我下課時間過來陪牠玩吧？」矮冬冬說中我的計畫，她也沒想像中笨啊。

「Why？Why me？」她邊說邊配合手勢動作，再次讓我聯想起某種小動物。

「因爲妳知道我有養狗，早上又是妳提醒我，我當然選妳。」

雖然她嘴裡抱怨，她的眼神卻一直瞄向QQ，我知道她也很想親近QQ，愛狗的人光從眼神就可以看得出來，所以我很放心把照顧QQ這個任務交給她。

結果下一秒矮冬冬就忽然朝我撲過來，正確來說，應該是撲向QQ，卻壓在我身上，她的雙手緊緊抱著QQ，我嚇了一跳，連忙將她推開，她只沉浸在懷抱QQ的喜悅裡，絲毫沒察覺剛才我們的距離這麼靠近。

她那麼小一隻，體重也很輕，身上的味道卻很香……

我趕緊搖頭，丟開這些莫名其妙的念頭。

我和矮冬冬一起回到教室後，還被秋老師調侃我和矮冬冬、佑寒之間陷入三角戀情，我才正想要大聲反駁，矮冬冬卻搶先說了幾聲我是Q毛頭，正想回嘴，卻在對上她視線的那一瞬間，又想起剛才她壓在我身上的身體觸感，我頓時一句話都說不出來。

「這樣我們班的班長該怎麼辦啊？有什麼好對策可以搶回矮冬冬嗎？」秋老師說。

佑寒只是聳肩微笑，不知怎地，我有些心虛，轉頭看向黑板。

我已經想好了，如果佑寒問起，就坦白向他說出實情，畢竟避嫌二字我還懂的，但一整天過去，佑寒都沒再提起過這件事，和平常一樣熱情地吆喝我去練球。

中場休息時，我逮到機會就跑去草叢那裡想看看矮冬冬有沒有好好照顧QQ，見她一臉開心地和QQ玩得正愉快，我想起佑寒說的那句話：「我喜歡善良的人。」

雖然矮冬冬很不淑女，嗓門又大，但她很善良，而且答應的事就會做到。

從那次以後，我偶爾會偷偷觀察矮冬冬的行爲舉止，眞心覺得她就是小動物，尤其她在吃波蘿麵包時，鼓起腮幫子的模樣完全就像隻小松鼠，讓我笑了一整天。佑寒忍不住好奇地問我在笑什麼，我沒告訴他，畢竟誰會希望聽見自己喜歡的女生被人說像是隻松鼠。

考完期中考，我們一群人聚在一起討論成績，矮冬冬的成績還算可以，反倒是周芷蕎跌破大家眼鏡，那成績眞的是……我想起之前周芷蕎奇怪的念書方法，原來不是因爲她很天才，而是很天兵，才會覺得數學光用「看」的就能弄懂。

不過這種事也沒什麼好在意的，反正差也沒差到哪去。只是，矮冬冬竟一臉慌張，好像自己做了什麼壞事一樣，怯生生地看著周芷蕎，像是想說什麼又說不出口，和她平常囂張跋扈的模樣截然不同。

我不自覺地脫口而出，「很可愛不是嗎？」

所有人略帶驚訝的目光齊齊落向我，我趕忙解釋，「這樣的反差不是很可愛嗎？」企圖把話導到周芷蕎身上。

佑寒似乎對我的話半信半疑，爲了掩飾自己的不自然，我又和矮冬冬鬥起嘴來。

放學後，佑寒拉著矮冬冬離開，我留在教室和別人聊天，特意比平時多待了十五分鐘才離開學校。回家的路上，老媽傳訊息說想吃花之冰，我只得特地繞路去買，卻意外看見佑寒和矮冬冬兩個人在冰店裡共吃一盤冰，儼然就像是情侶一樣。

我立刻轉身離開，到家以後，老媽問我怎麼沒有買冰，我也不答，逕自回房，將書包往地上一丟，一屁股坐在床邊。

嘆了一口好長的氣，不是從開學第一天我就知道了嗎？佑寒和矮冬冬總有一天會在一起，那爲什麼看見那樣的畫面，我還會心煩意亂？

隔天在玄關穿鞋、準備去上學時，不知爲何，昨天矮冬冬在冰店裡滿臉羞紅的模樣一直在我腦中揮之不去，不過比起她爲佑寒羞紅的雙頰，我更想看見她的笑臉。

QQ在一旁用頭頂著我的手，我摸摸牠的頭，忽然想起上次和QQ玩得開心的矮冬冬，我盯著QQ看了好一會兒，最後將牠一把抱出門。

跟上次一樣，我把QQ安置在校園偏僻處的草叢裡，趁佑寒不在的時候，叫矮冬冬跟我過來。

她不太耐煩，「你該不會又不小心把QQ帶來學校了吧。」

我一驚，但依然神色自若地扯謊，「我完全沒有發現牠跟著我出來，等我察覺時，已經快到學校了，如果再花時間送牠回家，一定會遲到。」

「那你家人呢？」

「如果我家人可以來領牠回家，我幹麼還要來拜託妳呀！」我又說謊了，我也不知道自己為什麼要這麼做，「球技大賽就剩幾天了，佑寒說要加緊練習，總之QQ交給妳了，老地方、老方法。」

因為臨時帶QQ出來，沒有準備狗餅乾，只能把麵包塞給矮冬冬，讓她餵給QQ吃。我要矮冬冬再次保證，不能將這件事告訴任何人，她擺手答應，看起來很敷衍。

某堂下課，趁著練球空檔，我原本想要偷溜去看QQ，並期待能看見矮冬冬的笑臉。

「林叡，你要去哪？」佑寒將籃球卡在手與腰際間。

我有些心虛，回答自己要去廁所。

「那我跟你去吧。」他露出笑容。

去廁所的路上，我話並不多，佑寒也是。返回球場途中，他忽然問：「你在拜託矮冬冬什麼事情嗎？」

終於他還是問了，我深吸口氣，告訴他實話，應該說是一半的實話，我告訴他我不小心把狗帶來學校，於是託矮冬冬照顧。

「嗯。」佑寒沒再多問什麼，只是點點頭。

接下來他就像沒事人一樣，繼續練球，這讓我大大鬆了口氣。

中午的時候，矮冬冬和佑寒都不在教室，我腦中又浮現他們在冰店裡的親密畫面。

我揉揉額頭，如果只是為了想看見矮冬冬的笑臉這種無聊的原因，根本不必去搞那些小動作，覺得自己可恥得要命，於是我開始刻意和矮冬冬保持一些距離，但佑寒卻跟往常一樣，三不五時就拉著我和矮冬冬她們三個女生湊在一起。

我告訴自己，別再和矮冬冬有任何交集了，而這果然還滿有用的，我好像可以恢復我該有的樣子。直到高一下學期，發生了兩件事。

第一，社展時，我察覺到李蔓蒂和周芷蕎對我的感情，然而我裝作不知情。

第二，矮冬冬和佑寒正式在一起了。

知道他們在一起那天，我帶著QQ坐在河堤邊，看著遠方的夕陽，然後明白了自己內心的惆悵是爲了什麼。

原來假裝不在意與刻意疏遠，只會造成反效果。

原來，我做了一件相當卑劣的事情——喜歡上死黨的女朋友。

察覺自己的心意後，每當看著矮冬冬我就會感到一陣鬱悶，看著佑寒就會感到一陣愧疚，這兩種情緒在我心中來回擺盪。

期末考前，大家又約在一起念書，原本打算去佑寒家，但矮冬冬不知道出於什麼心態，卻提議要改到我家來。

我不想答應，因爲李蔓蒂和周芷蕎兩個人殷殷期盼的目光讓我很有壓力，說實話，我不想和喜歡我的女生太過接近，以免造成不必要的誤會。

但……我瞥了矮冬冬一眼，就算她已經是佑寒的女朋友，我還是可以以朋友的身分待在她身邊，反正既然注定沒有希望，那何不把握每個相處的機會？

所以我最後還是答應了。

然而意外總是發生得讓人措手不及，當天李蔓蒂和周芷蕎率先抵達我家，她們兩個似乎無意隱瞞自己的感情，總之我尷尬無比，一面倒茶一面祈禱佑寒、矮冬冬能快點到。

門鈴響起，我大喜過望，以爲他們兩個終於到了，打開門卻只見佑寒一臉歉疚地說他和矮冬冬起了爭執，所以他們兩個今天就不過來了。

「發生什麼事了？」我焦急地追問，但佑寒瞇起眼睛打量我。

彷彿像是在問我：這麼關心做什麼？

我手心冒出一層薄汗，該找些什麼理由搪塞過去？我應該有辦法瞞過佑寒才是，但我忽然覺得很累，爲什麼不乾脆說出實話呢？

「其實我……」

「咦？怎麼了？」李蔓蒂從客廳走到玄關，周芷蕎也跟著過來。

「妳們兩個已經到了啊，眞是抱歉，我和矮冬冬有些誤會，下次再參加讀書會。」佑寒說完，拍拍我的肩膀，對我露出憐憫的微笑。

靠，他也知道這兩個女生喜歡我？那還不留下來！

不過，算了，我衝動的「告白」就這樣被打斷了也好。

度過一整個尷尬的下午，等那兩個女生都回去後，我想著是否該傳個訊息關心一下他們怎麼了，拿起手機正想撥電話給佑寒，卻停了一停。

我怕自己會像下午那樣，衝動之下就想對他坦白一切，所以撥給矮冬冬才是最好的選擇，於是我找出她的號碼，按下通話。

鈴聲響了一陣，矮冬冬沒好氣的聲音才從話筒傳來。

「幹什麼啦，Q毛。」她口氣差得要命，也許還在氣頭上。

爲此我有些擔心，卻又有些開心，這樣矛盾的心情實在很難解釋。

「妳今天跟佑寒怎麼了嗎？」

「沒有怎樣啊。」她聽起來心不在焉。

看來她不想談，於是我只能轉開話題，「……不要生無謂的氣，這樣我們其他三個人會很尷尬。」

「你幹麼啦！」她突然大叫，嚇了我一跳，接著聽到佑寒的笑聲。

「我就知道妳會把東西隨便塞到床底下。」佑寒的話語聲清楚地透過話筒傳進我耳裡。

忽然間，我覺得剛才的自己很可笑，我打這通電話是想怎樣？

我是眞的擔心嗎？何不就承認，我以爲會有趁虛而入的機會？

我打這通電話的用意，只是想打聽情況，如果矮冬冬傷心，我可以安慰她，如果她生氣，我可以聽她說。

我不知道打完電話以後我可以做些什麼，但我知道我打電話的目的絕對不是想聽見她和佑寒和好的消息，更不想聽見她和佑寒共處一室。

「……佑寒也在那邊？那你們就沒事了啊，以後不要隨便放鴿子了啦。」我的聲音顫抖。

「明白了，不會有下次。」佑寒接過電話，他的言語間透露著什麼我很清楚。

佑寒是知道的。

我既心虛又生氣，的確先說出口的是佑寒，的確若不是佑寒特別提到矮冬冬，我可能連注意都不會注意到她。

但難道先說先贏嗎？

雖然這麼想，可是我很清楚，現在的情況已經不一樣了，不是先說先贏的問題，而是他們已經在交往了。

知難而退有時候是種美德，應該是時候要設下停損點了。

當我站在走廊上思考這個問題時，矮冬冬跑過來拍拍我的肩膀，神祕兮兮地要我跟她走。

「幹麼？」

「你跟我來。」她小聲地說，又示意我噤聲。

「不要。」我現在最不需要做的事情就是跟她獨處。

她嘖了聲，不耐煩地重複，「快點跟我來一下啦。」說完就往樓梯間走去。

我環顧左右，佑寒不在教室裡，矮冬冬又從樓梯間探出頭，露出絲毫構不成威脅的威嚇表情，用嘴型吩咐要我過去。

「做什麼啦？」我嘆了口氣，緩緩邁開腳步。

「喂，我問你喔，你有沒有喜歡的女生啊？」

我一驚，看著矮冬冬八卦的表情，大約猜得到她想講什麼，所以我翻了白眼轉身就要離開，矮冬冬連忙衝到我面前拉住我的手，「等一下，幹麼走啦！」

被她握住的手傳來一陣熱，我立刻甩開，凶狠地說：「不想回答妳的無聊問題！」

矮冬冬絲毫不介意我的差勁態度，兩手一攤，「那你喜歡什麼類型呢？說不定我可以幫你介紹喔。」

我一肚子火，矮冬冬來問我這件事讓我很不爽，我知道她對我沒有任何特別的感情，所以她會替朋友來探我的口風也是無可厚非。

但我不想聽她這樣問我，我不想看見她對我毫無感覺，就算那是事實，我也不想知道。

所以我口氣極差地罵了她，「死矮冬瓜愛管閒事，怎麼不拿這時間去念書，吃飽太閒。」

矮冬冬被我這樣一訓也火了，「你才臭Q毛頭，還不快點去把頭髮弄直，不然等一下麻雀以爲是巢就坐上去了！」

比起她生氣，我更喜歡看見她笑。

但如果是探問我感情八卦的那種笑容，我寧願惹她生氣。

「哼，眞不知道你哪裡受歡迎！這麼多人喜歡你！」離開前，矮冬冬丟下這一句話。

但我只是想著，我要很多人喜歡我做什麼？我只要我喜歡的人也喜歡我就行了。

世界上絕無僅有的，那個人。

❄

「快攻！就在那邊！防守防守！」

高二的球技大賽，我們班的表現依然亮眼，但在籃球比賽進行到最後五分鐘時，我不經意往觀眾席上瞥了一眼，碰巧看見矮冬冬被人撞倒在地，那一瞬間的分心，讓我摔了個四腳朝天，腳也扭傷了，只能坐在旁邊看著佑寒攻下關鍵的一分。

場上所有人都在歡呼，包括矮冬冬也聚精會神地看著表現傑出的佑寒。

「你沒事吧？」一道影子擋住了我的視線，周芷蕎拿了一罐水過來。

我對她扯出一個微笑，接過水，即便她坐在我旁邊，我也沒和她搭話。

沒想到，後來周芷蕎的積極超乎想像，她也去領養了一隻狗，雖然我不喜歡心機深的女生，但不會跟動物過不去，況且看得出來她是眞心疼愛那隻狗，所以當她開口約我一起去溜狗時，我答應了。

我有感受到周芷蕎很努力想要找話題和我聊天，同時也看見李蔓蒂在一旁默不吭聲。

我不禁想，果然每個人在愛情中都是卑微的嗎？

有人想討好我，而我也有想討好的人，感情其實很簡單，就只是你和你喜歡的那個人心意有無相通，若有，一切事半功倍；若無，一切徒勞無功。

幾天後的體育課，我又因爲打球受傷而坐在一旁休息，矮冬冬嘲笑我是傷兵，接著又問我感情方面的問題，我實在不想回答，只是任由她自顧自地往下說。

「那我問你喔，我假設而已，如果像是李蔓蒂和周芷蕎那樣的女生，你喜歡哪一種類型？」

如同我之前所說的，她實在不適合打探消息。

「我沒有喜歡的人，李蔓蒂和周芷蕎對我來說都是朋友，就這樣。」我說得很直接，希望可以止住她的追問。

「那誰比較有機會一點？」沒想到矮冬冬又繼續問。

「關妳什麼事啊，幹麼管這些呢？況且如果我眞的喜歡她們其中一個，也該讓對方第一個知道，而不是告訴妳這個旁觀者吧。」

「你講得沒錯，那不然你告訴我你喜歡的類型吧。」她側頭看向我，長髮隨著她的動作而滑落，清秀的臉龐流露出幾分好奇。

也許就是因爲這樣，才讓我昏了頭，也許我只是想讓她困擾，於是我指了指她。

就在這時，我注意到球場上佑寒的視線看了過來，矮冬冬一臉疑惑。

「妳可別亂想，我只是想說，比起李蔓蒂和周芷蕎那樣小心翼翼地和我相處，我更喜歡會和我吵架的女生。」於是我改口，也改變話題，「告訴妳一件好事情吧。」

「好事情？」

「佑寒在高一剛開學時，他警告過我們班男生，要別人別對妳動歪腦筋。我那時候想，搞什麼啊，誰會喜歡那個矮冬瓜，不過……咳，我的意思就是，他私底下其實做了很多小動作，妳眞的以爲妳都沒男孩子緣嗎？其實是他擋掉了不少，這也就是爲什麼他樂於擔任班長的原因之一，這樣他才能更快掌握別班有沒有人對妳有意思。」

矮冬冬臉蛋緋紅，不敢置信地看了眼球場上的佑寒，又狐疑地看著我。

「所以別再覺得他不夠喜歡妳了，那傢伙是眞的很喜歡妳，爲了在妳面前耍帥，他可是拚了命在裝酷，假裝從容不迫。」我扯出一個勉強的笑容。

「好吧，林叡你眞是個好人，稍微可以理解爲什麼蔓蒂她們會喜歡你了。」她拍拍我的肩膀，露出幸福的微笑。

「還眞是謝謝妳的理解。」我站起身，往球場跑去。

我這樣做是對的，這段感情早就該割捨。反正這段感情不會有機會說出口，一旦說出口，我就會同時失去他們兩個，那何不自己先了結？

情人節那天，李蔓蒂和周芷蕎先後向我告白，我沒料到她們會這麼大膽，卻也並不意外。看著她們送我的巧克力，我不禁輕聲說：「妳們都還有表達的機會。」

但我立刻警覺地住嘴，期盼李蔓蒂沒聽見我剛才那句低語，卻見她的神情似乎起了一絲波瀾，雖然她總是安安靜靜待在一旁，面對我時也不多話，但我知道她是個聰明的女生，她笑了笑，說她不想聽我的回答。

也許告白，最不想聽見的不是拒絕，而是對方眞正的心意放在誰的身上。

看著李蔓蒂跑開的瘦小身影，我羨慕她的勇敢。

明明我和她一樣，都是和好朋友喜歡上同一個人，爲什麼女生表現出來的勇氣，往往比男生還要多？

說也奇怪，李蔓蒂對待我的態度倒是比以前要自然許多，至少不會再默不吭聲地站在一旁，然而偶爾當我的視線落向矮冬冬，就會發現李蔓蒂也正看著我。

她跟佑寒一樣，都是屬於心思縝密的人，不會輕易把心裡的話說出口。

有次在打球的中場休息時間，我來到走廊邊的飲水機，竟瞥見矮冬冬躲在這裡偷哭，一個衝動之下差點要問她發生什麼事了，但還是強自忍住，假裝不經意地問她，「妳在這裡幹麼？」

「你才又在這裡幹麼？不是在打球嗎？」如我所料，矮冬冬不會告訴我。

於是我又多問一句，「妳幹麼？」

「我沒有幹麼，你走開啦。」她撇過頭。

她會這樣躲起來哭，大概和佑寒脫不了關係，所以我試探地問：「怎麼不去球場？佑寒在那邊。」

「我知道，我要去社團整理東西，再見。」說完她就跑開了。

「喂——」本來想追上她，但我又有什麼立場攔下她？

所以我選擇回到球場上，周芷蕎正在和佑寒聊天，見我過來，她主動帶著笑容走向我，遞出她手上的水。

「謝謝，但以後不需要這麼做。」我太急著想問佑寒，究竟矮冬冬發生了什麼事，情急之下，導致口氣不佳。周芷蕎一愣，尷尬地笑了笑，默默離開球場。

「就不能對人家溫柔點嗎？」佑寒笑著問我，他的笑臉讓我有些生氣。

「那你不能對矮冬冬好一點嗎？」

「我對她很好了。」

「但是她在哭。」

佑寒一愣，瞇起眼睛，「你怎麼知道？」

「我剛剛看見她躲在飲水機那邊偷哭。所以，到底是怎麼回事？」

他若有所思地拍打著籃球，忽然轉身跳躍投籃，扭頭對我露出一個笑容，「我覺得這應該不關你的事。」

這下換我啞口無言，我低頭看了看地面，摸摸鼻子，「對，不關我的事。」

「那還要打球嗎？」

「不了。」

「好吧。」佑寒說完並沒有往教室走，而是往體育館的方向去。

我深深嘆一口氣，明白自己踰越了界線。

高二下學期結業式那天，當我看著矮冬冬坐在天台上等待佑寒時，忍不住想，再過一年就要畢業了，我能這樣看著她的時間已經所剩無幾，不過大概是因爲我難得沒想要藉由和她鬥嘴來掩飾自己的眞心，矮冬冬還一臉害怕地說我怪怪的。

我聳聳肩，定定地凝視著她，「暑假妳也別再跟佑寒吵架了。」

只要你們感情一直很好，那我就會明白自己毫無機會。

「難道你有喜歡的人了？」我沒料到矮冬冬會冒出這一句，突如其來之下，或許我在言行舉止間流露出心虛，導致矮冬冬訝異地追問：「眞的有？」

「沒有。」我回。

但矮冬冬擺明不信，「是誰？我認識嗎？還是別班的？」

矮冬冬盧起來眞的很可怕，加上我內心也許多少希望她能知道我的心意，我不想造成她的困擾，卻又想讓她知道。這種矛盾時常在我內心交戰，所以我願意和她繼續就這個話題深聊下去，至於能理解到什麼程度，就看她了。

「那你會放棄嗎？」她皺著眉頭問我，看樣子她確實是眞心爲我著想，而我只是扯了個笑容，告訴她眞正的理由。

「因爲她有男朋友了。」

「別在這邊自怨自艾，是個男人就去告白，然後把她搶過來吧！」矮冬冬俏皮地眨眨眼睛，我忍不住放聲大笑起來。

我喜歡的是妳，如果妳知道，還會這麼說嗎？

❄

暑假期間，佑寒得回去他家住上好一陣子，我私心盤算著，這已經是最後的機會了，我沒打算做什麼，只希望能再多看矮冬冬幾眼，所以我主動舉辦了好幾次讀書會。

李蔓蒂、周芷蕎、矮冬冬都會一起來我家，每次只要來參加讀書會，矮冬冬就會擺出一副快死了的表情，然而今天卻滿面春風，一問之下才知道，佑寒今天回來。

大家繼續有一搭沒一搭地聊天，而李蔓蒂則時不時觀察我的反應，我微微苦笑，見狀，她先是低下頭，很快又抬頭堆起笑臉和矮冬冬說話。

讀書會結束後，我躺在和室的榻榻米上，閉上眼睛，告訴自己，等到張開眼睛後，絕對要好好埋藏這段感情。

傍晚，我按照慣例帶著QQ去河堤散步，牠卻突然往前直衝，我一路狂追，發現牠跳上一張長椅撲在一個女孩身上。

「……矮冬冬？」我清楚看見她臉上爬滿淚痕，能把她惹哭的還有誰？

所以我一句話也沒問，直接坐到她旁邊，拿出面紙遞給她，接著抱起在她腿上撒嬌的

QQ，目光直視前方的漆黑河面，讓她有時間擦乾眼淚。

不過她卻哭得更凶，壓抑著哭聲，抽抽答答地吸著鼻涕。

「還需要嗎？」

「不，不用了。」她鼻音濃厚。

「那要送妳回家了嗎？」我問。

她回頭看向佑寒住著的那棟大廈，語氣低落，「我自己回去就可以了。」

一股氣升上來，「本來就不會事事順心。」

「你又不知道發生什麼事。」

「不，我是說我。」才剛決定要埋藏這段感情，卻又看見妳一個人在這邊哭，這是什麼考驗？這樣我眞的能放棄？「假設我看見我喜歡的女生跟妳一樣，一個人在哭，妳覺得我該怎麼做？」

「也許你該安慰她或是抱住她什麼的，這種時候問我這問題幹什麼，我……」她話都還沒說完，我便決定不再隱藏自己的心意，猛地拉住她的手腕。

「林、林叡……」她那麼慌張的聲音，我第一次聽見。

「那妳覺得，我該問她爲什麼哭嗎？」

「問啊，你先放開我的手……」

「妳爲什麼哭？」

我想造成她的困擾，我想讓她爲難，我希望她能爲我的事情而煩惱，就算不是愛情，也希望她能想到我。

「我是因爲余佑寒他不回來……」矮冬冬的聲音顫抖，我迎上她的視線。

在那個瞬間，從矮冬冬注視著我的瞳孔中，我明白了自己的模樣。

即便遲鈍如她，也會明白我眼中的感情。

「如果是我，我永遠都會優先選擇妳。」

這句話才剛說出口，後悔隨即湧上，但說出口的話已經不能收回，所以，如釋重負的感覺立刻取代了罪惡感。

矮冬冬驚慌地站起來想要逃離。我瞇起眼睛，想也沒想地拉過她的手，將她擁入懷中。

「林、林叡！」她想掙脫，我卻抱得更緊。

「如果是我……就絕對不會讓妳哭。」我閉上眼睛，心口難受，喉嚨哽咽。

「林叡，放開我！」矮冬冬的驚叫喚回我的理智。

這眞的是我想要的？讓矮冬冬以後不敢再靠近我？

我略略鬆開手，矮冬冬抓到機會掙脫我的懷抱。我露出微笑，看著惶恐的矮冬冬說：

「只有佑寒可以碰妳，對吧？」

「你剛才是故意的嗎？爲了讓我別再生余佑寒的氣。」

我明明可以趁機給她肯定的答覆，這樣以後我們還會是朋友，我卻說不出口。

「林叡，你剛才是故意的嗎？」她又問了一次。

「這很重要嗎？」我彷彿聽見自己的回答飄散在風中。

「很重要，爲了蔓蒂和芷蕎，這很重要。」她大聲地說。

「那爲了佑寒，我會說我是故意的。」

「林叡。」她語氣認真。

這是最後的機會了，我還可以說剛才是故意嚇她的，說我只是爲了讓她認清佑寒對她有多重要，讓她不要生佑寒的氣。

但我只是苦笑，「方芮冬，妳現在知道了吧，有些事情說出口只會增加不必要的麻煩。」

「那你就不該說，也不該表現出來。」聽到她這麼說，比我想像中的還要難受。

「當初又是誰要我去把喜歡的人搶過來？」

「矮冬冬。」忽然佑寒的聲音從河堤上方傳來，我猛然一驚。

我到底在幹什麼？我做了些什麼？

佑寒的眼神令我無地自容，矮冬冬的恐懼令我痛苦不堪。

我的感情只會傷害別人，爲什麼我就不能顧全大局，什麼都不說，什麼都不做？

我不知道那晚離開河堤後，他們之間發生了些什麼，但可以確定的是，他們依然走在一起，佑寒對待我的態度一如往常，而矮冬冬也是。

只是，我和矮冬冬都各自避開了單獨相處的機會。

一直以來，我深陷在痛苦的矛盾裡，既想維持與佑寒之間的友誼，又想坦白面對自己的感情，這樣的衝突在我內心來回拉扯。

直到那晚，我才眞切體悟到最佳的解決方法。

放棄，是我唯一能做的事。

這並不容易，尤其在每天都還見得到矮冬冬的情況下。

「林叡。」

某天，我呆坐在空中花園，李蔓蒂難得主動朝我走來。

「怎麼了？」我有些疑惑。

她清澈的雙眼凝視著我，「你還好嗎？」

「我？很好啊。」

她沒再多說什麼，只是靜靜地看著我，受不了她那雙彷彿看透一切的眼睛，我嘆著氣問她到底要做什麼。

「你覺得眷戀、苦戀、單戀還有迷戀，哪一種愛情比較辛苦？」

「啊？」我不懂她的意思，「這有什麼不同嗎？」

「眷戀不一定還有愛情的成分，只是一種習慣。苦戀則是求而不得，一直痴痴守候著對方，讓自己心碎也讓別人痛苦。而單戀始終只是自己單方面懷抱的情感，只要自己釋懷就沒事了。」李蔓蒂一一解釋，「最後，關於迷戀，我認爲這就是現在的你。」

「妳的意思是我在迷戀誰嗎？妳講的話還眞是好笑。」我起先只是故意笑了幾聲，誰知最後竟眞的大笑不止。李蔓蒂還是靜靜地看著我。

笑著笑著，我低下頭，居然湧起想哭的念頭。

李蔓蒂並沒有離開，也沒有再靠近，她依然站在原地，而我的哭聲，一定被她聽見了。

我再一次體認到女生在愛情裡的堅強，李蔓蒂和周芷蕎，兩個如此截然不同的女生，卻能因爲喜歡我，而不約而同地決定和我念同一所大學。

這個決定既愚蠢又讓人有壓力，我雖然並不討厭，但她們都是很好的女生，所以我還是不希望她們把時間浪費在我身上。

我分別找過她們兩個，給了她們對於告白的答覆。

周芷蕎先是垂下眼睛，說不知道我有喜歡的人了，但又迅速抬起頭，儘管眼裡蒙上一層霧氣，卻還是撐起微笑，「我不會放棄的，反正你又沒和她在一起，未來誰也不知道，不是嗎？」

而李蔓蒂則是淡淡地回：「我早就知道了。」

想起她們兩人的反應，我不由得笑了。

在愛情裡，也許我們會爲某些人而卑微，然而，或許也會有某些人爲我們而卑微。

畢業典禮當天，李蔓蒂找了藉口將周芷蕎帶到別處，佑寒也給了我最後的大方，讓我和矮冬冬有一段短暫的獨處時光。

矮冬冬慌慌張張地想要找機會開溜，於是我故意又說了一些招她討厭的話，她很明確地告訴我，不想討論這個話題。

最後的最後，也許這樣就夠了。

「今天是畢業典禮，我會把一切都留在這裡。」

所有的一切，都留在這裡，踏出校門後，我便不會再存有依戀。

一段無疾而終的感情，也許歷程就如同四季輪替般，先是花朵盛開的春天，過了炙熱如火的夏天，會迎來感受寂寞的秋天，最後則是一片寒冬。

但是，寒冬過後，又會有春天。

沒有永遠不會融化的冰雪，四季一次又一次輪替，所以，也不會有永遠忘不了的人。

我會感謝我曾經喜歡過這個女孩，縱然最後她留給我的只有苦澀，但對於這段接近迷戀的感情，我並不後悔。

往後的日子裡，即便一定會多次目睹余佑寒與方芮冬相愛的模樣，但我相信，我不會感受到刺骨的冰冷絕望，他們帶給我的感覺，只有溫暖。

這一對寒冬，永遠不會下雪。

紀念版番外
冬天依舊不寒冷

不對勁，實在是太不對勁了。

我看著客廳的時鐘已經九點了，矮冬冬卻一通電話也沒有。

對，她是跟我說過今天要加班，但怎麼可能連一通電話也沒有？

矮冬冬是從什麼時候變得奇怪？上個月嗎？還是去年？還是結婚沒多久後？難道是結婚前？剛入社會？大學畢業？

不對，矮冬冬一直都在改變。

高中時，她每天黏著我，一沒見到面就會一直訊息轟炸說想我，還會擔心我跟誰出去？去了哪？

大學時，我們甚至同居，每天同進同出，我還曾經覺得黏得太近沒有個人生活空間很窒息。

我們畢業後進入職場，想當然耳我們不可能進一樣的公司，她擔任服飾品牌的設計師，而我在動物醫院工作了幾年，正考慮要自己開診所中。

我們的工作都算忙碌，但也不是忙到沒時間好好聊天。應該說，我們大多時候都很忙，即便同居，和總是黏在一起的學生時代已經不一樣了，常常回到家後就洗澡、睡覺，頂多聊個幾句。

等我們適應工作的步調後，在週末也會一起下廚或看電影。

出遊的時間變少，沉默的時間變多了。一直太累、太忙，所以我都沒有注意到我們之間的轉變。

我會忽然意識到這件事情，是一通來自林叡的電話。

「喂，同學會該辦了吧？今年輪到你耶！」

「啊，我都忘記了。」我歪頭，看著自己的行事曆，「你最近好嗎？」

「還行啦，案件都剛告一段落，新的案子也才剛開始。」林叡現在擔任律師助理，上過幾次電視，還算小有名氣。

「真是不錯啊，賺很多錢吧？」

「拜託，哪有你多。」林叡調侃，「你跟矮冬冬還是跟以前一樣噁心嗎？」

「什麼噁心，我們現在很平常好嗎。」我整理著桌上的發票，全數放進客戶的專屬紙袋中。

「你們的平常就是噁心，三不五時就要電話通知在哪，三句不離愛你想你。以前覺得噁心，現在倒覺得這樣很厲害，哪有人熱戀能持續這麼久。」

林叡的話讓我停下手上的動作，「我們有這樣？」

「有啊，你忘記以前我們出來喝酒，矮冬冬還會一直打電話問你要回去了沒。」林叡失笑，他說的以前也已經是大學時期的事情了。

等等……我現在也沒少跟同事喝酒聚會，怎麼覺得對矮冬冬會這樣打電話給我的記憶少之又少？

「還有啊，我記得大家剛出社會，你還抱怨過加班已經很忙了，矮冬冬還是會打電話問你幾點回家，要不要買宵夜之類的。就算矮冬冬自己加班，也會一直打電話給你。」林叡在電話那頭笑著說，我卻覺得腳底發涼。

矮冬冬已經有多久沒有這樣做了？

「矮冬冬沒有這樣！」我大喊。

「她有啊，矮冬冬黏死了好嗎？」林叡以爲我在反駁，立刻又反駁回來。

「不是！矮冬冬已經很久沒有這樣了！」我驚叫，「而且我現在才發現！」

「嗯？是喔，那……就是她長大了，恭喜啊！」林叡自己說的也有些不確定。

「不是！你覺得矮冬冬會長大嗎？」

「這句話聽起來有點失禮喔。」

「她居然不會緊迫盯人，這不是很奇怪嗎？」

「是有一點啦，但是也還好吧。你不是說她已經很久沒有這樣了嗎？那表示不是突然，是你自己遲鈍沒有發現。」林叡停頓一下，「是不是工作太累了？我有一個客戶前幾個禮拜才因爲工作太累忽然倒下，然後就走了耶。」

「你不要嚇我，我有定期在做健康檢查。」我打斷林叡，「矮冬冬今天中午跟我說晚上要加班，一直到現在都沒有跟我聯絡耶。」

「中午到現在？都已經過八個小時了耶，怎麼可能完全沒有跟你聯絡？」林叡也震驚了。

「是眞的。而且我才發現，我傳給她『好』，結果她也沒有已讀。」我一邊說著電話一邊點開矮冬冬的訊息。

「她沒有已讀你到現在才發現，那不就表示你也是現在才想到要聯絡她？」

「因爲平常矮冬冬總是會主動跟我聯絡，所以我就習慣……」

林叡在電話那頭嘆氣，「聽起來改變的也是你啊！余佑寒，我還記得高中時意氣風發地要追她，還放話叫全班都不許碰她，結果現在呢？果然男人到手了以後就不珍惜。」

「你在說什麼啦！剛才不是才說叫我們不要那麼噁心嗎？」

「哈哈我知道，我只是開玩笑的。你們都結婚這麼多年了，其實這樣我覺得滿正常的啦，只是總感覺矮冬冬會一直黏你黏到老啊。」這下子我眞的緊張了。

「你就打個電話給她吧，確定她不是出意外而是在加班。」林叡說。

「好，我等等打電話。」

「別忘了同學會喔。」掛斷電話前，他再次叮嚀。

於是我立刻打電話給矮冬冬，響了好久，最後顯示無人接聽，我又打了一次。

「喂？」接起來的是個男人，這讓我嚇了一跳。

「請問……你是？」

「芮冬現在不方便接電話，請問你哪位？」男人問。

「我哪位？」余佑寒傻了。

他記得矮冬冬幫自己的LINE名稱改成「親愛的老公」啊，怎麼對方接起電話還會問

「你哪位」呢？難道矮冬冬把自己的名字改掉了嗎？為什麼要改掉？又是什麼時候改的？

「啊，你怎麼幫我接電話了？」矮冬冬的聲音從電話那頭傳來，接著是腳步聲，然後搶過了電話。

「抱歉，我看妳在……」男人的聲音帶著一點笑意。後面說了些什麼，我聽不見。

「喂？怎麼了？」矮冬冬的聲音聽起來有些焦急，是我的錯覺嗎？

「沒有啊，我只是想說妳怎麼還沒回來。」

「我不是說今天加班嗎？」

「但是已經九點多了耶，不會太晚嗎？」

「我之前也加班到更晚過啊？」矮冬冬語氣聽起來很疑惑。

但我更覺得奇怪。沒有打電話回來、突然變得不黏人……其實應該也沒有突然，只是我現在才發現。還改掉「親愛的老公」稱呼，甚至現在還有個陌生男人接她的電話。

這這這這……我是不是早就該發現什麼，但是現在才發現？

不可能啊，矮冬冬應該很愛我啊，不可能喜歡上別人，甚至是偷吃。

「那妳……」

「我還要再忙一下，你先睡吧。」說完後，矮冬冬就掛斷了電話。我都還沒有跟她說再見耶！

奇怪，我們的相處模式是從什麼時候變成這樣了？我們也才結婚兩年，怎麼可能就淡掉了？

不不不，要是矮冬冬真的變心，我絕對感覺得到，況且她在變心以前一定會先經歷傷心，要是她傷心了，岳父一定不會饒過我，所以我一定還是會知道。

也就是說，這一切都是我想太多。

我在家裡來回踱步，意識到自己已經很久沒有做浪漫的事情了，像是接送她上下班。在矮冬冬的公司搬到捷運站附近後，她就說要自己通勤，畢竟台北的上下班時間，搭捷運還是比開車快。

矮冬冬還說，在新公司不想張揚，所以要我情人節不要送花過去。

就這樣，慢慢地，這些事我都沒做了，連今年結婚紀念日都只是在家吃飯。

原來怠惰的是我嗎？

這可不行！

我立刻拿起車鑰匙，驅車前往矮冬冬的公司。

不知道她會加班到幾點，要是我到她公司，她已經搭上捷運回家那就搞笑了。所以我撥了通電話給她，可是她沒有接，於是我改傳訊息，就在打字打到一半時，我注意到有人走出公司一樓。

是矮冬冬！

我立刻拉下車窗要喊她，卻注意到她身後跟了一個男人。

「芮冬，妳什麼時候要告訴妳先生？」

「我還在考慮……」

也許是這附近太安靜，所以他們講話的聲音才會這麼清楚。矮冬冬甚至沒有注意到我。

是什麼事情要告訴我？又是什麼事情需要考慮？

男人嘆氣，一手搭上矮冬冬的肩膀，「不要再拖了，等不急了。」

「可是……我怕他會受不了。」矮冬冬看起來很為難。

我感覺怒火中燒，這一刻我才明白，無論矮冬冬是不是移情別戀，對我來說都不重要。我更生氣的是有別的男人覬覦她，甚至還碰觸她。

「你什麼東西！把手給我放開！」我大吼，然後下車。

「什麼？」矮冬冬嚇了一跳轉過頭，「你怎麼會在這裡？」

「老婆加班，老公來接，有什麼不對？」我氣沖沖地擋在矮冬冬面前，瞪著眼前比我還矮一點的男人，「你哪位？」

男人似乎被我的舉動嚇得愣住，隨即發出笑聲，「芮冬，看來不需要擔心啊。」

「唉唷，你……」矮冬冬紅起了臉。

「那我就先走了。好好喔，老公還來接。」男人邊說邊比了個YA。仔細一看，男人還上妝了。

「好啦，別鬧了，明天見。」矮冬冬用力拍了男人幾下，然後對方就離開了。

「他是誰？」我再問一次，但感覺有點奇怪。

「你幹麼啊？吃醋喔？」矮冬冬揚起微笑，稀奇地看著我，「你也會吃我的醋？」

「不要鬧了，他是誰？」我一邊問，一邊跟在矮冬冬身後來到了車子邊。

「跟我同組的姊妹，我很久以前跟你說過啊。」矮冬冬把她的筆電放到後座，打開副駕駛座，「我肚子好餓喔，買點東西回去吃吧！」

「姊、姊妹？」我愣住。

「幹麼啊？余佑寒，怎麼過了這麼多年，現在才忽然擔心我？」矮冬冬打趣地笑。

「我哪有，我只是想說，妳怎麼忽然不黏我了。」我發動引擎，小聲地說。

「什麼啊？我哪有不黏你，只是沒有像學生時代那樣誇張而已。」她忽然抓住我的手，「你該不會覺得我不愛你了吧？」

「也不是啊，就只是想說……」

「我表達愛的方式改變了啊，你都沒注意到喔？」矮冬冬與我十指交握，她這一說，我才想起來。

我們週末一起下廚，有默契地調理味道，切肉、煮水，然後切好水果，一同在餐桌上享用。我們看著電影時，會握住對方的手。在路上看見好吃的東西時，會想著「對方或許想吃」所以買回家。我們在生活中見到的每一個事物，都想第一個與對方分享。

「我們的愛昇華成家人了，我很喜歡現在的模式啊。」矮冬冬說著，那種信任在兩人之中、那種羈絆在無形之中，緊密地將我們綁在一塊。

「我已經不需要像以前那樣緊迫盯人，也能知道我們兩個不會分開。」

然後，她將我的手貼到了自己的肚皮上，我驚訝地瞪大眼睛。

矮冬冬看著我，眼角有著淚水，再次開口，聲音有些顫抖，「從今以後，我們有了新的羈絆。」

「妳是說……」我的鼻腔一陣酸楚，看著矮冬冬落下的淚。

她用力點著頭，「對不起啊，在這種時候，我們明明都還在打拚事業的。」

「妳在說什麼啊？無論什麼時候都是最好的時間！」我抱住她，歡欣鼓舞起來。

我們在車裡又笑又哭，感受著她肚皮的溫熱。

一份奇蹟，就存在於裡頭。

是我們兩人的奇蹟。

後記
鬼針草，黏答答

戀之四季系列作的最後一本「冬」，你們還喜歡嗎？

這個寒冬不下雪，從書名看來，大家應該就可以感覺到這個故事並不傷感。

喔喔，還沒看文就先過來看後記的人，是不是想我這次第一句話沒有叮囑大家別先偷看後記，所以很放心地看到這裡了啊？

好吧好吧，沒關係的，四季之末了，就讓大家輕鬆一下吧！

冬天我安排了很不一樣的劇情，主要是我當時在想，很多愛情小說、漫畫都會讓劇情發展到男女主角在一起後，就迎接結局了，頂多再多描述一些交往後的一點點約會過程。

畢竟讀者在跟著女主角一起猜測對方的心意，然後因爲對方一點小舉動就開心不已的那段閱讀過程中，讀者的心情可以跟著女主角一起洗三溫暖。

回首《第二次初戀》、《總會有一天》、《秋的貓》，也都是到了結尾，才讓女主角的感情眞正得到一個「交代」。

所以我就在思索，是否要來嘗試寫寫看一對男女在交往後所遇到的事情？

愛情的開始雖然很簡單，經營起來卻很困難，有多少人是在交往後的相處過程裡才發現彼此並不適合？有多少人的感情又是在日常生活中逐漸被消磨殆盡呢？兩個人交往之後的種種其實才是更大的考驗呀。

所以我安排了一個愛幻想的女主角方芮冬，感覺心智年齡很低，光看她列舉的初戀十大條件就要讓人笑掉大牙了，怎麼可能會有那樣的男孩子存在啊？

我一邊寫一邊努力回想，很久很久以前的自己，是否也有過什麼不切實際的幻想呢？於是這十大初戀條件就這樣洋洋灑灑地羅列了出來。

然後不意外地看見有小Misa說：「這些條件我也幻想過！」

所以我們都還是很有少女心的嘛（燦爛笑）！

方芮冬希望有個白馬王子來迎接她這位小公主，卻沒想到竟遇見了騎著黑馬的盜賊偷走她的心。這樣一講好像有點浪漫，余佑寒是屬於你們心中的天菜嗎？

余佑寒雖然也是完美得不太像話，不過還算比較貼近現實，他不夠體貼，也交過女朋友，更曾經為了前女友而凶過矮冬冬，看到那個段落時，大家是否會對余佑寒生氣？或者是對矮冬冬的反應莞爾一笑呢？

就像李蔓蒂和周芷蕎說的一樣，也許有些事情，對於第一次談戀愛的人來說非常重要，在乎的不得了，但對於交過男女朋友的人來說，卻會覺得那些是小事情，所以就會造成「相處」上的難度啦。

所以說，相愛容易相處難，這句話是真的有很深的道理啊！

然而矮冬冬在故事後面的成長，應該很讓大家訝異吧。

每個人都有自己戀愛的步調以及戀愛觀，但就如同矮冬冬所言，朋友與家人會不會喜歡我們的男女朋友，其實不是看他們有多好，而是看我們自己的表現。

所以大家都要表現優良唷（眨眼）！

轉眼之間，就來到戀之四季的最後一個故事了，要送走一個系列還眞是有些感傷，導致後記也讓我難得有些不知道要說什麼，感覺有很多話想說，又不知從何說起。

回過頭來提一下林叡這個角色，我讓他的愛情隱藏得很深，所以這一次並沒有發生兩男該選哪一個的糾結，但會不會也因為他將愛意藏得如此之深，反而更觸動人心呢？

他和李蔓蒂、周芷蕎之間，最後又會如何呢？

難道他眞的能夠把對矮冬冬的感情都留在畢業那天？一切眞的結束了嗎？

不過這就又回到最一開始的問題，林叡一直喜歡矮冬冬，是不是就是因為還沒有機會交往過呢？

也許眞正的愛情，是在看過對方醜陋的一面後、是在經歷過多重誘惑後、是在為彼此流淚歡笑後、是在兩人價值觀念產生衝突後，依然願意攜手走下去，才是眞正的愛情。

所以矮冬冬也說了，不輕易說愛，直到懂了愛。

最後，希望大家都能遇到如向春日、常大為那般暖洋洋的男孩，並且在體驗過樂宇禾、夏恒生那樣的心痛之後，再碰上那個屬於妳的秋時緯、葉子秋。然後請像余佑寒和方芮冬一樣，吵完架了記得和好。

握緊的手，就不要輕易鬆開。

故事尾聲，方芮冬體會到了在愛情中該有的退讓與包容，以及愛情中也許需要存在一些無傷大雅的謊言，我們都希望對方誠實，但有時實話太過傷人。

林叡就是一個例子，一旦說出口，就成了疙瘩。

最後，謝謝從《第二次初戀》就一直支持到現在的小Misa們，也謝謝編輯們一直以來的幫助。

在冬天裡，我將春夏秋都做了交代，所有的梗也幾乎解開了。

結束也代表新的開始，我依然要重複那句老話，我們下次見囉！

Misa

紀念版後記
感謝大家陪我走過四季

終於來到最後一本了！

我記得當初直播時問大家冬天想看什麼，要不要統一四篇的番外都寫男配角的故事呢？但是，有誰在乎林叡？我覺得沒人會在乎他欸。

結果還眞的有讀者說：「對，我不在乎。」

好好笑，林叡爲什麼這麼可憐哈哈哈。

我感覺不是因爲林叡沒人在乎，是因爲他都已經有兩個女生可以選擇了，何必要寫他呢？況且余佑寒和矮冬冬實在CP光環太強大，林叡的傷心單戀根本不算什麼。

好的，所以最後決定番外就繼續讓余佑寒與矮冬冬放閃啦！但是放閃眞的好累，我不會寫。

我記得這本書在八年前出版的時候，還有讀者私訊我說，不用嘗試寫不適合自己的故事去迎合大家，我當時想說，這哪裡迎合了？是因爲我從沒寫過放閃的故事，還是因爲我老是寫偏虐的故事呢？

我後來跟對方說，我什麼類型都想寫寫看，沒有什麼不適合（大概是這樣，我也忘了細節），結果對方給我已讀不回，之後就看見在賣這本書了哈哈哈。

總之小事情我也是記到了現在，更別說那時候這本書出版，我還莫名掃到風颱尾，有夠衰的，但就算了，不詳述（還是提了哈哈哈）。

回到《這個寒冬不下雪》吧！

百年的戀愛也有冷卻的一天，不可能永遠都維持在熱戀期。不熱戀了，也不代表不相愛，就算沒有以前那麼相愛，但是那份愛是昇華的。

我有一個朋友，總是擔心和男友失去戀愛的感覺，害怕婚姻是愛情的墳墓，要是兩個人變成了家人會很可怕。

我總是覺得她想太多，一直在戀愛很累的好嗎？不過，婚姻又是另一種現實的恐怖也是眞的。

每次讀者都很愛問我，某某某和某某某會結婚嗎？我都想說，爲什麼他們一定要結婚？不結婚不行嗎？

結婚眞的很現實的，婚姻就是在「每天都想殺對方但是下一秒又覺得對方也沒那麼壞而且還對自己很好我也有錯」之中徘徊！喔，這絕對不是我的心聲（燦笑）。

總之，我們的矮冬冬長大了，余佑寒也長大了。

未來，他們之間的小可愛也會長大，我們就期待他們可愛的寶寶出生吧（沒有打算要寫，請自己想像）！

最後，沒想到這麼多年以後，還能再一次感謝大家購買戀之四季，這眞的是一件非常令人開心的事情！

啊，最後的最後，林叡選擇的是周芷蕎喔，有人在乎嗎？哈哈哈哈。

Misa

國家圖書館出版品預行編目資料

這個寒冬不下雪【紀念版】／Misa著. -- 二版. -- 臺北市：城邦原創股份有限公司出版：英屬蓋曼群島商家庭傳媒股份有限公司城邦分公司發行, 2023.06
面；公分. --
ISBN 978-626-7217-50-4（平裝）

863.57　　112008624

這個寒冬不下雪【紀念版】

作　　者／Misa
責任編輯／林辰柔、黃韻璇
行銷業務／林政杰
版　　權／李婷雯

副總經理／陳靜芬
總 經 理／黃淑貞
發 行 人／何飛鵬
法律顧問／元禾法律事務所　王子文律師
出　　版／城邦原創股份有限公司
台北市南港區昆陽街 16 號 4 樓
電話：(02) 2509-5506　傳真：(02) 2500-1933
email：service@popo.tw
發　　行／英屬蓋曼群島商家庭傳媒股份有限公司城邦分公司
聯絡地址：台北市南港區昆陽街 16 號 8 樓
書虫客服服務專線：(02) 25007718・(02) 25007719
24小時傳真服務：(02) 25001990・(02) 25001991
服務時間：週一至週五09:30-12:00・13:30-17:00
郵撥帳號：19863813　戶名：書虫股份有限公司
讀者服務信箱 email：service@readingclub.com.tw
城邦讀書花園網址：www.cite.com.tw
香港發行所／城邦（香港）出版集團有限公司
地址：香港九龍土瓜灣土瓜灣道86號順聯工業大廈6樓A室
email：hkcite@biznetvigator.com
電話：(852) 25086231　傳真：(852) 25789337
馬新發行所／城邦（馬新）出版集團 Cité(M)Sdn. Bhd.
41, Jalan Radin Anum, Bandar Baru Sri Petaling,
57000 Kuala Lumpur, Malaysia.
電話：(603) 90563833　傳真：(603) 90576622
email：services@cite.my

封面插畫／阿殁Amo
封面設計／也津
電腦排版／游淑萍
印　　刷／漾格科技股份有限公司
經 銷 商／聯合發行股份有限公司
電話：(02)2917-8022　傳真：(02)2911-0053

■ 2023 年 6 月二版
■ 2024 年 6 月初版 4.1 刷

Printed in Taiwan

POPO城邦原創 www.popo.tw　城邦讀書花園 www.cite.com.tw

定價／400元

ISBN　978-626-7217-50-4
本書如有缺頁、倒裝，請來信至service@popo.tw，會有專人協助換書事宜，謝謝！